KAI BLIESENER

Wein. Berg. Tod.

DUNKLE SEELE Der Tod ist ihr Geschäft. Als Bestatterin hat Julia Judith Schwarz, genannt JJ, in ihrem Betrieb in Fellbach jeden Tag Leichen auf dem Tisch. Schon früh hat sie sich für die »dunkle Seite« interessiert. Neben einem Ferienjob auf dem Stadtfriedhof blickt sie auf eine Vergangenheit in der Gothic-Szene zurück. Eines Tages landet mit Markus Weber nicht nur ein alter Schulkamerad bei JJ, sondern zugleich auch einer der erfolgreichsten Winzer aus dem Remstal. Angeblich ist er an einem plötzlichen Herztod gestorben. Einfach umgekippt. Das kann sie nicht glauben, Misstrauen regt sich. Aber weder bei der Polizei noch bei dem Arzt, der den Tod festgestellt hat, findet sie Gehör. Niemand scheint an der offiziellen Todesursache zu zweifeln. JJ beginnt zusammen mit ihrem Freund, dem Journalisten Vinzent, unbequeme Fragen zu stellen. Sehr zum Missfallen einiger Leute – und der Polizei. Doch je tiefer die Bestatterin gräbt, desto mehr wird sie hineingezogen in die Welt des Weins, der Lokalpolitik, der persönlichen Interessen – und der familiären Abgründe …

© Jeanette Bak

Der 1971 in Waiblingen (Remstal) geborene Kai Bliesener ist vor den Toren der Landeshauptstadt Stuttgart in Fellbach aufgewachsen. Inzwischen wohnt er mit seiner Familie in Weinstadt. Bliesener ist Leiter der Presse- und Öffentlichkeitsarbeit für das Theaterhaus Stuttgart und freiberuflicher Autor und Texter.

KAI BLIESENER

Wein. Berg. Tod.

KRIMINALROMAN

GMEINER

Immer informiert

Spannung pur – mit unserem Newsletter informieren wir Sie regelmäßig über Wissenswertes aus unserer Bücherwelt.

Gefällt mir!

Facebook: @Gmeiner.Verlag
Instagram: @gmeinerverlag

Besuchen Sie uns im Internet:
www.gmeiner-verlag.de

© 2024 – Gmeiner-Verlag GmbH
Im Ehnried 5, 88605 Meßkirch
Telefon 0 75 75 / 20 95 - 0
info@gmeiner-verlag.de
Alle Rechte vorbehalten
2. Auflage 2024

Herstellung: Mirjam Hecht
Umschlaggestaltung: U.O.R.G. Lutz Eberle, Stuttgart
unter Verwendung eines Fotos von: © Ulrich Kolb / stock.adobe.com
Druck: GGP Media GmbH, Pößneck
Printed in Germany
ISBN 978-3-8392-0656-0

Personen und Handlung sind frei erfunden.
Ähnlichkeiten mit lebenden oder toten Personen
sind rein zufällig und nicht beabsichtigt.

KAPITEL 1

Der Abendhimmel glühte rot über der hügeligen Landschaft. Sein Blick folgte dem Remstal in Richtung Schwäbische Alb, glitt über die welligen Hügel und die gardemäßig aufgereiht wirkenden Reben. Den ganzen Tag hatte sich keine Wolke am Himmel gezeigt. Unerbittlich hatte die Sonne auf die Weinberge geschienen, an deren Fuß sich Markus Webers Heimatstadt erstreckte. Auch jetzt fand sich entlang seiner Laufstrecke kaum ein schattiges Plätzchen. Er war von Fellbach kommend Richtung Sieben Linden gelaufen. Von dort hinüber zum Rotenberg, einem westlichen Ausläufer des Schurwaldes, auf dem die Grabkapelle des Württemberger Königshauses thronte und einen fantastischen Blick auf die Landeshauptstadt, das Neckartal und ins Remstal gewährte, wohin er wieder unterwegs war.

Der Schweiß war ihm bereits aus den Poren gedrungen, bevor er losgelaufen war, so ein Dampf hatte sich über Fellbach gelegt. Aber Markus hatte rausgemusst, musste sich bewegen. Die Wut brauchte ein Ventil, und die Laufschuhe waren seine Therapie gegen die immer wieder aufwallende Aggression. Er hasste sich selbst dafür, wenn er die Kontrolle über sich verlor. Aber Vera ging ihm manchmal einfach auf die Nerven. Diese ständige Eifersucht, die Schnüffeleien hinter seinem Rücken. Früher war sie anders gewesen. Doch seit einiger Zeit schien sie sich für eine Art weiblicher Sherlock Holmes zu halten, und Markus kam sich zusehends eingeengt und kontrolliert vor. Kein Wunder also, wenn es häufig Streit gab.

Aber für eine Aussöhnung nach dem heutigen Schar-mützel war am Abend Zeit. Bis dahin hatte sie sich wie-der eingekriegt und beruhigt. Sie würde ihm verzeihen und ihre Nestwärme nicht aufs Spiel setzen. Vielleicht würde er eine seiner besten Flaschen aus dem Keller holen und für sie entkorken. Er würde sie ein wenig verwöh-nen und milde stimmen. Mit etwas Glück würde es sogar eine kurze, aber reizvolle Nacht werden. Doch so weit war es noch nicht.

Mit starrem Blick war er vor einer guten Stunde durch die Terrassentür, hatte die Schuhe angezogen, die EarPods in den Gehörgang gesteckt, eine Playlist von Metallica auf-gedreht und war losgelaufen. Ohne konkretes Ziel. Haupt-sache raus und sich bewegen. In die Weinberge, die sich scheinbar endlos vor seiner Haustüre hinzogen, in ihrem kräftigen Grün, mit den Trieben, die bald zu saftigen roten und weißen Trauben reifen und die Basis für erlesene Weine bildeten.

Er beschleunigte weiter seine Schritte. Ein rascher Blick auf die Trainingsuhr am Handgelenk. Sein Puls lag bei 145. Das war hoch für seine Verhältnisse. Aber sicher ein Tri-but an die Wetterlage. Es war einfach zu heiß. Und viel-leicht war er emotional doch aufgewühlter, als er es sich eingestehen wollte.

Markus war groß gewachsen und sein kräftiger Kör-perbau zeugte von der Arbeit, die er verrichtete. Er wirkte stabil, hatte aber kaum Fett auf seinen Rippen. Obwohl er inzwischen immer mehr trainieren musste, um den kleinen Bauchansatz, der sich gebildet hatte, wieder in die Schran-ken zu verweisen. Insgesamt war er mit seinem Körper zufrieden. War immer noch voller Tatendrang und Energie. Und voller Bedürfnisse. Bedürfnisse, die ihm Vera schon lange verweigerte. Immer wieder war es zu spät, zu heiß oder sie zu müde.

Ja, er hatte sich mit Vera schon die richtige Frau ausgesucht. Sie war nicht nur sehr attraktiv und auf ihre Art recht gescheit, sondern auch offen für die Gestaltung ihrer Beziehung. Sie hatte gewusst, wen sie heiratete. Es wäre ja blauäugig gewesen, wenn sie ernsthaft geglaubt hätte, mit der Trauung würden plötzlich alle Frauengeschichten Episoden der Vergangenheit sein. Nein, so naiv war sie nicht.

Umso irritierender war dieser Stimmungsumschwung, den er schon vor einigen Wochen festgestellt hatte.

Inzwischen war Markus komplett nass geschwitzt, seine Funktionskleidung triefte, als hätte er sie vor dem Schleudern aus der Waschmaschine gezogen. Und doch setzte er weiter stoisch einen Fuß vor den anderen, versuchte die Geschwindigkeit bei fünfeinhalb Minuten je Kilometer zu halten. Der Schweiß tropfte ihm von den lockigen blonden Haaren, quoll aus jeder Pore, durchnässte sein weißes Funktionsshirt, das schwer an seiner Haut klebte.

Der Puls war inzwischen auf über hundertsechzig geklettert. Er fühlte die Belastung bei jedem Atemzug. Das Blut pulsierte durch seinen Körper, hämmerte in seinem Kopf, klopfte in den Schläfen wie ein Stanzwerk. Die Schritte wurden schwerer und ein undefinierbarer Druck breitete sich in seiner Brust aus, zog sich von der Mitte zur linken Seite, wo er in einen konstant stechenden Schmerz überging.

Heute war irgendwie nicht sein Tag, dachte er noch. Dann wurde ihm schwarz vor Augen und sein Körper verweigerte jede weitere Zusammenarbeit. Die Beine sackten schlagartig unter ihm weg, wurden mit einem Mal weich wie Pudding und er stürzte ungebremst auf den Asphalt. Den Aufschlag bekam Markus Weber bereits nicht mehr mit. Seine Uhr zeigte jetzt einen Puls von null Schlägen an. Der Brustkorb hob und senkte sich nicht mehr.

Sein Todeskampf war so schnell vorbei wie sein Leben.

KAPITEL 2

Das Telefon riss Kommissar Simon Kalt aus dem Aktenstudium. Eine neue Einbruchserie hielt das Polizeirevier Fellbach momentan ordentlich auf Trab. Seit Wochen trieb eine bandenmäßig organisierte Gruppe ihr Unwesen und ihm wurde fast täglich ein weiterer Einbruch gemeldet. Obwohl der Außenposten des Polizeipräsidiums Aalen seit einigen Jahren Zeit und Personal in die Prävention gegen derlei Raubzüge investierte, wurde die Stadt vor den Toren Stuttgarts von einer regelrechten Welle überrollt. Und Simon Kalt und seine Kollegen tappten noch immer im Dunkeln. Die Hochzeit für Einbrüche lag eigentlich im Winter, bot doch die dunkle Jahreszeit den idealen Schutz für die unwillkommenen Eindringlinge. Alle Spuren hatten sich bislang derweil als Sackgasse erwiesen. Es war frustrierend. Und dazu schlug noch die seit Wochen anhaltende Hitze aufs Gemüt.

Zwar hatte er nicht die Leitung der Ermittlungen inne, denn Simon Kalt war für Todesfälle zuständig. Aber da momentan zum Glück in der Stadt wenig gestorben wurde und die Stadtoberen ebenso wie die Bürgerinnen und Bürger immer nervöser wurden, hatte der neue Revierleiter Günter Harms angeordnet, alle verfügbaren Kapazitäten auf die Einbruchserie zu verwenden. Dem hatte Simon sich nicht widersetzen können, schließlich kam er in den Ermittlungen eines über fünfundzwanzig Jahre zurückliegenden Cold Case nicht voran. Im September 1996 war in einem Haus im Stadtteil Schmiden ein Mann mit siebenundzwanzig Messerstichen getötet worden. Den Täter hatte man nie gefasst. Alle Spuren verliefen im Sande. Dennoch gab es wenig Interesse, diesen spektakulären Fall zu den Akten zu legen. Die Ermittlungen hatte man Simon übertragen, der als geduldig und hartnäckig galt. Einige aus dem Revier neideten ihm den Fall. Alle wussten, wenn es gelang, den Cold Case zum Hot Case werden zu lassen und nach einem Vierteljahrhundert zu lösen, würde das automatisch einen Karriereschub bedeuten. Doch das war nicht Simons Antrieb. Er hatte schon als Kind knifflige Puzzles gemocht und konnte sich wie ein Terrier in einen Fall verbeißen. Und dieser hatte es ihm angetan. Damals hatte er nur ein paar Hundert Meter weiter auf der anderen Seite der Bahngleise in der Esslinger Straße einen Teil seiner Jugend verbracht und war angelockt von den Sirenen der Einsatzkräfte zum Haus gelaufen. Seine Eltern hätten es ihm verboten, wenn sie davon gewusst hätten. Denn eigentlich war die Unterführung die unsichtbare Grenze für seine Streifzüge. Aber die Anziehungskraft und Faszination war seinerzeit zu groß gewesen. Das Aufgebot an Polizei und Notarzt, heulende Sirenen und blitzende Blaulichter. Genau genommen war das sein erster Kontakt mit dem Verbrechen und vielleicht der Auslöser für den Start seiner Polizeikarriere. Er war vierzehn gewesen, als der geheimnisvolle und heimtückische Mord die Stadt elektrisiert hatte. Später hatte er ihn vergessen, aber sofort zugesagt, als Harms ihm den Fall zugeteilt hatte. Zum Glück gab es nur wenige Kapitalverbrechen in seinem Zuständigkeitsbereich. Und die konnten meist rasch aufgeklärt werden. Aber nun würde er sich zunächst um den Anruf kümmern müssen, ehe er sich wieder dem Cold Case oder den Einbrechern widmen würde. Daher war Simon beinahe ein wenig erfreut über die Abwechslung, als er zum Fundort einer Leiche gerufen wurde.

Ein Rentnerehepaar hatte bei einem abendlichen Spaziergang durch die Weinberge am Kappelberg den leblosen Körper eines Mannes gefunden und sofort den Notarzt alarmiert. Mehr war nicht bekannt. Die Polizei wurde in solchen Fällen immer automatisch informiert.

Simon klappte die Akte zu, trank einen großen Schluck aus seiner Wasserflasche, bereits seine vierte an diesem Tag, und machte sich auf den Weg. Es war Freitagabend im Juli. Hinter dem Gebäude in der Cannstatter Straße war der Parkplatz für die Einsatz- und Dienstfahrzeuge der Dienststelle, die seit der letzten Reform als Außenstelle nun zum Polizeirevier im gut siebzig Kilometer entfernten Aalen gehörte. Bis Mitte der 1980er-Jahre war hier ein Teil der Stadtverwaltung untergebracht, die dann in den viel bewunderten, mit Architekturpreisen überhäuften und nur wenige Meter entfernten Neubau gewechselt war. Er selbst war viel zu jung und noch nicht einmal in der Ausbildung für den gehobenen Dienst, als das Revier von der Stuttgarter Straße an seinen heutigen Standort im Stadtkern umgezogen war. Es gab wesentlich schlimmere Arbeitsorte, wie er fand.

Sein Partner Sven Hartung war seit ein paar Tagen arbeitsunfähig, und Simon hatte gehört, dass Sven wohl noch einige Zeit im Krankenstand verbringen würde. Was genau der Grund war, wusste er allerdings nicht. Also brach Simon allein zum Fundort auf. Er steuerte den blauen Passat auf die Pfarrstraße und von dort in die Waiblinger Straße, die in die Vordere Straße mündete, passierte den Kreisverkehr, der ihn weiter Richtung Neue Kelter brachte. Den genauen Standort hatte man ihm auf sein Handy geschickt, sodass er bequem dem Navi folgen konnte. Über den Wanne genannten Weg steuerte Simon seinen Wagen den vierhundertsechzig Meter hohen nordwestlichsten Ausläufer des Schurwaldes nach oben, an dessen nördlicher Flanke sich Fellbach erstreckte. Der Kappelberg war in seinen höchsten Lagen bewaldet, während sich an seinen Hängen Reben befanden. Seinen Namen, das hatte Simon noch aus der Schule behalten, hatte der Berg von einer Wallfahrtskirche, die allerdings bereits 1819 abgerissen wurde. Ebenfalls gelernt hatte er, dass Teile am Fuß des südlichen Bergkamms sogar unter Naturschutz standen. Unterhalb seiner Nordflanke führte der eineinhalb Kilometer lange Kappelbergtunnel hindurch, der das Remstal mit dem angrenzenden Neckartal verband und über die Bundesstraße eine direkte Anbindung nach Stuttgart war.

Simon war einmal mehr froh um die funktionierende Klimaanlage, während er zwischen den Weinbergen hindurchfuhr, an deren Bergseite Schrebergärten und ganze Wochenenddomizile grenzten. Über Funk wurde gerade die Information über eine Massenkarambolage am Teiler der Bundesstraße 14 und 27 Richtung Stuttgart durchgegeben. Kein Wunder, die Hitze sorgte für Mattheit in den Köpfen, die zu Unkonzentriertheit und in der Folge zu erhöhtem Unfallrisiko führte.

Als Simon über eine kleine Kuppe fuhr, sah er vor sich einen Notarztwagen und einen Krankenwagen auf dem Weg stehen. Er stellte den Passat so ab, dass genügend Raum für die Durchfahrt anderer Fahrzeuge blieb, stieg aus und trat zu den Notfallsanitätern. Die hatten sich in ihren orangenen Hosen und weißen Polo-Shirts über einen leblos wirkenden Körper gruppiert, von dem Simon zuerst nur die Beine mit Laufschuhen sehen konnte. Daneben befanden sich die typischen Rettungsrucksäcke. Der Notarzt hatte sich über den männlichen Körper gebeugt, in einiger Entfernung hielten sich ein älterer Herr und eine Frau an den Händen und beobachteten stumm. Wahrscheinlich hatten sie den Toten gefunden, vermutete Simon. Er würde gleich zu ihnen hinübergehen und mit dem Paar sprechen. Doch zuerst wollte er sich einen Überblick verschaffen.

Simon grüßte in die Runde und stellte sich vor.

»Dr. Kaltenbach«, sagte der Arzt am Boden und erhob sich etwas schwerfällig. Es sah ganz danach aus, als habe der bärtige Mann, der in seinen Fünfzigern sein durfte, Knieprobleme. »Da ist leider nichts mehr zu machen. Wir haben es mit Reanimation versucht, aber erfolglos. Wir bringen ihn nach Winnenden für die weitere Untersuchung. Ich würde auf Tod durch Herzversagen tippen.« Er sah kurz Richtung Himmel, wo die Sonne noch immer brannte, und kniff die Augen zusammen.

Simon hatte vor dem Aussteigen einen Blick auf die Temperaturanzeige geworfen. Vierunddreißig Grad, obwohl es fast neunzehn Uhr war. Wahnsinn.

»Kein Wunder bei dem Wetter«, sagte Kaltenbach kopfschüttelnd. »Wer ist auch so bescheuert und rennt bei dieser Hitze durch die Gegend.«

Simon nickte verständnisvoll. Es war wohl eine klare Sache und eine Spurensicherung war nicht notwendig.

»Ich muss dann auch weiter«, meinte Kaltenbach entschuldigend und griff sich seinen Arztkoffer. Dann fügte er eine knappe Erklärung für seinen eiligen Aufbruch hinzu. »Es hat wohl einen großen Unfall auf der Bundesstraße gegeben.« Er grüßte, indem er den Zeigefinger an die Stirn hob, eilte zu seinem weiß-roten Audi, verstaute seine Utensilien im Kofferraum und fuhr davon.

Erst jetzt konnte Simon ungehindert das Gesicht der Leiche sehen.

War das möglich?

Er drehte den Kopf einen Moment weg und warf dann wieder einen Blick auf den Toten.

Nein, es war keine optische Täuschung und es bestand auch nicht nur eine gewisse Ähnlichkeit. Trotzdem zwang er sich, zweimal hinzuschauen. Doch das Gesicht blieb dasselbe, und er erkannte zweifelsfrei, wer da vor ihm lag: Markus Weber, einer der bekanntesten Einwohner Fellbachs und momentan der vielleicht angesagteste Winzer aus dem ganzen Remstal und dem Weinland Württemberg.

Die Überraschung traf ihn mit voller Wucht, auch wenn er Weber nicht wirklich gut gekannt hatte. Weber war zwar etwas älter als er. Aber ohne dass er dessen genauen Jahrgang wusste, definitiv zu jung, um vor ihm zu liegen.

KAPITEL 3

Als sie mit ihrem schwarzen Vito, der lediglich mit einer dezenten Werbeaufschrift versehen war, am Fundort der Leiche eintraf, warteten zwei Rettungssanitäter und Simon Kalt auf sie. Simon, der als Polizist gerufen worden war, hatte sie direkt angerufen und gefragt, ob sie den Transport übernehmen könne. Mehr hatte er nicht gesagt. Zum Glück war Holger Rose, einer ihrer Mitarbeiter, noch im Haus gewesen, der nun neben ihr saß und beim Verladen des Körpers helfen würde. Sie waren sofort losgefahren, nachdem Simon den Fundort der Leiche mitgeteilt hatte. Angeblich hatte der Tote schon etwas länger in der Sonne gelegen.

Simon und sie kannten sich seit ihrer Jugend. Und ab und zu war sie sogar etwas neidisch auf ihn, da er Polizist geworden war. Ein Beruf, für den sie sich durchaus auch erwärmt hatte. Aber es war anders gekommen.

Auf seinem T-Shirt zeichneten sich kleine dunkle Flecken ab. Ein Tribut an die Hitze dieser Tage. Als sie ausstiegen, kam er auf sie zu. Julia Judith Schwarz, von den meisten einfach »JJ« genannt, da sie beide Vornamen hasste wie die Pest, winkte zu den Sanitätern hinüber. Man kannte sich, denn so dicke war die Personaldecke in der Region weder bei den Rettungskräften noch bei den Bestattern, als dass man sich nicht mehrmals über den Weg laufen würde.

Simon bedeutete ihr kurz, zu ihm auf die Seite zu kommen.

»Bevor wir hingehen, muss ich dir was sagen«, meinte er in gedämpftem, aber ernstem Tonfall.

JJ warf ihm einen fragenden Blick zu, sagte jedoch nichts.

»Du kennst den Toten. Es ist Markus Weber.«

Mit vielem hätte sie gerechnet, aber damit nicht. Wobei sie nicht genau wusste, warum Simon glaubte, sie extra darauf vorbereiten zu müssen. Sicher, es war eine Überraschung, aber nichts, was drohte, sie aus der Bahn zu werfen.

»Was?«, entfuhr es ihr dennoch fast einen Tick zu laut und sie hob instinktiv ihre Hand vor den Mund. »Was ist passiert?«

»Der Notarzt meint, es war ein plötzlicher Herztod. Markus ist wohl beim Joggen zusammengebrochen. Wahrscheinlich war die Anstrengung bei der Hitze zu hoch. Vielleicht auch eine nicht auskurierte Sommergrippe oder so was. Hört man ja immer wieder.« Simon zuckte die Schultern zum Zeichen, dass er noch keine Erklärung liefern konnte.

JJ wiegte den Kopf. Das konnte natürlich gut sein. Aber bei vermeintlich kerngesunden Menschen rechnete man dennoch nie damit. Und Markus hatte immer topfit gewirkt. Umso stärker traf sie der Schock, dieses seltsame Gefühl, das einen immerfort einnahm, wenn jemand starb, den man gekannt hatte. Oder zumindest glaubte, denjenigen gekannt zu haben.

»Shit. Sagst du es der Familie?«

»Ja, muss ich wohl. Sven ist krank und der Rest setzt gerade alles daran, die Einbrecherbande zu schnappen. Also bleibt es wohl an mir hängen«, meinte Simon und versuchte erst gar nicht, seinen Missmut, den er bei dieser Aufgabe hegte, zu verbergen. »Das wird nicht gerade vergnügungssteuerpflichtig. Eine Frau und Kinder haben die beiden doch auch, soweit ich weiß. Ich hasse so was. Und dann auch noch sein Bruder, der meint, Bürgermeister spielen zu müssen. Zum Glück war es kein Verbrechen, sonst würde er uns wahrscheinlich die Hölle heißmachen, bis wir den Täter oder die Täterin geschnappt haben. Wir wissen ja, wie er ist und wie er sein kann.«

JJ kommentierte die Aussage Simons nicht. Sie kannte Peter Weber und hatte eine Meinung zu ihm, aber die wollte sie hier und jetzt lieber für sich behalten.

»Du packst ihn bitte ein und bringst ihn nach Winnenden. Dort gibt es dann die Zweituntersuchung. Und wenn er freigegeben ist, dann holst du ihn wieder. Ich bin sicher, Vera wird ohnehin wegen der Beerdigung zu dir kommen. Das gibt wahrscheinlich einen ziemlich großen Bahnhof.«

Vera Weber war die Frau von Markus.

JJ gab Simon in Gedanken recht. Die Annahme war offenkundig. Denn ein Fellbacher, insbesondere ein so prominenter, der würde naturgemäß auf dem Kleinfeldfriedhof, dem großen Friedhof der Stadt, seine letzte Ruhestätte finden. Da war es dann schon nahezu ein Automatismus, dass die ganzen Formalitäten vom führenden Beerdigungsinstitut übernommen wurden.

»Julia J. Schwarz« stand auf ihrer Visitenkarte, und ihr Name prangte auch auf den dunklen, blickdichten Scheiben des Leichenwagens. Sie war Bestatterin. Bis heute zählte ihr Bestattungsinstitut zur ersten Adresse, an die man sich wandte, wenn in Fellbach jemand das Zeitliche gesegnet hatte – und das schon in der dritten Generation.

Einen passenderen Beruf vermochte man sich bei dem Nachnamen kaum vorstellen. Schwarz war der Farbton des Todes und der Trauer.

Ihr Großvater, Robert Schwarz, hatte das Bestattungsunternehmen Schwarz nach dem Krieg aus den Resten der zerstörten Schreinerwerkstatt im sogenannten Oberdorf der

Stadt gegründet. Statt Wohnzimmerschränke zimmerte er nun eben Holzsärge, hatte er ihr immer mit ernster Miene erzählt. Doch die humorvollen Augen leuchteten schelmisch dabei. JJ hatte ihn gemocht, ihren Opa. Ein Großvater und Schwabe wie aus dem Bilderbuch. Harte Schale und ein butterweicher Kern, den er aber nur wenigen Menschen gezeigt hatte. JJ war eine davon. Er hatte seine Enkelin vergöttert, und sie hatte nicht mehr leben wollen, als ihr Großpapa gegangen war. Aber das Leben kannte keine Pause-Taste, es folgte unaufhaltsam seinem Lauf. Das tat es ja immer.

Und siehe da, die Bestatterbranche erwies sich bald als einträgliches Geschäft. Irgendwann war JJs Vater eingestiegen. Er hatte den Betrieb mit drei Angestellten von seinem Vater übernommen und das bald in »Bestattungsinstitut Schwarz« umfirmierte kleine Unternehmen Schritt für Schritt zum Branchenführer der Stadt ausgebaut.

Kaum jemand wusste, dass Reinhold Schwarz auch das Bestattungsinstitut Krämer im Unterdorf führte. Er hatte es kurzerhand aufgekauft, als der kinderlose alte Krämer selbst das Zeitliche gesegnet hatte, aber den Namen ebenso belassen wie die dortigen Beschäftigten. Eine kluge und weitsichtige Entscheidung. Mit der überschaubaren Investition hatte er zugleich einen strategischen Schachzug vollzogen. Dadurch hatte die Familie Schwarz praktisch ein Monopol und quasi den Komplettzugriff auf alle in der Kernstadt verstorbenen Bürgerinnen und Bürger. Denn ein echter Fellbacher würde sich nur von einem ortsansässigen Unternehmen bestatten lassen, da war man schon sehr eigen. Dabei spielte es keine Rolle, ob es sich um eine Erd- oder eine Feuerbestattung handelte. In den beiden anderen zu Fellbach gehörenden Teilorten gab es jeweils kleine Traditionsbetriebe. Doch die betrachtete Reinhold Schwarz nicht als ernst zu nehmende Konkurrenz. Man kannte sich, man half sich aus, und bei fünfzigtausend Einwohnern starben genügend für alle.

Und so kam JJ Jahre später zu einem gut laufenden Familienbetrieb, den sie ursprünglich nie haben wollte. So wie sie ihre Familie gleichsam nie haben wollte. Und andersherum. Ihren geliebten Großvater einmal ausgenommen. Aber manchmal schlug das Leben eben Purzelbäume. Seit fast zehn Jahren ging sie mittlerweile ihrer erst verhassten Arbeit nach, die sie inzwischen lieb gewonnen hatte. Obwohl sie sich hin und wieder selbst die Frage stellte, ob Bestatterin ein Job war, den man lieb gewinnen konnte. Es mochte perfide klingen, aber bis auf wenige Ausnahmen hatte sie sich die Frage an fast allen Tagen mit einem klaren Ja beantwortet.

JJ ging mit Simon zu dem leblosen Körper hinüber, den die Sanitäter abgedeckt hatten. Wie immer waren heute Abend Spaziergänger unterwegs. Einige blieben stehen und versuchten, einen Blick auf den Toten zu erhaschen. Ehe sie womöglich ihre Handys hervorzogen, wurden sie von Simon freundlich, aber bestimmt fortgeschickt. Als JJ dies einige Male mitangesehen hatte, verstand sie auch, warum Simon so grimmig wirkte.

Während sie Sekunden später einen kurzen Blick auf die ausdruckslosen Gesichtszüge des Toten warf, durchzuckte sie für einen Moment ein seltsames Gefühl. Selbst nach so vielen Jahren im Handwerk war es ein Unterschied, ob der Verstorbene jemand war, den man persönlich gekannt hatte oder nicht. In der Tat war bisher nur selten jemand aus ihrem Bekanntenkreis oder gar ein Klassenkamerad auf ihrem Tisch gelandet, obwohl sie so etwas wie ein alter Hase im Gewerbe war. Ein weiblicher Platzhirsch in einer männerdominierten Welt. Letztendlich hatte sie selbst die vierzig nicht übersprungen. Das war noch viel zu jung, um zu sterben. Im Normalfall.

Bisher war nur Justus aus ihrer Abiturklasse als Kunde beim Institut Schwarz gelandet. Kunde war ein seltsamer Begriff, aber letztlich passte er eigentlich gut. Doch Justus zählte nicht. Zumindest nicht so richtig. Denn den hatte damals ihr Vater auf die Feuerbestattung vorbereitet. Justus war der Sohn eines alten Landwirts. Und so groß wie sein Leibesumfang war sein Ego gewesen. Das hatte ihm freilich nicht geholfen, als er mit seinem Buggy um eine Ecke gebogen und in den langen Messern eines Mähdreschers gelandet war.

Und Sonja, eine alte Schulfreundin aus einer Klassenstufe darunter. Sie war nach einer langen Krebserkrankung hier gelandet. Damals war JJ noch im Ausland gewesen und hatte erst später davon erfahren.

Und Christoph, der hatte es übertrieben mit den Partys und Drogen. Ein Cocktail mit allerlei illegalen Substanzen hatte ihn aus dem Leben geschleudert. Da war JJ gerade erst wieder hier in ihrer Heimatstadt angelandet, weshalb Toni aus dem Unterdorf den Job übernommen hatte. Die Polizei hatte lange ermittelt. Und am Ende war nie zweifelsfrei geklärt, ob er selbst sein Leben beendet hatte oder ob ihm jemand dabei behilflich gewesen war.

In den kommenden Jahren würden sich unweigerlich ein paar alte Bekannte dazugesellen. Aber bislang war sie froh, nicht allzu oft in Gesichter schauen zu müssen, die sie zu Lebzeiten näher gekannt hatte. JJ wäre beruhigt, wenn Markus Weber für längere Zeit der Letzte wäre. Spätestens übermorgen dürfte er auf ihrem Metalltisch liegen. Ein seltsames Gefühl.

Während sich die beiden Rettungssanitäter verabschiedeten und Richtung Bundesstraße fuhren, wo der Unfall weiterhin für eine beidseitige Vollsperrung sorgte, machten sich JJ und Holger Rose daran, den Abtransport von Markus Weber vorzubereiten.

KAPITEL 4

Bereits am nächsten Vormittag konnte sie Markus Webers Leichnam in den Rems-Murr-Kliniken in Winnenden abholen. JJ erreichte den in fünf quadratische Blöcke aufgeteilten und dreihundert Millionen Euro teuren Bau durch eine gesonderte und untertunnelte Zufahrt. Die beweglichen gelben Verblendungen strahlten ebenso eine moderne Freundlichkeit aus wie der lichtdurchflutete Eingangsbereich mit seinen großen Glasfronten.

Die Klinik verfügte über eine Chest Pain Unit, also eine Spezialstation zur Diagnostik von Herzinfarkten, und war als Cardiac Arrest Center ausgewiesen. Daher war der Tote zur rechtsmedizinischen Untersuchung und verbindlichen Feststellung der Todesursache in die Klinik überführt worden.

Dort hatte ein Gerichtsmediziner den Leichnam erneut untersucht. Erst nachdem auch dieser jegliche Fremdeinwirkung ausgeschlossen hatte, wurde der Tote zur Bestattung freigegeben.

Vera Weber, Markus' Ehefrau, hatte sich gleich am Morgen telefonisch gemeldet, und wie Simon Kalt vorhergesagt hatte, den Bestattungsauftrag an das Institut Schwarz vergeben. Es galt, jede Menge Formalitäten zu erledigen, denn selbst das Sterben war ein höchst formaler Akt.

JJ stieg aus, um sich anzumelden, damit Markus aus dem Kühlraum zu ihrem Wagen gebracht wurde. Unwillkürlich nahm sie die Hektik in der angrenzenden Notaufnahme wahr. Sie war schon öfter hier gewesen, aber das war nicht normal, selbst für eine Notaufnahme in einem Kreiskrankenhaus dieser Größe.

»Was ist denn heute los?«, fragte sie eine Schwester, während sie vor dieser mit den notwendigen Papieren zur Überführung wedelte.

»Totales Chaos, sag ich Ihnen. Seit gestern Abend. Ich weiß gar nicht genau, wie viele durch den Unfall seither eingeliefert worden sind. Sie haben sicher von der großen Karambolage gehört? Wahnsinn. Nur weil ein Idiot bei hundert am Handy spielen musste. Kinder, Familien, Wahnsinn, ich sag's Ihnen.«

Die Frau regte sich sichtlich auf und strahlte trotz der um sie herum herrschenden Aufregung Ruhe aus. Sie war offensichtlich gewillt, sich nicht anstecken zu lassen.

JJ wusste, dass so jemand in derartigen Situationen Gold wert war. Hektische Betriebsamkeit schadete nur.

»Das bringt uns echt an die Grenzen. Und darüber hinaus«, sagte die Frau, auf deren Namensschild an der Brust »Dagmar Händel« stand. Plötzlich wirkte sie sehr mitgenommen. »So was wäre schon vor Corona eine Herausforderung gewesen. Aber jetzt, wo uns so viele Leute einfach davongelaufen sind, können wir so was kaum noch bewältigen.«

»War das nur der Virus?«, fragte JJ nach, während sie die Menschen beobachtete, die mit ernsten Gesichtern konzentriert Patienten betreuten, Betten durch die Gänge schoben und sich mit den Rettungssanitätern austauschten.

»Nein. Natürlich nicht. Das war bestenfalls das i-Tüpfelchen. Dauerbelastung und die bescheidene Bezahlung machen den Job nicht gerade attraktiv. Und wenn die Pflegekräfte im Burn-out enden, werden sie zum Dank vor die Tür gesetzt. Schaffen, bis sie zusammenklappen. Aber wenigstens ham sie's dann nicht weit in die Notaufnahme.« Sie seufzte und setzte eine entschuldigende Miene auf, so als sei ihr diese Meinungsäußerung jetzt unangenehm.

JJ schaute verständnisvoll. Sie hatte größten Respekt vor der Arbeit aller Menschen im sozialen Bereich. Deren Engagement war durch die Kommerzialisierung des Sozialsystems nun um einen noch höheren Leidensdruck getrübt. Meist stand nicht mehr das Wohl der Patientinnen und Patienten im Mittelpunkt, sondern die Bilanzen der Kliniken.

Die Schwester deutete mit einer Handbewegung an, dass JJ mitkommen sollte, und nahm während des Gehens den Faden ihrer kleinen Exkursion wieder auf. »Obwohl wir ja eigentlich genau für so was da sind. In andere Kliniken kann man nicht ausweichen, ist ja überall dasselbe.« Sie blieb stehen und sah JJ beinahe entschuldigend an. »Ich mache meinen Job gerne und weil ich es will. Aber ab und zu quillt das Frustpotenzial aus allen Poren.«

JJ nickte zustimmend. Sie beobachtete die um sich greifende Kommerzialisierung des Gesundheitswesens seit Jahren mit wachsender Skepsis. Kranke Menschen wurden zur Ware und Gesundheit zum Gewinnbringer für die Privatwirtschaft. Und so gab es Menschen, deren Konten wuchsen, je mehr Not unter anderen Menschen herrschte. Eine Ungerechtigkeit, die sie nie verstanden hatte, die jedoch immer größer wurde.

Die Frau redete unterdessen weiter. »Aber da hilft alles Jammern nichts. Da müssen wir durch. Es gibt Menschen, die brauchen unsere Hilfe.« Plötzlich war die Betretenheit verschwunden und unter den müden Zügen blitzte Elan und Kraft auf. »Na, dann will ich mal sehen, ob ich Ihren Kunden finde«, sagte die Schwester und ging mit den Unterlagen wedelnd davon.

Keine Viertelstunde später war der Leichnam von Markus Weber verladen und konnte ins Institut überführt werden. JJ verabschiedete sich und sah zu, dass sie fortkam, damit die Ärzte, Schwestern und Pfleger ungehindert ihren Job machen konnten.

KAPITEL 5

Das Fellbacher Tagblatt hatte seine Büros am Cannstatter Platz, entlang der Wiesenstraße, also beinahe in Wurfweite der ehemaligen Redaktion der Fellbacher Zeitung. Doch anders als die inzwischen im Stuttgarter Zeitungsverlag aufgegangene und nicht mehr selbstständig existierende Fellbacher Zeitung war das Fellbacher Tagblatt eine der wenigen überlebenden regionalen Blätter, die ihre Eigenständigkeit bis heute wahren konnten. Grund war eine stabile Eignerstruktur. Die drei Eignerfamilien waren zwar alle selbst Unternehmer. Doch allesamt legten sie großen Wert auf gute Berichterstattung, und den unabhängigen Journalismus wollten sie nicht auf dem Altar der Marktwirtschaft opfern.

Vinzent Elsässer war zwar kein fest angestellter Redakteur, verdiente aber einen Großteil seines Lebensunterhalts mit Artikeln und Fotos für die einzig verbliebene Zeitung der Stadt. Den Rest bestritt er mit Fotokunst und einem eher ungewöhnlichen Nebenjob, der sich jedoch als krisensicheres Gewerbe entpuppt hatte. Vinzent war seit mehr als zehn Jahren Sargträger. Der Stundenlohn war zwar nicht gewaltig, aber auch nicht schlecht. Und über den Monat verteilt kam so zumindest ein nettes Zubrot für überschaubaren Aufwand zusammen. Die meisten seiner Kollegen auf dem Friedhof waren längst im Rentenalter und besserten damit ihre oft karge Rente etwas auf.

Obwohl der Tag noch jung und das Thermometer zum Glück noch nicht über dreißig Grad geklettert war, hatten sich die Ereignisse für Vinzents Verhältnisse beinahe überschlagen. Zuerst war die Anfrage eingegangen, ob er übermorgen eine Beerdigung übernehmen könne. Keine halbe Stunde später hatte sein Telefon erneut geklingelt. Diesmal war es die Redaktion des Tagblatts, die bis heute Abend einen Artikel zu einem überraschend verstorbenen prominenten Stadtkind benötigte. Gemein war beiden Anfragen, dass es sich um dieselbe Person handelte: Markus Weber.

Vinzent setzte sich an einen der freien Schreibtische, feste Redaktionsplätze gab es schon lange nicht mehr. Er klappte seinen Laptop auf und beschloss, sich zuerst einen Kaffee aus der angrenzenden Kaffeeküche zu besorgen. Dann machte er sich an die Recherche. Er stieß im Archiv des Fellbacher Tagblatts auf zahlreiche Beiträge über den Verstorbenen.

Sein Artikel würde einschlagen wie eine Bombe. Vielleicht hatte er Glück und überregionale Blätter würden daraus zitieren oder sogar dpa würde seinen Text übernehmen. Ja, das wäre was. Aber dazu musste er schnell sein. Verdammt schnell. Sonst würde ihm jemand den Scoop wegschnappen. Es war seine Chance und die wollte er nutzen. Sicher machten jetzt schon Gerüchte die Runde, aber die offizielle Pressemeldung der Polizei war erst für den Abend zu erwarten, das hatte ihm der Pressesprecher des Reviers versichert, den er seit der Schulzeit kannte und mit dem er sich regelmäßig auf einen Kaffee traf. Bis dahin beschränkte man sich darauf, den Fund eines toten Joggers bekannt zu geben.

Schnell wurde klar, dass Weber fast ausschließlich wohlwollende Presse erhalten hatte. Er war so was wie der Sunnyboy unter den Jungwinzern, obwohl er ja eigentlich gar nicht mehr so jung gewesen war. Und ja, er war jemand in Fellbach. Jemand, an dem man nicht vorbeikam. Jemand mit unverschämt viel ehrlich verdientem und hart erarbeitetem Geld und jeder Menge Einfluss auf allen Ebenen. Aber zum Glück ohne politisches Amt. Für die Zeit stehlenden Sonntagsreden hatte er offensichtlich nie viel übriggehabt. Weber war ein Pragmatiker, ein Macher. Während andere laberten und sich Konzepte aus dem Kopf quetschten, war er schon mitten in der Umsetzung. Das war den Artikeln zu entnehmen, und so hätte Vinzent ihn auch selbst beschrieben, obwohl er ihn nicht wirklich gut gekannt hatte. Oft hatte man Markus Weber angetragen, für den Gemeinderat oder den Kreistag zu kandidieren, zumindest tauchten solche Angebote immer wieder in den Archiven auf. Sogar ein Landtagsmandat hatte man ihm schmackhaft machen wollen. Aber Markus hatte stets freundlich abgelehnt und auf den Betrieb verwiesen, den er zu führen habe und der seine volle Aufmerksamkeit beanspruche. »Ich habe Verantwortung für die Menschen, die mit mir für den Erfolg des Weinhaus Weber arbeiten«, wurde er an einer Stelle zitiert.

Das Feld der Politik hatte er klugerweise seinem Bruder überlassen, dachte sich Vinzent, während er weitere Artikel überflog und sich einige Notizen machte. Dieser Bruder, Peter Weber, hatte es immerhin zum Oberbürgermeister seiner Heimatstadt gebracht. Da er sich aber geweigert hatte, einer Partei beizutreten, hatte er bisher den Sprung in den Landtag nicht geschafft, obwohl einige seiner Vorgänger genau diese Doppelrolle innegehabt hatten.

Verheiratet war der verstorbene Markus Weber seit zwanzig Jahren mit seiner fast gleich alten Frau Vera, die sich offensichtlich konsequent aus der Öffentlichkeit fernhielt, in der sich ihr Gatte dafür umso lieber sonnte. Gesonnt hatte, korrigierte sich Vinzent in Gedanken. Aber das konnte er sich irgendwie auch leisten, fand Vinzent, als er die biografischen Eckdaten überflog, denn er hatte schon einiges vorzuweisen. Dabei sah Weber nicht aus, wie man sich gemeinhin den Prototypen des erfolgreichen Weinbauern aus dem Schwabenland vorstellte. Die Bilder im Archiv sprachen eine andere Sprache.

Mit seinen langen, meist zu einem Zopf gebundenen, strohgelben und von der Sonne gebleichten Haaren, dem etwas zu langen und nicht immer sauber gestutzten Vollbart sah er meist lässig in Jeans und T-Shirt gekleidet eher wie ein klassischer Aussteiger aus. Irgendwie erinnerte er Vinzent entfernt an den Schauspieler Sebastian Ströbel aus der Fernsehserie »Die Bergretter«, als er einige Fotos von Markus Weber betrachtete.

Dazu kam, dass er trotz seiner exklusiven Weine persönlich wenig Wert auf den damit verbundenen Chic zu legen schien. »Um gute Weine zu machen, die auch ihren Preis haben, muss ich weder dicke Autos fahren noch edles Tuch tragen. Mein Job ist der Wein und nicht das Cover eines Modemagazins«, stand in einem älteren Beitrag einer bekannten Weinzeitschrift. Kurzum, Markus Weber war so was wie ein kleines Unikum in der hiesigen Weinwelt und hatte in relativ kurzer Zeit Großes geschaffen.

Das Weinhaus Weber war nach eigenen Angaben das größte Ökoweingut der Region. Und dahinter steckte die Tradition aus hundertfünfzig Jahren kreativer Weinunternehmer im Remstal. In einem Porträt über Markus Weber fand Vinzent den viel zitierten Satz: »Wein war nie alles, ohne Wein wäre aber alles nichts.« So beschrieb er verkürzt die Remstäler Familiengeschichte, deren bekannte Wurzeln bis ins achtzehnte Jahrhundert reichten. Damals war von Weinbau und Winzertum allerdings noch keine Rede. Metzger waren sie gewesen. Vieles der Familiengeschichte ist nicht bekannt, nur dass ein gewisser Ferdinand Weber 1845 in Fellbach ein zweistöckiges Haus mit Stallungen und Kelter erworben hat. Genau dort, wo heute der gewaltige Neubau des Weinhaus Weber stand. Eine Weinwirtschaft hat er darin eröffnet und eine Metzgerei untergebracht. Beides wurde 1850 eingetragen. Seine Unternehmungen waren gut gelaufen und hatten Ferdinand Weber genügend Geld eingebracht, um zusammen mit seinem Sohn Jacob 1870 ein leer stehendes Haus zu erwerben und als Hotel umzubauen. Eine Entscheidung, die Markus Weber immer als »sehr klug« gelobt hatte. »Das war die Basis für die weitere Expansion. Ohne die Weitsicht meiner Urväter wäre der heutige Betrieb kaum vorstellbar. Bis in die späten 1970er-Jahre war das Hotel und das kurz darauf eröffnete Weinhaus Weber in Familienbesitz, ehe man beschloss, es zu veräußern und den Wein mehr in den Mittelpunkt zu rücken. Der Weinbau hatte bis dahin bei all den Unternehmungen immer nur eine untergeordnete Rolle gespielt und nach dem Zweiten Weltkrieg keine drei Hektar betragen, war aber dann stetig gewachsen. Nachdem Markus Ende der 1990er eingestiegen war, hatte sich einerseits die Expansion massiv beschleunigt, aber auch die qualitativen Sprünge waren gewaltig, wenn man den Veröffentlichungen der Fachpresse Glauben schenkte. Inzwischen umfasste der Betrieb über fünfzig Hektar Rebfläche, eine Weinbar in Stuttgart und die Vinothek in Fellbach. Seit 2012 setzte Markus außerdem auf rein ökologischen Weinbau und hatte sich auch drei schicke VW-Busse Baujahr 1972 (sein Geburtsjahr) als Hingucker gekauft, mit denen er überall in der Region bei Festen gut sichtbar vertreten war.

Allein die Tatsache warf bei Vinzent allerdings die Frage auf, wie der Mensch Markus Weber wirklich gewesen sein mochte. Und ob er sich vom Geschäftsmann Markus Weber unterschied. Dem würde er noch nachgehen müssen.

Vinzent brauchte unbedingt für seinen Nachruf einige Stimmen. Da er jedoch nicht bei der Bild-Zeitung arbeitete, scheute er sich aus ethischen Gründen, bei der Familie des Verstorbenen anzuklopfen.

Jedoch bot sich Sabine an. Sie war so was wie das weibliche Pendant zu Markus Weber. Etwas älter als er, aber mindestens ebenso eloquent, zielstrebig und vor allem erfolgreich. Und wo Markus Weber wenigstens den Weinbaubetrieb der Eltern im Kreuz gehabt hatte, war sie erst vor wenigen Jahren komplett neu gestartet. Und inzwischen nicht minder erfolgreich. Sie würde er anrufen und versuchen, ein kurzes Statement zu bekommen. Und auch im Büro des Oberbürgermeisters hinterließ er eine Nachricht und bat um Rückruf.

Doch sein erster Anruf galt der Polizei.

Selbstverständlich kannte Vinzent Simon Kalt, denn sie hatten eine gemeinsame Freundin: Julia Judith Schwarz, kurz JJ. Und obwohl sie gut miteinander auskamen, gab es hin und wieder kleine Anflüge von Eifersucht zwischen den beiden Männern, obwohl dafür eigentlich gar keine Notwendigkeit bestand. Simon war inzwischen längst verheiratet. Und Vinzent hatte sich JJ angeln können. Oder war es andersherum gewesen und sie hatte sich ihn geangelt? Letztlich war dieses kleine Detail aber auch egal. Sie waren seit einigen Jahren ein Paar. Auch wenn eine Beziehung mit der Bestatterin kein leichtes oder einfaches Unterfangen war.

JJ war speziell. Sie übte sich meist in Distanz, und die Momente, in denen sie Nähe zuließ, waren fast ausnahmslos ebenso schnell vorbei, wie sie gekommen waren, einem flüchtigen Windhauch gleich. Daher wohnten sie auch noch immer getrennt voneinander.

»Hallo Simon, Vinz hier.«

»Hi. Ich hab so eine leise Ahnung, welcher Umstand mir deinen Anruf verschafft«, meinte der Kommissar nicht unfreundlich.

»Da liegst du wahrscheinlich richtig. Der Tote, den ihr gestern in den Weinbergen gefunden habt, das soll Markus Weber sein. Kannst du das bestätigen?«

»Ja, das kann ich. Aber du solltest warten, bis unsere Presseinfo raus ist.«

»Das ist kein Problem, habe ich mit eurem Sprecher bereits abgestimmt. Ich soll für die morgige Ausgabe einen Nachruf schreiben. Und wenn eure Meldung und damit die offizielle Bestätigung da ist, schieße ich die Online-Meldung raus.«

Vinzent vernahm zustimmendes Brummen am anderen Ende und hörte Geräusche, als würde sich sein Gesprächspartner nebenbei mit anderen Dingen beschäftigen.

»Simon, kannst du mir noch etwas mehr erzählen? Irgendwas zur Todesursache vielleicht? Unsere Leserinnen und Leser werden sicher überrascht sein von der Meldung.«

»Ach, die zwei alten Damen, die euer Blatt noch lesen, werden schon nicht vor Neugierde sterben.« Simon hatte nie einen Hehl daraus gemacht, was er vom Fellbacher Tagblatt und seiner journalistischen Qualität hielt. Doch seinem Freund zuliebe knickte er ein. »Es sieht ganz so aus, als sei er einfach beim Joggen umgekippt. Die Pumpe. Und kurz darauf war es vorbei. Zwei Rentner haben ihn gefunden. Und nein, die Namen bekommst du nicht von mir.«

»Wie hat seine Frau reagiert? Und die Kinder?« Vinzent war davon ausgegangen, dass Simon die Nachricht an die Familie überbracht hatte.

»Wie würdest du es aufnehmen, wenn dein Lebensge-fährte zum Joggen geht und nicht mehr wiederkommt?«

Vinzent spürte instinktiv, dass aus Simon nicht mehr her-auszubekommen war. Er wirkte inzwischen etwas genervt von den Fragen des Journalisten, und so beendeten sie das Gespräch.

Einmal mehr hatte Vinzent das Gefühl, als sei Simon eifersüchtig auf ihn. Als wären sie nur miteinander befreun-det, weil es JJ gab. Hätten sie sich ohne sie getroffen, wäre dabei wohl nie eine nähere Verbindung entstanden. Vinzent wusste von JJ, dass sie und Simon sich seit der Grundschule kannten. Aber zwischen ihnen war wohl nie etwas gelaufen. Rasch schob er die Gedanken darüber beiseite.

Das nächste Telefonat galt Sabine Aichner. Viel mehr als das, was in den Artikeln stand, wusste er auch nicht über sie. Ihre Familie stammte ursprünglich aus Südtirol, aber sie hatte sich offensichtlich für das Remstal entschieden. Der Liebe wegen, hatte erst vor einigen Wochen in einem Por-trait über »Deutschlands erfolgreichste Jungwinzerin« in einer renommierten Fachzeitschrift gestanden, wie Vinzent bereits nach kurzer Internetrecherche nachlesen konnte. Doch die Liebe hatte nicht lange gehalten, Aichner war trotzdem geblieben. Mehr war über ihr Privatleben nicht herauszufinden, aber das war auch im Moment nicht rele-vant. Vinzent interessierte sich nur dafür, wie gut sie Mar-kus Weber gekannt hatte und wie ihre Meinung zu ihm war.

Sie meldete sich schon nach dem ersten Tuten. Ihre Stimme war angenehm weich und passte gut zu der Per-son auf dem Bild, das Vinzent von der Website ihres Wein-gutes anstrahlte. Sie dürfte einige Jahre älter sein als Mar-kus Weber, hatte ein freundliches Gesicht mit markanten Zügen. Die blonden Haare waren modisch kurz und brachten so die grünen Augen zu voller Geltung. Sicher, sie war keine klassische Schönheit, wirkte aber auf den Bildern durchaus attraktiv.

Auf seine Frage nach ihrem Verhältnis zu Markus Weber gab sich Sabine Aichner anfangs etwas zögerlich. »Ich hab natürlich schon davon gehört. Tragisch. Hat sich in unseren Kreisen wie ein Lauffeuer verbreitet. Noch keine fünfzig und in der Blüte des Lebens.«

»Kannten Sie sich eigentlich gut?«, wollte Vinzent wissen.

»Klar. Wie man sich eben unter Kollegen so kennt. Die Region lebt zwar vom Weinbau, aber die Zahl der Akteure ist trotzdem überschaubar. Markus war ein harter Kerl, wenn es ums Geschäft ging. Aber er war nie unfair. Wir hatten ein gutes Verhältnis und man hilft sich bei aller Konkurrenz auch aus, drückt niemanden absichtlich an die Wand. Trotzdem ist das Geschäft als Selbstvermarkter natürlich kein Zuckerschlecken und die Konkurrenz groß. Auch die Genossenschaften haben inzwischen längst ihre Hausaufgaben gemacht. Dazu kommt aber, dass uns allen der Klimawandel zu schaffen macht und vor ganz neue Probleme stellt. Die Ernte kommt immer früher und muss wegen drohender Unwetter oft ganz schnell eingeholt werden, bevor die Trauben aufplatzen und faul werden. Dazu kommt auch noch ein vermehrter Schädlingsbefall durch das immer wärmere Klima und der Befall der Rebstöcke durch Viruskrankheiten, die wir hier bislang nicht kannten. Die geplante Gesetzgebung der EU tut außerdem ihr Übriges, um unser Geschäft zu erschweren.«

Vinzent war mit dem Fachgebiet der Önologie nur wenig vertraut, hatte gelesen, dass den Weinbauern immer mehr aufgebürdet wurde.

Ehe er nachfragen konnte, sprudelte Sabine Aichner ungefragt weiter: »Die jüngsten Pläne der Anzugträger in

Brüssel gehen echt ans Eingemachte. Pflanzenschutzmittel sollen weitgehend verboten werden im Weinbau. Gerade in Schutzgebieten. Das betrifft uns zwar unterschiedlich, aber Steillagen oder besondere Einzellagen wären besonders betroffen. Wir sprechen insgesamt über zwei Drittel der Rebflächen in unserer Region. Das entzieht uns unsere Existenzgrundlage.«

»Warum? Das dürfte doch Biowinzern egal sein«, meinte Vinzent, wohl wissend, dass es von seinem eigentlichen Thema etwas wegführte.

»Falsch. Es dürfen dann nicht mehr Wirkstoffe genutzt werden, wie sie wir Biowinzer zur Stärkung der Pflanzen benutzen. Wir sprechen also nicht nur über chemische, sondern auch ökologische Stoffe. Ein Irrsinn mit weitreichenden Folgen für den biologischen, aber auch für den konventionellen Weinbau. Wenig verwunderlich, dass sich daher unter den Winzern in den deutschen Weinbaugebieten, aber insbesondere auch hier im Remstal Widerstand gebildet hat. Was die in Brüssel planen, konterkariert sogar deren eigenes Ziel, den Anteil der Biolandwirtschaft zu erhöhen.«

»Und wie stand Markus Weber dazu?« Vinzent wusste eigentlich gar nicht genau, warum er die Frage überhaupt stellte. Aber sie erschien ihm plötzlich angebracht und wichtig.

»Das ist eine gute Frage.«

Kurzes Schweigen in der Leitung, ehe sie weitersprach. War das ein Zögern, ein Ringen um die richtige Antwort? Fast kam es Vinzent so vor.

»Er hat sich eigentlich eher bedeckt gehalten. Und das, obwohl er einer der Pioniere des ökologischen Weinbaus war. Markus war immer der Meinung, man solle den Weinen Freiraum geben.«

»Freiraum geben? Wie hat er das gemeint?«

»Na, so wenig wie möglich eingreifen. Den Trauben an den Reben ihre natürliche Entwicklung lassen, später bei der Lese ebenso wie beim Pressen und danach bei den Gärungs- und Reifeprozessen. Er hat sich praktisch für eine individuelle Entwicklung der Weine ausgesprochen. Damit hat er sich aber nicht nur Freunde gemacht. Denn viele hätten sich von ihm ein klares Bekenntnis gewünscht. Sein Wort hatte immerhin Gewicht. Aber sein Schweigen hat auf einige Winzer befremdlich gewirkt.«

»Bekenntnis? Schweigen? Wozu? Zu Pflanzenschutz-mitteln?«

»Na, zumindest zum ökologischen Weinbau hätte ihm ein klares Bekenntnis gut gestanden. Den betreiben im Remstal bei genauer Betrachtung ohnehin bereits die meisten Winzer, auch wenn sie auf die teuren Etikettierungen und Label verzichten. Aber das ist ja auch logisch, denn Weinbau hängt immens von der Natur, dem Klima und natürlichen Ressourcen ab. Das erzwingt heutzutage nachhaltiges Arbeiten automatisch. Dabei spielen ökologische Aspekte mindestens eine so große Rolle wie natürlich wirtschaftliche, aber auch soziale Aspekte.«

Jetzt wurde Vinzent hellhörig. Offensichtlich hatte sich der Sonnyboy unbeliebt gemacht. »Okay, aber wenn Markus hier aus den Reihen der Winzer am Ort und im ganzen Tal ausgeschert ist, dann hat das doch für böses Blut gesorgt.«

»Sagen wir so, es waren nicht alle begeistert darüber, wie zurückhaltend er sich in dieser Frage verhalten hat. Aber welche Rolle spielt das für den Nachruf?«

»Ach, natürlich überhaupt keine«, lenkte er ein. »Aber ich war neugierig. Und wie ist Ihr Blick auf Markus Weber und sein hinterlassenes Erbe?«

»Er hat Beeindruckendes geleistet und ist einfach viel zu früh gestorben, um sein Werk vollenden zu können«, sagte sie knapp zusammenfassend. »Hören Sie, Herr Elsässer, ich muss auch weitermachen hier.«

Vinzent bedankte sich kurz, dann beendete sie das Gespräch relativ abrupt, was bei ihm einen leicht schalen Nachgeschmack hinterließ. Trotzdem hatte er mehr Informationen zusammengetragen, als er in seinem Artikel unterbringen konnte. Also machte er sich daran, seine Notizen durchzugehen, zu ordnen und niederzuschreiben. Vielleicht ergab sich aus dem Material genügend Stoff für eine weitere Story, eine, die den Fokus auf die Bedrohung des Weinbaus der Region legte. Vinzent nahm sich vor, das Thema später noch einmal aufzugreifen.

KAPITEL 6

Sie mochte den Umgang mit den Toten. Die leblosen Körper machten ihre keine Angst. Die Stille, die sie umgab, empfand sie als angenehm. Wie auch den leicht süßlichen Haschischgeruch, der im Raum lag, ehe er von der Absauganlage eliminiert wurde.

Was sie im Moment nicht mochte, war der Typ, der so kalt war wie das Metall des Tisches, auf dem sein nackter und nur in ein weißes Leintuch eingeschlagener Körper lag.

Es war nämlich einer ihrer Ex-Freunde. Oder zumindest so ähnlich. Das sorgte für unliebsame Erinnerungen. Doch jetzt war er tot und seine Leiche bei ihr gelandet. Zufall, Schicksal, sie wusste es nicht. Das Leben war voll von beidem.

Sie starrte zu ihm hinunter und ihr Blick wirkte dabei geschäftig neutral und doch etwas pikiert. Was machte er hier?

Während die meisten Menschen mit Büroarbeit beschäftigt waren oder um diese Jahreszeit im Freibad die wärmende Sonne genossen, kümmerte sich Julia Judith Schwarz im gekühlten Arbeitsraum ihres Beerdigungsunternehmens um die Toten. Sie lebte ein Leben mit dem Tod an ihrer Seite. Er war seit ihrer Geburt allgegenwärtig. An jedem einzelnen Tag. Er war omnipräsent, bestimmte ihren Tagesablauf und schob sich immer wieder in den Vordergrund. Und sie war gut in dem, was sie machte.

Von Spaß bei der Arbeit konnte man allerdings schon aus Anstandsgründen kaum sprechen.

Gut, so ein lebloser Körper war mitunter etwas widerspenstig, wenn er reglos vor ihr lag. Er war kalt, emotionslos und sah je nach Todesursache oder Fundort oder Verwesungsgrad manchmal recht mitgenommen aus.

Nicht selten hatte sie es mit Unfallopfern zu tun, deren abgetrennte Körperteile in einem schwarzen Plastiksack mitgeliefert wurden. Sie setzte die Puzzleteile dann geduldig zusammen.

Für JJ war ihr Beruf eine Art Kunst. Wenn man liebevoll zu Werke ging und die nötige Geduld mitbrachte, dann

konnte man Erstaunliches hervorzuzaubern und selbst ent-
stellten Menschen ihr vorheriges Aussehen wiedergeben.
Das war das Mindeste, was sie versuchen konnte.

Und eins stand für JJ fest: Mit den Toten kam sie besser
aus als mit den Lebenden. Das hatte vielerlei Gründe. Was
sie mochte, war in erster Linie die Stille. Leichen quasselten
nicht. Nichts hasste JJ mehr als jemanden, der den Drang
verspürte, eine längst erstorbene Konversation künstlich
am Leben zu halten. Ihre Leichen sprachen nicht, auch
wenn sie vielleicht viel zu sagen hätten. Alle, die hier lagen,
waren zum Schweigen verdammt. Und keine von ihnen
störte sich an der lauten Musik, die durch die Stille brach,
wenn JJ ihrer Arbeit nachging.

Niemand beschwerte sich über die harten Gitarrenriffs
von Field of the Nephilim, die donnernden Drums der Sis-
ters of Mercy oder den wummernden Bass von Joy Division,
der klang, als würde jemand mit einem Vorschlaghammer
ein hässliches Loch in die Wand schlagen. Düsterer Gothic-
Rock begleitete die Toten auf ihrer letzten Reise.

Rein unternehmerisch betrachtet waren tote Menschen
gute Kunden. Denn gestorben wurde immer. Zuverlässig und konstant. Wenn auch aus den unterschiedlichsten
Gründen. Aber die konnten JJ eigentlich egal sein.

Sicher, wer tot war, tauchte in der Regel nur einmal in
der Kundenkartei auf. Direkte Folgegeschäfte kamen bei
ihr noch nicht vor, denn nur die wenigsten starben zweimal – außer vielleicht im Film.

Dafür wuchsen regelmäßig neue Kunden nach, sodass sie
sich über die Zukunft trotz wirtschaftlicher Flaute und stei-
gender Kosten keine Sorgen zu machen brauchte. Und die
Preise, die sie von den Hinterbliebenen verlangen konnte,
waren zwar ordentlich, aber angemessen. Was dazu führte,

dass man vom Geschäft mit dem Tod ganz einträglich leben konnte. Wobei sie immer Wert darauf legte, faire Preise zu bieten, die dem Geldbeutel der Menschen entsprachen, die vor ihr saßen. Eine Frau mit knapper Rente durfte weniger zahlen als eine reiche Ex-Gattin, die im Porsche auf den Hof fuhr und im schwarzen Designer-Kleid aus dem Wagen stieg. Ein Hauch von Gerechtigkeit war ihr wichtig. Denn das Leben war meist ungerecht genug.

Zudem war ihr Beruf krisensicher und trotzte zumindest teilweise den Gesetzen des Kapitalismus.

Nachdenklich und selbst leicht irritiert über die Gedankensprünge, die sie vollzog, betrachtete sie Markus Webers sterbliche Hülle. Maskenartig starr und mit geschlossenen Augen lag er vor ihr. Zufrieden wirkte der Gesichtsausdruck, auch wenn die Haut ihre natürliche Farbe verloren hatte und in ein ungesundes Grau gekippt war.

JJ zog an ihrem Joint. Bevor sie mit der zeitraubenden Arbeit anfing, drehte sie sich meist ein paar und legte sie in eine Nierenschale am Kopfende des Metalltisches.

KAPITEL 7

Vera Weber konnte es nicht glauben. Wieder saß der Polizist am Tisch, der ihr erst vorgestern die Nachricht vom Tod ihres Mannes überbracht hatte. Diesmal allerdings nur, um ihr mitzuteilen, dass es keine polizeilichen Ermittlungen geben werde.

»Wir haben keinerlei Anzeichen und Hinweise auf Fremdeinwirkung finden können«, meinte er, nachdem er an dem angebotenen Espresso genippt und sich die Lippen verbrannt hatte. Die Worte waren daher leicht lispelnd seinem Mund entsprungen.

Sie schätzte den Polizisten etwas jünger als sie selbst. Er sah überarbeitet aus, wie sie zu erkennen glaubte. Sein dunkelblonder Wuschelkopf zeigte erste graue Strähnen. Auch zwischen den Bartstoppeln schimmerte etwas Grau durch. In das schmale Gesicht hatten sich einige tiefe Falten gegraben, die sich jedoch rasch als Lachfalten entpuppten, wenn die Mundwinkel nach oben zuckten. Unter den grauen Augen hatte er dunkle Ringe. Wahrscheinlich von zu wenig Schlaf. Vielleicht hatte er kleine Kinder. Könnte vom Alter her passen.

»Danke, das ist wenigstens eine gute Nachricht«, sagte sie.

Als sie vor dem Öffnen der Türe ihr Spiegelbild betrachtet hatte, war sie selbst erschrocken, was nicht weiter verwunderlich war. Ihr Gesicht war verheult, die Augen verquollen und ebenso rot gerändert wie die Haare gefärbt. Der drahtig sportliche Körper wirkte in dem schwarzen Kleid mit einem Mal eingefallen und ausgemergelt, ihre

Haut schimmerte weiß und erschien beinahe transparent, so als seien mit dem Tod ihres Mannes auch alle Lebensgeister aus ihr gewichen.

Doch sie wusste, dass das nur eine Momentaufnahme war. Im Grunde genommen fand Vera bei genauerem Hinschauen, dass ihr Gesicht im Laufe der Zeit interessanter geworden war. Sie fühlte sich weder alt noch unattraktiv, auch wenn Falten und Konturen zugenommen hatten. Ja, sie hatte sich nicht nur gut gehalten, die Jahre standen ihr sogar außerordentlich vorteilhaft zu Gesicht. Störend war in diesem Moment nur der rote Fleck, der auf der rosigen Haut prangte. Er zeichnete die Form einer Hand nach. Schnell hatte sie nach dem Make-up in ihrer Handtasche gegriffen und etwas Farbe auf die Stelle gewedelt.

Dabei war sie sogar einen Moment zwischen Trauer und unendlicher Erleichterung verharrt, als Simon Kalt ihr die Todesnachricht überbracht hatte. Selbst überrascht und auch etwas verstört über die eigene Reaktion, hatte sie versucht, sich nicht das Mindeste anmerken zu lassen. Der Polizist schien nichts bemerkt zu haben, sonst würde er hier kaum in aller Seelenruhe sitzen.

»Warum sollte ihm auch jemand etwas antun wollen. Markus hatte immer die Strategie, leben und leben lassen. Er hatte seine Ziele und für die hat er sich eingesetzt, aber er hat nie gegen andere oder andere Winzer gekämpft. Er war ein erfolgreicher Selbstvermarkter. Trotzdem ist unser Weinhaus ein kleines Weingut, das mit dem Ertrag der Genossenschaften oder auch anderer Selbstvermarkter nicht mithalten kann. Aber das wollte Markus auch nie. Er wollte auf eigenen Beinen stehen, unabhängig sein. Dafür hat er sich abgerackert.«

Plötzlich durchfuhr sie eine Welle der Trauer, als ihr bewusst wurde, welche Fragen sein Tod über kurz oder lang aufwerfen würde. Wer führte das Weingut weiter? Wie wollte man die bisherige Qualität halten? Musste sie am Ende sogar verkaufen? Hatten sie sich mit den Neuinvestitionen übernommen? All die Fragen schossen ihr durch den Kopf, und die Trauer wich einer Wut, dass er sie allein gelassen hatte.

Sie beobachtete, wie Simon Kalt auf die leere Espressotasse vor ihm starrte und sie zwischen den Fingern drehte.

»Zu sagen, ich hätte auch nur eine Ahnung, wie Sie sich jetzt fühlen, wäre die pure Lüge«, sagte der Polizist, nachdem sich ein längeres Schweigen eingestellt hatte. »Die Wucht der Trauer kann niemand nachempfinden.«

Sie nickte zur Bestätigung und schnäuzte dann in ein Taschentuch.

Nein, er hatte keine Ahnung. Weder von der Trauer noch von den anderen Gefühlen, die sich in ihrem Inneren stritten, aufeinander losgingen. Denn sie, und vielleicht nur sie, wusste, dass es zwei Markus gegeben hatte. Hier der smarte Sonnyboy, den alle mochten, und dort der leicht reizbare und von unberechenbaren Stimmungsumbrüchen getriebene Markus. Sie trauerte um den ersten Markus, auch wenn selbst der seine Schattenseiten gehabt und mit seinen unzähligen Frauengeschichten ihre Ehe mehr als einmal beinahe ruiniert hätte. Aber sie hatte schließlich gewusst, wen sie geheiratet hatte. Das konnte sie ihm also nur bedingt zum Vorwurf machen. Dagegen war der zweite Markus für sie kein Verlust. Im Gegenteil. Es war gut, dass er weg war. Sie hätte sich nur gewünscht, den ersten Markus behalten zu dürfen.

Sie bemerkte, dass der Polizist sie anblickte. Womöglich hatte er den Fleck auf ihrer Wange entdeckt. Aber selbst wenn, er sagte nichts. Und sie hätte auch schnell eine Erklärung parat gehabt. Ein Sturz im Dunkeln gegen ein Möbelstück oder etwas in dieser Art. Dann fiel ihr erst wieder ein, dass er ja irgendwas über Trauer gesagt hatte und womöglich auf ihre Antwort wartete.

»Ja, die Trauer hüllt einen ein wie ein schweres Tuch. Markus war kein Engel, aber wir hatten eine gute Ehe, wir haben zwei tolle Kinder und uns gehört einer der führenden Weinbaubetriebe der ganzen Region. Das ist mehr Glück, als viele andere Menschen im Leben haben. Wir mussten uns nie Gedanken machen, was am Abend auf den Tisch kommt und ob wir die Raten für unser Haus oder die Fahrzeuge zahlen konnten. Uns ging es gut. Und irgendwie wird es jetzt natürlich weitergehen.« Nach einer erneuten Pause fügte sie hinzu: »Irgendwie muss es weitergehen.«

Dann schossen ihr Tränen in die Augen und ihr Körper bebte mit einem Mal. Sie war unfähig, etwas dagegen zu tun. »Ich konnte mich nicht einmal von ihm verabschieden. Er ist einfach gegangen und nicht mehr wiedergekommen.« Ihre Stimme war jetzt brüchig und zittrig, ihre Worte wurden abermals von tiefem Schluchzen unterbrochen.

Als sie sich wieder beruhigt hatte, verabschiedete sich Simon Kalt von ihr. Auf dem Weg zur Haustür sah sie, wie er für einen kurzen Moment erneut auf ihre Wange starrte. Sie beeilte sich, den Kopf zu drehen und ihm die andere Seite zu präsentieren. Es war ihm sichtlich unangenehm und er hatte bemerkt, dass sie seine Blicke registriert hatte. Dann war er durch die Türe verschwunden und Vera Weber war wieder allein im Haus und lehnte sich gegen die Innenseite der Haustüre.

KAPITEL 8

Nachdenklich betrachtete JJ Markus sterbliche Hülle. Maskenartig starr und mit geschlossenen Augen lag er vor ihr. Zufrieden wirkte der Gesichtsausdruck, auch wenn die Haut ihre natürliche Farbe verloren hatte und in ein ungesundes Grau gekippt war.

Markus Weber. In ihrer Jugend der große Schwarm vieler Mädchen, damals auf dem Friedrich-Schiller-Gymnasium. Sie selbst war eine der summenden Bienen gewesen, die einige Zeit um ihn herumgeschwirrt waren. Doch das war lange her, eine gefühlte Ewigkeit. Wie so oft hatte man sich nach der Schulzeit aus den Augen verloren. Bald war man sich nur noch gelegentlich auf Straßenfesten über den Weg gelaufen und aus den Umarmungen und Küsschen auf die Wange von einst war alsbald ein schüchternes Winken aus der Ferne geworden. Und es kam sogar vor, dass man instinktiv auch mal den Kopf wegdrehte, wenn man sich begegnete.

Neugierig zog sie das weiße Tuch über die Brust bis zum Bauch herunter. Er war gut in Form gewesen, der Markus. Wahrscheinlich durch die viele Arbeit im Freien, in den Weinbergen. Einige Tattoos schmückten seine Arme und den Oberkörper. Kein billig und unprofessionell gestochener Mist, den man vielleicht für viel Geld wegätzen musste. Geschmackvolle Motive, wie sie fand, mit satten Farben und sauberen Konturen, feinen Schatten. Eine Rose, ein Löwe, einige ineinander verflochtene Linien, die wahrscheinlich keine tiefere Bedeutung hatten.

Das passte zu ihm. Markus war schon immer ein recht körperbetonter Mensch gewesen. Und auf seine Art etwas eitel.

Rasieren würde sie nicht viel müssen. Alles war glatt. Sein ganzer Körper war mit Ausnahme der Barthaare und der Haare auf dem Kopf glatt wie ein Babypopo.

Für einen Moment entführten sie ihre Gedanken in die Vergangenheit, während sie seltsam versonnen den Leichnam betrachtete.

Obwohl sie zu der Zeit möglichst weit weg von ihrem Heimatkaff war, hatte sie natürlich mitbekommen, was Markus in den letzten Jahren aus dem angestaubten Weinbaubetrieb gemacht hatte. Er hatte ihn von seinen Eltern übernommen, während sein großer Bruder in die Politik gegangen war. Zusammen hatten sie die Stadt praktisch unter sich aufgeteilt. Peter, der Bruder, war der jüngste Oberbürgermeister, den die Stadt je hatte. Wie alle seine Vorgänger war er allerdings hauptsächlich damit beschäftigt, sich unvergessen zu machen und sich ein bauliches Denkmal zu setzen.

Soweit sich JJ erinnerte, hatte es noch eine Schwester gegeben. Deutlich älter als Markus. War sie nicht irgendwann bei einer Bergtour verschwunden, in eine Spalte gestürzt? JJ konnte sich nicht mehr genau erinnern. Dramatische Geschichte. Damals. Beerdigt wurde sie nicht. JJ hatte sie nie kennengelernt und inzwischen auch ihren Namen vergessen.

Und Markus? Seine neue Vinothek am Fuß des Kappelbergs in einer Lage, in der sonst nie und nimmer jemand hätte bauen dürfen, war rasch eine der angesagtesten Locations in der Gegend geworden. Einige behaupteten, bei der Baugenehmigung hätte sich der Bürgermeister höchstselbst eingeschaltet, als er Wind von einer drohenden Abstimmungsniederlage des Vorhabens im Bauausschuss der Stadt bekommen habe. Das würde den Brüdern ähnlichsehen. Immer Hand in Hand, wenn es um den eigenen Vorteil ging. Dabei waren sie grundverschieden, nicht nur optisch.

Inzwischen traf sich in dem modernen Bau aus Beton und Glas das Who's who der Stadt. Hier wurden Geschäfte gemacht und gefeiert bei feinen Weinen und hervorragendem Essen. Webers Vinothek war eine der bevorzugten Eventlocations der Stadt. Von der Dachterrasse bot sich zu allen Seiten ein spektakulärer Blick.

JJ hatte gehört, dass andere Markus' Weg als egoistisch und überheblich kritisierten. Man hielt ihn für arrogant und abgehoben, hatte sie einmal am Rande eines Empfangs aufgeschnappt, zu dem sie eingeladen war. Dort war sie auch Peter zum ersten Mal seit vielen Jahren wieder über den Weg gelaufen. Darauf hätte sie aber verzichten können. Normalerweise mied sie solche Veranstaltungen ohnehin. Aber als Unternehmerin musste man hin und wieder seine Nase zeigen und gute Miene zum bösen Spiel zur Schau tragen und dabei immer schön lächeln und winken wie die Pinguine im Animationsfilm »Madagascar«.

Beinahe zärtlich legte sie eine Hand auf die kalte Schulter vor ihr und für einen kurzen Moment zuckte ein versonnenes Lächeln in ihrem Mundwinkel. Dann zog sie das Tuch wieder nach oben und machte sich an die Vorbereitungen ihrer Arbeit.

Die Nacht würde er dann in Gesellschaft von Erna Bauer und Hannes Schmid verbringen. Die beiden lagen nebenan in der Kühlkammer. Vielleicht hatten sie sich ja sogar zu Lebzeiten gekannt. Jetzt waren sie jedenfalls Nachbarn.

Ob die drei ihre Geschichten untereinander austauschen würden, wie es Robert Seethaler in seinem Roman »Das Feld« beschrieben hatte, konnte sie nur erahnen. Wissen würde sie es wahrscheinlich erst, wenn sie einmal selbst auf der metallenen Unterlage liegen und sich jemand über sie beugen würde, um sie zu reinigen und zu waschen.

Zur Reinigung von Verstorbenen gab es im Bestattungsgewerbe unterschiedliche Philosophien. Und ob eine Leiche nur mit reinigenden Flüssigkeiten eingesprüht und wieder trocken getupft oder mit lauwarmem Wasser gründlich gereinigt wurde, hing natürlich mit dem Zustand des Toten zusammen. Dabei machte eine Leiche, die kurz zuvor vom Pflegedienst gewaschen wurde, weniger Arbeit als eine, die man aus einer dornigen Brombeerhecke gezogen hatte. Doch Julia nahm sich immer die Zeit und wusch alle Kunden ordentlich. Sicher, wenn viel gestorben wurde, fehlte es manchmal an der Zeit. Doch dann legte sie eine Nachtschicht ein. Wer einen sauberen Tod starb, der sollte zumindest sauber in den Sarg kommen.

Für Markus würde sie etwas Zeit investieren müssen. Laut Totenschein war er beim Joggen an einem plötzlichen Herztod gestorben. Aber im Sterben war er nicht nur einfach auf den Boden gefallen, sondern wohl einen kleinen Abhang hinuntergerutscht, an dessen Ende es über eine Kante noch fast zwei Meter in die Tiefe ging. Dort war der Körper ungebremst mit dem Gesicht voran aufgeschlagen und aufgefunden worden. Hautabschürfungen, Kratzspuren und Prellungen legten Zeugnis über das unsanfte Ende ab.

Trotzdem hatte der Notarzt in seiner vorläufigen Bescheinigung eine natürliche Todesart festgehalten, was später auch in der vorgeschriebenen Leichenbeschau durch einen Arzt im Krankenhaus in Winnenden bestätigt worden war.

JJ war selbst sportlich. Während ihrer Streifzüge durch die Welt hatte sie irgendwann das Laufen für sich entdeckt. Dazu brauchte man nicht mehr als ein Paar Schuhe, für die sich immer Platz im Rucksack fand. Joggen hatte ihr Ruhe und Ausgleich geschenkt, den sie in den rastlosen Jahren der Flucht vor dem Elternhaus, dem Kleinstadtleben und dem Erwachsenwerden immer gesucht hatte. Aber das Laufen war nicht nur ihre Flucht. Auch ihre One-Night-Stands ergriffen oft die Flucht, wenn sie von ihrer morgendlichen Runde verschwitzt zurückkam. Egal ob in Paris, Lissabon, Sydney oder Toronto. Aber dieser Fluchtinstinkt war ihr immer entgegengekommen. So konnte sie nach einer ausgiebigen Dusche in Ruhe ihren dampfenden schwarzen Morgenkaffee genießen. Selten ging sie mit jemandem nach Hause. Wenn, dann waren es in all den Jahren immer Frauen gewesen, in deren Bett sie aufgewacht war. Es war nie schwer gewesen, herauszufinden, wo man hingehen musste, um jemanden kennenzulernen, wenn das Verlangen nach körperlicher Nähe zu groß geworden war. Ein Schicksal, mit dem man sich zwangsläufig arrangieren musste, wenn man allein durch die Welt geisterte, auf der Suche nach sich und dem Sinn. Aber wenn sie jemand kennengelernt hatte, mit der sie nach Hause gegangen war, dann hatte sie ihre Joggingschuhe meist erst nach dem Kaffee und dem Abschiedskuss angezogen, wenn sie wieder in ihrer eigenen Bude angekommen war. Ab und an hatte eine solche Nacht dann eine seltene Fortsetzung gefunden. Während sie den Jungs, die einen weiteren One-Nighter oder gar auf mehr hofften, fast immer eine Abfuhr schenkte.

In Sportzeitschriften und im Internet hatte sie mehrfach von Fällen von plötzlichem Herztod bei Sportlern gelesen. Eine verschleppte Erkältung, eine Viruserkrankung oder ein nicht ausgeheilter bakterieller Infekt, der unbemerkt auf den Herzmuskel übergesprungen war und durch die Belastungssituation zum Tod führte, das kam immer wieder vor. Und es traf vermeintlich gesunde Menschen, in der Mehrzahl der Fälle Männer. Trotzdem seltsam, wie schnell und ohne Vorankündigung ein Mensch aus dem Spiel des Lebens genommen wurde, dachte sie, während sie nach dem Totenschein griff. Als Bestatterin wurde ihr nur der nicht vertrauliche Teil ausgehändigt, mit dem dann beim Standesamt die amtliche Sterbeurkunde beantragt werden konnte. Es gab aber auch noch einen vertraulichen Teil des Dokuments, der ihr nicht vorgelegt wurde. Darin ging der Arzt ausführlich auf seine Entscheidungsgründe für die Todesart ein, machte detaillierte Angaben zur Todesursache und zu den sicheren Todeszeichen wie Leichenstarre oder Fäulniserscheinungen.

Woher mit einem Mal dieses seltsame Gefühl kam, wusste Julia nicht. Aber von irgendwoher flammte ein Hauch von Zweifel auf.

Ein Zweifel am Tod, ein Zweifel an der Ursache.

Plötzlicher Herztod eines kerngesunden Menschen in den besten Jahren. Vielleicht hatte es eine Vorerkrankung gegeben, von der niemand etwas wusste, versuchte sie den Gedanken beiseitezuschieben. Trotzdem blieb ein seltsamer Geschmack zurück. Obwohl das offizielle Dokument eigentlich keine Zweifel erlaubte, keimten doch welche in ihr, fanden Nährboden, begannen zu wachsen und zu wuchern, während sie weiter gedankenverloren seinen Körper betrachtete.

Vielleicht deshalb, redete sie sich ein, weil der leblose Körper vor ihr ein ehemaliger Freund von ihr war. Sie zwang sich, dieses unbestimmte Gefühl beiseitezuschieben, zog das dünne weiße Leichentuch wieder herunter, startete ihre Playlist bei »Burn« von The Cure und begann, Markus' Körper zu waschen.

Der kühl glänzende Metalltisch wurde von den hellen Neonröhren an der Decke ausgeleuchtet. Eine flexible Leuchte stand für Detailarbeiten bereit. Sie würde sie brauchen.

Markus war seit etwas über zwölf Stunden tot, sein Körper weder warm noch weich. Wenn JJ vorsichtig eines der Gelenke bewegte, lockerte es sich dennoch. Seine Augen waren geschlossen. Dazu hatte sie seine Augenlider mit einer Bewegung und mit geübten Fingern nach unten gezogen. Immer wenn sie das tat, konnte sich JJ ein Schmunzeln nicht verkneifen. Sie musste stets an die Handbewegungen aus unzähligen Filmen denken, wie jemand mit zehn Zentimeter Abstand dem Toten über die Augen strich und diese sich dann wie magisch schlossen. Das war im wahrsten Sinne des Wortes filmische Augenwischerei. Oder eben künstlerische Freiheit. Denn wer wollte schon sehen, wie man die Augenlider eines Toten nach unten fummelte?

Die Musik wechselte und aus den Lautsprechern dröhnte »Dead Souls«, allerdings nicht in der Originalversion von Joy Division, sondern das Cover von Nine Inch Nails.

Als sie mit dem Oberkörper fertig war, nahm sie Markus die Windel ab. Noch so ein Detail, über das in Krimis nie erzählt wurde. Dabei waren die Schlüpfer unverzichtbar. Ohne sie würde sonst der ganze Darminhalt aus dem leblosen Körper fließen und eine Riesensauerei hinterlassen. Es kam außerdem oft vor, dass die Flüssigkeit des sich zersetzenden Magens den Leichen aus dem Mund lief. War das einmal der Fall, musste sie diese absaugen.

Häufig hatte JJ Menschen auf dem Tisch, die während einer Operation gestorben waren. Dann war ihre erste Auf-

gabe, die Schläuche zu entfernen, die oft noch in den Körpern steckten, und die durch das Skalpell entstandenen offenen Wunden zu vernähen.

Sie besprühte den blonden schulterlangen Haarschopf
mit Trockenshampoo und bürstete ihn aus. Dann cremte
sie die Hände und das Gesicht ein, damit die Haut nicht
austrocknete und rissig wurde.

Violet Femmes spielten nun »Color me once«.

Dann rief sie die Sargkarte auf ihrem iPad auf, überflog die dort hinterlegten Wünsche der Angehörigen und
zog Markus entsprechend einen schwarzen Anzug und
ein weißes Hemd an. Eine umständliche und anstrengende
Arbeit, die Zeit brauchte, denn der Körper eines toten Menschen wog schwer. Als Nächstes schlug sie ihn in ein weißes
Laken ein und legte ihm zwei von der Decke baumelnde
Trageriemen an. Über das Schienensystem bewegte sie den
Leichnam dann zu einem vorbereiteten Holzsarg und bet-
tete ihn behutsam darin.

Andere Bestatter gingen nicht so vorsichtig zu Werke.
Sie packten die Toten an Armen und Beinen und hiev-
ten sie umher, wuchteten sie in die Särge. Beschweren
konnte sich ja niemand. So zu arbeiten, dazu fehlte Julia
zum Glück die Kraft. Obendrein fand sie einen solchen
Umgang geschmacklos, obwohl sie nicht gerade zart besai-
tet war. Aber wenn man unvorsichtig war, konnte die Haut
große und hässliche Risse bekommen, die man teilweise
mühsam wieder zuspachteln musste. Eine Arbeit, die man
sich sparen konnte, wenn man die Toten anständig handhabte.

Der Mund wurde bei ihr nicht geschlossen, denn sonst
müsste sie in der Mundhöhle das Kinn an den Oberkie-
fer nähen. Das versuchte sie immer zu vermeiden, da sie

einen solchen Eingriff selbst nach dem Tod auch am eigenen Leichnam nicht wollen würde. Nur wenn die Angehörigen ausdrücklich darauf bestanden.

Zufrieden betrachtete sie ihre Arbeit und verglich zu »Cut the Tree« von The Wolfgang Press den vor ihr liegenden Leichnam zufrieden mit dem Markus auf dem Foto.

Ganz entspannt sah er aus.

Der tote Markus kam dem Abbild extrem nahe, wie sie fand.

Dann schob sie den niedrigen Wagen mit dem Sarg in den Kühlraum, wo er bis morgen liegen würde, ehe er in den lichtdurchfluteten Verabschiedungsraum gebracht wurde.

Als sie fertig war, streifte sie die Schürze und den Arbeitskittel ab, hängte beides an die dafür vorgesehenen Haken in der Wand, bevor sie das Licht löschte, um nach oben in ihre Wohnung zu gehen.

Wieder fragte sie sich, warum Markus so früh hatte sterben müssen und warum sie das so berührte. Und wieder keimten kleine Stacheln des Zweifels, die sie fortan begleiteten.

KAPITEL 9

Peter Weber parkte seinen Mercedes direkt am Brunnen vor
dem Eingang in den Kelterneubau. Dieser war vor einigen
Jahren notwendig geworden, da die bisherige Kelter längst
zu klein geworden war. Geld war genug vorhanden, trotzdem hatte man auf typisch schwäbisches Understatement
gesetzt. Herausgekommen ist ein moderner, aber schlichter
Neubau mit viel Holz und weitläufigen Verkaufs- und Ver-
kostungsräumen. Dahinter wurde gearbeitet. Insbesondere
während der Zeit des Herbstens. Dann wurden die Trauben geerntet und verarbeitet. Für den Neubau hatte man
neue Flächen entlang der Kelterstraße erworben, die über
die Stettener Straße für eine recht gute Anbindung sorgte.

Vorstand und Aufsichtsrat der Fellbacher Weinmanufaktur tagten heute Abend gemeinsam. Die Sitzung war
lange anberaumt und zu ihr schon vor zwei Wochen eingeladen worden. Durch den unerwarteten Tod seines Bruders hatte sie allerdings an Bedeutung gewonnen. Er hatte
überlegt, aus aktuellem Anlass abzusagen. Wahrscheinlich
hätte es jeder verstanden, aber Peter wollte es durchziehen.
Vermutlich würde ihm der Auftritt als trauernder Bruder
unterm Strich sogar Pluspunkte einbringen. Das kam ihm
gelegen, wenn er an die Zukunft dachte. Seine persönliche
Zukunft und die des Weinhauses Weber, das er im Schoß
der Familie halten wollte. Er griff nach der Mappe mit seinen Notizen für den Abend, die er auf dem Beifahrersitz
deponiert hatte, stieg aus und ging direkt nach oben. Er war
fast auf die Minute pünktlich, und die letzten Raucher beeil-

ten sich, ihre Zigaretten auszudrücken, als sie ihren heutigen Gast kommen sahen. Sie nickten ihm im Vorbeigehen stumm zu. Oben nahm Weber wie selbstverständlich am Kopfende Platz und wartete, bis alle Stühle zurechtgerückt waren und ihm die volle Aufmerksamkeit geschenkt wurde.

Er würde als Erster sprechen. Er war der Oberbürgermeister.

»Ihr habt sicher alle schon davon gehört«, begann er mit gedämpfter Stimme, ohne sich mit Begrüßungsfloskeln aufzuhalten, und sah dabei reihum allen nacheinander in die Augen. Fast alle senkten den Blick, als wollten sie so ihr Mitgefühl zum Ausdruck bringen. Aber wahrscheinlich heuchelten die meisten nur, so wie er es tat. So eng, wie es nach außen gewirkt hatte und auch von der Presse dargestellt worden war, so eng war er mit seinem Bruder nicht gewesen. Sie hatten eine Zweckgemeinschaft gebildet, weil sich so Vorteile für beide ergeben hatten. Weil sie Brüder waren und dasselbe Blut in ihren Adern floss. Und doch hatten sie sich genau genommen nie gegenseitig über den Weg getraut. Aber das ging hier niemanden etwas an. Was in der Familie vor sich ging, blieb in der Familie.

Seine Stimme klang leicht belegt, als er weitersprach. »So ein Verlust wiegt schwer, einige können das vielleicht nachvollziehen.« Nach einer längeren Kunstpause, während der er selbst auf die Tischplatte vor sich starrte, hob er den Kopf und fuhr mit fester Stimme fort: »Aber es muss weitergehen. Das hätte auch Markus so gewollt. Wir haben in Fellbach ein sehr erfreuliches Jahr hinter uns. Auf uns wartet ein ordentlicher Jahrgang, nach allem, was ich höre. Außerdem sind die Keller gut gefüllt, was uns ja in den letzten Jahren leider nicht immer beschieden war. Und was mich noch mehr freut, wir spielen in der vordersten Liga mit. Die Fellbacher Weinmanufaktur ist von allen Württemberger Genossenschaften wieder einmal die stärkste. Ihr habt geschafft, was früher unmöglich schien: Weine in einer Qualität zu produzieren, die früher eigentlich nur den Edelweingütern im Verband der Prädikatsweingüter vorbehalten war. Weine, bei denen sich selbst unsere Selbstvermarkter wie mein Bruder warm anziehen müssen, so großartig ist die Qualität. Ihr seid also ein Aushängeschild unserer Stadt.«

Er sah in stolze, überwiegend junge Gesichter. Peter wusste genau, dass sie ihn skeptisch beobachteten, weshalb er ihnen gern etwas Honig ums Maul schmierte. Der überwiegende Teil hatte ein vollkommen entspanntes Verhältnis zu den Selbstvermarktern. Aber einige hatten es ihm und seinem Bruder übel genommen, dass er sich in die Genehmigung des Neubaus für das Weinhaus Weber persönlich eingeschaltet hatte. Er habe damit die gebotene Neutralität verletzt, hatte man ihm vorgeworfen. Aber irgendwann hatte sich der Protest wieder gelegt. Seither beglückte er die Mitglieder der Fellbacher Weinmanufaktur mit allerhand Streicheleinheiten und überschüttete sie, wo immer sich ihm eine passende Gelegenheit bot, mit Lob für ihre Arbeit und ihre exzellenten Weine.

»Schade, dass Markus von uns gegangen ist«, meinte Hans Köppel, als Peter Weber nach guten fünfzehn Minuten Monolog zum Schluss gekommen war. Köppel bezog sich dabei auf die geplante EU-Verordnung. »Einer wie Markus hätte für uns sicher Gehör gefunden. Jetzt müssen wir sehen, wie wir durch das Brüsseler Dickicht dringen.«

Köppel war bekannt für seine kritische Haltung gegen alle Winzer außerhalb der Weinmanufaktur. Und für das Weinhaus Weber hatte er nie etwas übriggehabt. »Ihr mit euren Schickimicki-Weinen für die Reichen und Schönen glaubt wohl, ihr könnt es besser«, hatte er Peter einmal an einem weinseligen Abend des Fellbacher Herbstes in der Schwabenlandhalle an den Kopf geworfen.

Peter bemühte sich, ruhig zu bleiben. »Alleine hätte er auch nichts ausrichten können. Das können wir nur alle gemeinsam klären. Es geht hier um kollektive Solidarität zwischen allen Weinbauern, egal, ob die Trauben in der Manufaktur landen oder selbst verarbeitet werden. Und wir werden nur gehört, wenn wir auch über die Stadtgrenzen zusammenhalten.« Weber unterstrich seinen pathetisch aufgeladenen Appell mit einer einigenden Handbewegung.

»Du sagst *wir*? Was ist denn *dein* Beitrag?« Er hatte damit gerechnet, dass insbesondere Köppel trotz des Trauerfalls die Messer wetzen würde. Er war nicht für sein sonderlich sensibles Gemüt bekannt. Aber das war der Bürgermeister auch nicht. Sonst hätte er nie auf dem Stuhl Platz genommen, auf dem er jetzt saß. Da durfte man weder empfindlich sein noch mit Wattebäuschchen werfen. Seine Stadt war immerhin nach der Kreisstadt Waiblingen die zweitgrößte des Landkreises. Sie war auch stets eine der wohlhabendsten. Landwirtschaft und Weinbau hatten eine lange Tradition in der Stadt, die erst vor wenigen Jahren ihre Neunhundertjahrfeier begangen hatte. Dazu hatten ordentliche Einnahmen aus den Gewerbesteuern die Haushaltsberatungen über viele Jahrzehnte recht einfach gemacht. Wer hier Stadtoberhaupt war, konnte gestalten – wenn er wollte.

Köppel giftete, Weber parierte. So ging es einige Zeit hin und her, aber mit der Dauer glätteten sich die Wogen wieder. Und in der sogenannten Nachsitzung stieß man gemeinsam mit einem kühlen Glas der viel geschmähten Traditionssorte Trollinger an, die mit über zweihunderttausend Hektolitern heute noch immer fast ein Viertel der Erträge ausmachte.

»Schlimm, das mit deinem Bruder«, sagte Mechthild Brunner, die so was wie die Großmutter der Fellbacher Weinmanufaktur war. Ihr Mann Walter war lange Jahre Vorsitzender gewesen. Obwohl er damals selbst kurz vor dem sechzigsten Geburtstag gestanden hatte, war es ihm zu verdanken, dass sich die Weinmanufaktur nicht nur erneuert, sondern verjüngt hatte. Und mit der Verjüngung war die Qualität stetig besser geworden. Früher waren die Trauben einfach in den gewaltigen Bottichen der seit Mitte des neunzehnten Jahrhunderts existierenden Genossenschaft gelandet. Damals hatten sich über siebzig Winzer entschlossen, gemeinsam eine bessere Qualität des Rebensaftes erreichen zu wollen. Doch die Ergebnisse aus den Stahltanks der Genossenschaft mit ihren heute knapp dreihundert Mitgliedern waren lange Zeit doch recht bescheiden ausgefallen. Sicher, das war alles gut genießbar und noch immer weit besser als die Qualität anderer Genossenschaften. Für die Mehrheit der Kunden war ihr Produkt denn auch sehr gefällig und es verkaufte sich hervorragend. Aber es waren eben Konsensweine, wie er immer gesagt hatte. Weine ohne jegliche Raffinesse. Die Wende hatte dann mit Walter Brunner eingesetzt. Brunner war es, der die Manufaktur nicht nur auf Augenhöhe mit den gut zweihundert Selbstvermarktern im Kreis brachte, sondern mit den sogenannten Top Ten.

»Ja, ich kann es selbst noch kaum fassen.«

»Wie hat es Vera aufgenommen?«

»Ich konnte noch nicht mit ihr sprechen.« Er bemerkte seinen Fauxpas sofort und korrigierte sich. »Also nein, natürlich haben wir miteinander gesprochen. Aber es gibt so viel zu organisieren, da hatten wir noch keine Gelegenheit, unsere Trauer zu teilen.«

»Ja, ich erinnere mich. Walter ist nun schon fast zwei Jahre unter der Erde und im Himmel, aber es ist, als ob es gestern gewesen war. Wer richtet die Trauerfeier aus? Die kleine Schwarz?«

»Ja, wer denn sonst? So viele Möglichkeiten gibt es ja nicht in der Stadt. Und Markus kannte sie ja sogar. Sie sind zusammen in die Schule gegangen, meine ich.«

»Die macht das ja auch nicht schlecht. Hatte es ja früher nicht gerade leicht, aber steht jetzt mit beiden Beinen auf dem Boden.«

»Wenn man überlegt, wie sie früher ausgesehen hatte und rumgelaufen ist, hat sie sich in jedem Fall deutlich zu ihrem Vorteil entwickelt.« Peter Weber hatte sofort die junge Julia Judith Schwarz vor Augen. Die Stadtexotin, die überall aufgefallen war im pietistischen Ort. Sie war zwar schon immer ein hübsches Mädchen, da konnte er nicht umhin, das zuzugeben. Aber eben eine, die damals ausgesehen hatte wie eine gruftige Version von Natalie Portman, mit schwarzen Haaren und dunkel geschminkten Augen. Sie war still, verschlossen wie eine Auster und hatte in ihrer eigenen Welt gelebt. Die laute und düstere Musik, die trotz ihrer Kopfhörer stets zu hören war, hatten ihr endgültig den Stempel eines Freaks verpasst. Und Drogen waren sicher auch im Spiel, da war er sich ganz sicher. Wer so aussah, der trank nicht nur Alkohol, nein, der konsumierte noch ganz andere Dinge.

Sein Bruder hatte ihm mal von einer flüchtigen Episode mit der jungen Schwarz erzählt, in einem der Sommer im Freibad, als sie noch jung und unbeschwert waren. Aber er konnte sich nicht mehr genau daran erinnern, was zwischen den beiden gelaufen war. Ob wirklich etwas gewesen war. Es war auch egal.

»Ja, bei ihr ist er in guten Händen. Bei meinem Walter hat sie wahre Wunder vollbracht. Er sah im Tod aus wie das blühende Leben. Fast hätte ich mich noch mal in ihn verlieben können, aber er war ja schon tot«, sagte die alte Mechthild mit einem Anflug trockenen Humors und brach in schallendes Gelächter aus, sodass die anderen ihnen fragende Blicke zuwarfen.

KAPITEL 10

Das Bestattungsinstitut Schwarz lag im Herzen der Stadt und in Rufweite des Rathauses. Hier pulsierte das Leben wie das Blut durch den Körper. Hier war alles in Bewegung, kein Stillstand, denn Stillstand bedeutete den Tod. Und wer tot war, der landete beim Bestattungsinstitut Schwarz.

Schwarz Bestattungen war so was wie die Konstante der Stadt. Wohingegen Bürgermeister kamen und gingen. Und jeder versuchte, sich ein bauliches Denkmal in der Stadt zu setzen. Während der Gemeinderat anscheinend der Herausforderung nachging, mit verfehlter Baupolitik Jahrzehnt für

Jahrzehnt auch den letzten Hauch von Charme der Stadt Stück für Stück zu zerstören. Das würde bei Peter Weber, dem derzeitigen Amtsträger, nicht anders sein. Es würden weitere Bausünden entstehen und man war gespannt, welches besondere Bauprojekt er für sich und seine Amtszeit entdecken würde. Das höchste Falkennest des Landes war allerdings schon vergeben, seit die Vögel in die Neubauruine des hundertsieben Meter hohen Schwabenlandtowers eingezogen waren, für dessen Fertigstellung es zehn Jahre nach Baubeginn noch immer kein Datum gab. Von einem Fluch, der auf dem Gelände lag, war sogar in Teilen der Stadtbevölkerung die Rede. Denn vor den waghalsigen Hochhausplänen hatte dort bereits nach der Pleite einer Firma jahrzehntelang eine Hotelruine auf ihren Abriss gewartet. Vom Tower hatte man einen guten Blick auf die markanten, aber hässlichen Lüftungstürme des Stadttunnels, mit dem sich ein anderer Vorgänger Webers ein Denkmal gesetzt hatte.

Doch durch all diese Irrungen und Wirrungen der Stadtoberen wand sich das Bestattungsinstitut Schwarz elegant wie eine lautlose Schlange, blieb schadlos und unbehelligt. Und schnappte sich früher oder später den einen oder anderen Bürgermeister. Denn auch die Stadtoberhäupter segneten das Zeitliche, auch vollkommen unabhängig von ihren politischen Leistungen. Und dann landeten auch sie bei Schwarz, wo denn auch sonst.

Eine unauffällige und eher schmale Durchfahrt an der Cannstatter Straße wurde von einem Friseurgeschäft und einem Versicherungsbüro flankiert. Sie führte diskret in einen überraschend großzügigen Innenhof. Dort fanden zwei schwarze Leichenwagen neben Judiths schwarzen VW Passat und zwei zusätzlichen Kundenparkplätzen ausreichend Platz.

Allerdings erinnerte inzwischen nicht mehr viel an den flachen Industriebau aus ihrer Jugend, in dem ihr Urgroßvater die kleine Möbelfabrik betrieben hatte. Julia Schwarz hatte nach der eher unfreiwilligen Übernahme des elterlichen Betriebs viel vom reichlich vorhandenen Geld investiert, um aus den angestaubten Räumlichkeiten mit ihrem bedrückend rustikalen Innenleben einen ansprechenden und würdigen modernen Ort zu machen. Sie wollte die Last der Menschen durch den Verlust eines womöglich geliebten Menschen nicht vergrößern, sondern verringern. Und sie benötigte Räume, die zu ihr passten, in denen sie sich wohlfühlen konnte. Soweit es überhaupt möglich war, in konstanter Gegenwart vergänglichen Lebens eine Wohlfühlatmosphäre zu schaffen. Dazu hatte sie sogar einen Kredit aufgenommen, um größere Fensterflächen in die Abschiedsräume einbauen lassen. Durch deren Milchglas strömte nun genügend Tageslicht ein, um das Gefühl der Enge zu mildern, das viele Menschen infolge des Verlustes ohnehin empfanden.

Die Böden waren mit dunklem Parkett ausgelegt, dessen Holz eine angenehme Wärme ausstrahlte. Die Wände waren neutral gehalten, mit weißem Spritzputz. Alles folgte einer klaren Linienführung, auch die Möbel. Keine unnötigen Schnörkel. Alles wirkte modern, aber dem Anlass angemessen dezent. Dazwischen immer wieder Hoffnung machendes Grün. Keine Kunstpflanzen, sondern echte, um etwas Leben in die Räume der Toten zu bringen.

Ebenfalls neu und so modern wie möglich, aber entsprechend nüchtern waren die auf Raumhöhe weiß gefliesten Arbeitsräume mit den stählernen Tischen, auf denen die Toten hergerichtet wurden und in denen JJ viel Zeit mit ihnen verbrachte. Dabei war das größte Zugeständnis in diesen zweckmäßigen vier Wänden eben die Musikanlage mit den versteckten Lautsprechern. Gut versteckt deshalb, weil sie nicht wollte, dass man sie im Land der Pietisten für pietätlos hielt. Aber sie arbeitete gern mit Musik. Musik begleitete sie durch ihr Leben. Und die Arbeit ging ihr besser und leichter von der Hand, wenn sie die passende Untermalung dazu hatte, auch wenn der Sound sicher nicht allen zusagen würde, die hier lagen.

In der Etage über den weitläufigen Räumen des Instituts lag die großzügige Wohnung mit einer ausladenden Dachterrasse. Dort saß sie jetzt, nachdem sie Markus in den Kühlraum gebracht hatte, in einem bequemen grauen Loungesessel bei einem Glas blumigen Sauvignon Blanc aus dem einen guten Kilometer entfernten Weingut von Rainer Schnaitmann. Zusammen mit Markus Haid und den Aldingers einer ihrer Lieblingswinzer. So genoss sie die Sterne am Himmel der klaren lauen Sommernacht.

Das Thermometer zeigte noch immer deutlich über zwanzig Grad, obwohl die Zeiger der Uhr die zweiundzwanzig längst hinter sich gelassen hatten.

Untermalt wurde die Szene vom Gesang Matt Berningers, der mit seiner Band The National von einem »Fake Empire« sang. JJ hatte immer den passenden Soundtrack auf dem Handy.

Sie scrollte sich im Messenger durch die Nachrichten des Tages. Ihr Ex jammerte ihr die Ohren voll und lästerte über seine neue Freundin. Sie nahm sich nicht die Zeit, den Text zu lesen. Hätte er sie eben nicht betrogen und wäre er eben nicht kurzerhand ausgezogen, dann müsste er ihr jetzt nicht sein Leid klagen. Sie empfand kein Mitleid. Selbst schuld, dachte sie, als sie die Nachricht löschte, um einer späteren Versuchung vorzubeugen. Ihr Verstand hatte mit dieser Episode abgeschlossen und Jan aus ihren Gedanken verbannt. Ihr Herz gehörte längst einem anderen. Warum jammerte er ihr immer die Ohren voll? Er blieb ihr selbst Jahre nach der Trennung ein Rätsel.

Vielleicht sollte sie ihm von Vinzent erzählen.

Vinz und sie hatten sich schon kurz nach der Trennung von Jan wiedergesehen. Ironischerweise auf dem Friedhof. Vinzent war eigentlich Journalist und arbeitete für das Fellbacher Tagblatt und war Fotograf. Aber da er davon nicht leben konnte, verdiente er sich als Sargträger noch etwas dazu. Natürlich waren sie ins Gespräch gekommen. Allerdings erst nachdem sie die Initiative übernommen und ihn angesprochen hatte.

»Na klar habe ich dich sofort erkannt«, hatte er ihr mit leuchtenden Augen und einem warmen Lächeln auf den Lippen gestanden. »Aber ich hab mich nicht getraut, dich anzusprechen. Ich habe mich lieber auf heimliche Blicke beschränkt.«

JJ hatte ihm einen strengen, fragenden Blick zugeworfen. »Du hast was?«

Vinzent hatte verlegen zu Boden geschaut. Das hatte er früher schon gemacht. Schon damals hatte sich JJ heimlich darüber amüsiert, wie sein Selbstbewusstsein wie Eis in der Sonne geschmolzen war, sobald er in ihre Nähe gekommen war. »Na ja, als ich dich gesehen habe, hab ich gedacht, wie schön es wäre, mit dir mal wieder zu plaudern.«

»Du bist doch ein Knaller. Mann, ich bin's doch! JJ!«

»Aber du warst so lange weg, einfach verschwunden, und ich wusste doch nicht, ob es an mir gelegen hat. Damals. Nach der Sache mit uns …«

Sie bemerkte, dass er so rot geworden war wie ein Feuerwehrauto. »Du Dussel. Das hatte nichts mit dir zu tun.

Mir war es einfach zu eng hier. Alles. Ich wollte nur weg, die Antworten suchen, was ich mir eigentlich vom Leben erhoffe und all so Zeug. Was einen eben antreibt, wenn man plötzlich erwachsen sein soll und gleichzeitig als Sonderling abgestempelt ist.« Sie zögerte. »Und du, du dachtest wirklich, es hätte damit zu tun gehabt, weil du der Erste warst?« Dann hatte sie ungläubig den Kopf geschüttelt und losgelacht, ehe sie ihm spontan und ohne nachzudenken die Lippen auf den Mund gedrückt hatte. Zuerst war er erschrocken zurückgezuckt und sie hatte überlegt, ob sie zu forsch gewesen war, ihn überrumpelt hatte. Vielleicht hatte Vinzent ja eine Freundin. Eine Frau, womöglich schon Kinder. Sie hatte ja keine Ahnung. Außerdem war er schüchtern. Aber nach einem überraschten Blick war die Sonne in seinem Gesicht aufgegangen und er hatte gesagt: »Oh, der Kuss war noch süßer als in meiner Vorstellung.«

Den Rest des Tages hatten sie zu Radiohead und Pink Turns Blue rumgeknutscht wie verliebte Teenager. Es hatte sich verdammt gut angefühlt und für einen Moment hatte sich JJ gewünscht, der Tag wolle nie enden. Es war ein Gefühl der Geborgenheit, das sie sonst eigentlich nie hatte.

Natürlich hatten sie sofort eine Menge gemeinsamen Gesprächsstoff. Und auch bei der Musik gab es eine enorme Schnittmenge. Weit größer, als es JJ normalerweise gewohnt war. Außerdem fand sie, dass Vinzent überraschend gut schmeckte. Sie mochte seinen Atem und wie seine Haut roch. Seither waren sie ein Paar, auch wenn jeder nach wie vor seine eigene Bude hatte.

Sie schaute wieder auf ihr leuchtendes Display. Die nächste Nachricht stammte von einer Cousine, mit der sie es erfolgreich geschafft hatte, über viele Jahre den Kontakt zu vermeiden. Nun erkundigte sie sich aus heiterem Himmel nach ihr. Bestimmt wollte sie etwas von ihr. Warum sonst sollte sie sich melden? Da sie keine Lust hatte, den Kontakt aufleben zu lassen, ignorierte sie auch diese Nachricht. Kerstin Eckert war früher schon immer grundlos eifersüchtig auf sie gewesen. JJ hielt ihre Cousine für talentfrei und sie wusste, dass sie sich mit dem Geld der Eltern im Rücken ohne Schulabschluss und Ausbildung auf das Muttersein reduziert hatte und wenig überraschend auch daran scheiterte. Inzwischen hatte sie es geschafft, vier anstrengende, laute und vermutlich ebenfalls völlig talentfreie Kinder in die Welt zu setzen, von denen sie mit Sicherheit auch noch behauptete, sie seien hochbegabt. Natürlich zog sie die Blagen allein groß, weil die vier Väter alle längst Reißaus genommen hatten. Letzteres überraschte Julia nicht ernsthaft. Dass ihre Cousine überhaupt vier Jungs ins Bett bekommen hatte, war schon verwunderlich. JJ hielt sie für ein unscheinbares und unattraktives Mauerblümchen.

Interessanter war da schon die Nachricht ihrer alten Schulfreundin Anja Hummel

AH: *Hast du das mit Markus gehört?*

Einen Moment überlegte JJ, ob sie einfach zurückschreiben sollte, dass er gerade nackt auf ihrem Tisch lag. Natürlich mit Smiley dahinter. Aber sie war sich nicht sicher, ob ihr Humor ankommen würde. Also schrieb sie zurück.

JJ: *Ja. Schrecklich, oder?*

Einige Sekunden später kam die Antwort.

AH: *Hattest du doch Kontakt?*

JJ: *Nein. Du etwa?*

AH: *Seit er mir an die Wäsche wollte, nicht mehr.*

JJ starrte mit großen Augen auf das Display und schrieb überrascht: *Er wollte was?*

AH: *Na, mir an die Wäsche. Auf dem Fellbacher Herbst. Seine Frau war zu Hause und wir beide ordentlich ange-trunken. Und dann ist er zu weit gegangen.*

JJ: *Oh Shit! Was für ein Schwein. Aber er war ja bekannt dafür, kein Kostverächter zu sein. Wie lange ist das her?*

AH: Fünf Jahre werden es im Oktober. Du warst damals irgendwo auf einer *deiner Reisen durch Europa oder sonst wo. Halt nicht hier in jedem Fall. Auf Reisen eben, zu denen du mich nie mitgenommen hast.*

Das klang irgendwie beleidigt, fand JJ. Steckte da ein leiser vorgetragener und dadurch umso lauterer Vorwurf drin? JJ überlegte kurz, wo sie damals war. Lissabon. Ja, sie war den ganzen Oktober 2017 in Portugal gewesen. Und von dort weiter nach Spanien, wo sie einige Zeit in Andalusien gelebt hatte. Nicht dort, wo die Touristen waren, sondern weg von den Küsten, im Landesinneren. Und sie hatte es immer vorgezogen, allein zu reisen. So wie sie es bei fast allen Tätigkeiten vorzog, allein zu sein. Aber vielleicht hatte Anja recht und sie hätte sich mehr um ihre Freundin kümmern sollen. Stattdessen war sie in ihren Kokon durch die Welt gereist und hatte oft wochenlang keinen Gedanken an Zuhause verschwendet. Dafür hatte sie einfach gelebt.

JJ: *Davon hast du mir nie erzählt!*

AH: *Damals warst du weit weg. Nicht nur räumlich. Auch so. Und als du zurückgekommen bist, hattest du mit dem Tod der Eltern und dem Institut genug um die Ohren. Außerdem hatte ich da längst einen Weg gefunden, damit umzugehen. Nur jetzt, jetzt kam es eben wieder hoch, obwohl ich es ganz tief begraben hatte.*

JJ musste kurz durchatmen und nahm einen Schluck Wein, ehe sie ihre Antwort tippte.

JJ: *Oje, das ist ja schrecklich. Und ich wusste nichts davon. Hat er dich …?*

AH: *Vergewaltigt? Nein! Der hätte wahrscheinlich gar nicht mehr gekonnt. Dazu war er an dem Abend viel zu bekifft und besoffen. Zum Glück. Zwischen die Reben hat er gereihert, als er sein Ding auspacken wollte, und ist auch fast noch selbst reingefallen in die Sauerei.*

JJ musste die Information erst einmal sacken lassen. Aber gleichzeitig war ihre Neugier geweckt. Daher verabredeten sie sich für den nächsten Samstag zum Abendessen bei ihrem Lieblingsitaliener in der Bruckstraße. JJ reservierte noch schnell online einen Tisch, da es dort am Wochenende meist voll war.

Dann legte sie das Handy zur Seite, trank ihren Wein in großen Schlucken, streckte sich aus und starrte in den sternenklaren Himmel.

Sie war schockiert über das, was sie von Anja erfahren hatte. Einige Zeit kreisten ihre Gedanken um die Frage, was Markus wohl für ein Mensch gewesen war. In den letzten Jahren hatten sich ihre Wege selten gekreuzt. Und mittlerweile war es fast zwanzig Jahre her, als ihre gemeinsame Schulzeit mit einem letzten unbeschwerten Sommer zu Ende gegangen war.

KAPITEL 11

Während sie nach ihrer Ausbildung zur Bestatterin nur den Plan hatte, möglichst schnell und möglichst weit wegzukommen, hatte Markus sich in sein Studium der Önologie gestürzt, mit dem klaren Ziel, den elterlichen Betrieb zu übernehmen. Wirklich nahe hatten sie sich nie gestanden. Ab und zu hatten sie sich getroffen, hin und wieder auch miteinander geflirtet – jedoch eher, um die jeweiligen Partner etwas eifersüchtig zu machen. Irgendwie war das ihr gemeinsames Ding.

Nur einmal hatten sie miteinander geschlafen. Wobei das die Situation nicht richtig umschrieb. Sie hatten vielmehr Dampf ablassen müssen.

Mit dem heutigen Abstand eine Erinnerung, die sich vollkommen fremd anfühlte, so als ob es nie passiert wäre. Wie ein alter, flimmernder und gnadenlos überbelichteter Super-8-Film, dessen ruckeligen Bilder abliefen, den man als Kind einmal gesehen, aber eigentlich längst vergessen hatte.

Es war gegen Ende einer der vielen kleinen Partys im alten Freibad der Stadt. Sie hatten gekifft, getrunken, gelacht, wie immer eben. Sie waren jung und wollten Spaß, ehe sie der Ernst des Lebens in seine Krallen bekam. Irgendwann hatte JJ, benebelt, wie sie war, Markus an die Hand genommen und war mit ihm in Richtung Umkleidekabine verschwunden. Sie hatten sich nicht mal die Mühe gemacht, ihre Badesachen abzulegen. Er hatte sofort gewusst, was sie von ihm wollte. Kaum zwei Minuten später war es schon vorbei gewesen. Sie hatte ihren Bikini gerichtet und er wieder alles in der Badehose verstaut. Nichts daran war unvergesslich. Im Gegenteil. Vielmehr war es rückblickend eine bemitleidenswerte Episode. Für beide.

Und eine, die zum Glück keinen Nachhall fand.

Denn als die Wirkung des Haschischs und Alkohols verflogen war, war sie über sich selbst erschrocken. Damals war schneller Sex nicht ihr Ding gewesen. So wie heute. Zwischendurch hatte sie sich ausgelebt. Aber in den Umkleidekabinen des Freibads? Wie daneben war das denn? Inzwischen war das Gebäude mit den Umkleidekabinen und dem alten Kiosk kleinen Einfamilienhäusern gewichen, in denen Familien aus manchmal eher schwierigen Verhältnissen wohnen konnten.

Am nächsten Morgen hatte sie sich zuerst einen Schwangerschaftstest besorgt, der zum Glück negativ geblieben war. Auch sonst hatte sie sich nichts eingefangen. Aber man wusste ja nie. Keiner von beiden hatte jemals diese kleine unglückliche Episode wieder erwähnt. Sie hatte sogar den Eindruck, es sei selbst Markus, dem Womanizer der Stadt, peinlich gewesen. Schließlich war sie keines der Püppchen, die sonst um seine Aufmerksamkeit buhlten, sondern in den Augen der meisten Jugendlichen ein Freak.

Mit zwölf hatte sie angefangen, nur noch schwarze Kleider zu tragen. Nicht wegen ihres Nachnamens oder des Berufs ihrer Eltern, sondern um sich eben von den Mitschülerinnen abzuheben. Sie hatte nie verstehen können, wie man in quietschbunten Klamotten durch die Schule springen und sich schminken konnte, als würde man jeden Tag auf einen Faschingsball gehen.

Bei JJ waren dagegen bald auch die Haare schwarz, dann die Möbel in ihrem Zimmer – was ihr einiges an Ärger eingebracht hatte, denn ihre Eltern hatten sich geweigert, den

Lack zu zahlen. Musikalisch hatte sie sich für einen Pfad abseits des Mainstreams entschieden. Brechreiz hatte sie bekommen bei dem Sound, mit dem die Klassenkameraden damals ihre Ohren malträtiert hatten. Vinzent hatte ihr dagegen immer von Punkrock und Gothik vorgeschwärmt. Und ihr Herz war aufgegangen, als sie Ian Curtis »Love Will Tear Us Apart« über den ersten Liebeskummer hinweggetröstet hatte. Verantwortlich war damals Vinzent gewesen, der inzwischen ihr Freund war. Er war es gewesen, der sie unerfahren, unspektakulär und ungelenk zu »Faith« von The Cure entjungfert hatte. JJ hatte sich trotzdem in ihn verliebt. Aber es hatte nicht funktioniert. Er war viel zu schüchtern gewesen, hatte sich auf seine Artikel über Musik und Filme konzentriert, die er damals für ein paar Mark für einige unbedeutende Magazine geschrieben hatte, und keine Lust gehabt, die große weite Welt zu erkunden. Damit war sie nicht klargekommen. Also hatte sie irgendwann Schluss gemacht. Das war eine Woche vor der Nummer mit Markus in der Freibadkabine gewesen.

Ihre Eltern waren erleichtert. Sie hatten immer gegen den Umgang mit ihm opponiert. Vinzent kam aus einer ärmlichen Familie, wurde von seiner Mutter erzogen, die als Krankenschwester arbeitete und mit abstrakter Malerei ein Zubrot verdiente. Das, so hatten sie argumentiert, sei kein Umgang für sie. Der Markus dagegen, hatten sie immer geschwärmt, der sei doch eine tolle Partie.

Wenn sie gewusst hätten.

Und sie gefiel sich in der darauffolgenden Zeit immer besser in ihrer Rolle. Mit den schwarz umrandeten Augen und dem schwarzen Lippenstift erinnerte sie noch Jahre später an Winona Ryder in dem Film »Beetlejuice«. Bald war sie nicht nur in der Schule bekannt, ihr auffälliger Look brachte ihr damals zum Leidwesen ihrer Eltern den stadt-bekannten Spitznamen »Krähe« ein.

Spätestens als sie mit sechzehn ihren ersten Ferienjob auf dem Kleinfeldfriedhof antrat und sich mit viel Freude und Hingabe dem Ein- und Ausbuddeln von Toten wid-mete, machten auch Gerüchte über okkulte Anwandlun-gen und heimliche Zeremonien unter den alteingesessenen Spießbürgern der Stadt die Runde.

Trotzdem hatte sie danach direkt mit der Ausbildung begonnen.

Sie hatte zwar nicht wirklich Lust darauf gehabt, das Handwerk der Bestattung zu erlernen. Aber sie hatte auch nicht gewusst, was sie sonst mit ihrem Leben hätte anfan-gen sollen. Doch während sie über derartigen Unfug nur schmunzeln konnte, fürchteten die Eltern um ihre Existenz. Denn eine Tochter, die sich angeblich nachts auf Friedhö-fen herumtrieb und mit Toten kommunizierte, Séancen ver-anstaltete, das machte sich nicht gut für den Rahmen eines Bestattungsinstituts. Wer wollte seine verstorbenen Ange-hörigen womöglich solchen Ritualen aussetzen?

Also taten sie erst mal alles, um sie nur im Hintergrund arbeiten zu lassen. Ohne Kundenkontakte mit den Ange-hörigen der Verstorbenen, die das Bestattungsinstitut Schwarz aufsuchten. Mit Erfolg. Als sie die Ausbildung mit Auszeichnung beendet hatte und sogar einige Zeitun-gen über die jüngste Bestatterin des Landes mit dem bun-desweit besten Abschluss berichteten, änderten sich aller-dings die Vorzeichen. Die Eltern wollten sie nun einbinden, wozu sie sich aber hätte ändern müssen. So nahmen die Spannungen zwischen JJ und ihren »Erzeugern«, wie sie sie gern abfällig bezeichnete, wieder zu. Sie zuckten wie grelle Blitze durch die Luft, wenn sie gemeinsam im Haus waren, und entluden sich in heftigen Gewittern, die allerdings nichts Reinigendes, sondern nur Verletzendes an sich hatten. Das war zu viel für JJ. Sie hatte irgendwann die Schnauze voll.

Also war sie Hals über Kopf aufgebrochen, mit ihrem Rucksack, ihrer EC-Karte und ihrem iPod. Erst Italien, dann rüber nach Frankreich und von dort weiter Richtung Portugal und Spanien. Ihren Eltern sagte sie nicht, wo sie war oder wann und ob sie überhaupt wieder zurückkommen wollte. Sie hatte einiges gespart durch die Ferienjobs und das Geld der Ausbildung. Ihre Großeltern hatten ihr außerdem etwas vererbt, auf das sie mit achtzehn zugreifen konnte. Den Rest finanzierte sie sich mit gelegentlichen Jobs in Bars oder Hotels – oder Beerdigungsunternehmen. Denn gestorben wurde nicht nur immer, sondern überall. Und als Fachfrau fand sie in jedem größeren Ort auf der Welt ein Bestattungsunternehmen, das Hilfe gebrauchen konnte. In anderen Ländern lernte sie so einiges über deren Beisetzungsbräuche, das Leben und den Tod. Davon profitierte sie auch heute noch. Außerdem hatte sich dadurch ihre Einstellung zu den Menschen und dem Sterben verändert. Sie lernte, wie wichtig die Würde des Menschen auch über das Leben hinaus, bis in den Tod, war. Heutzutage wurde das hierzulande oft in den Hintergrund gedrängt und auch das Sterben kommerzialisiert.

Aber entscheidend war: Während all dieser Zeit vermisste sie die Heimat und die Familie nicht. Ein paar Freunde möglicherweise.

Und während JJ auf der Suche nach sich selbst jahrelang ziellos durch Europa irrte, war in ihr aus heiterem Himmel der Wunsch, Polizistin zu werden, gewachsen. Etwas anderes zu tun als das, was ihre Eltern machten und für sie vorgesehen hatten. Woher dieser plötzliche Drang gekommen war, hatte sie nie ergründen können. Er war irgendwie da gewesen wie die Sonne am Morgen. Vielleicht hatte sie zu viele Krimis verschlungen und sich so eine romantische Vorstellung des Jobs gemacht. Sie wusste es nicht mehr. Aber Kripo, Mordkommission, das hörte sich gut an. Als Kommissarin Verbrecher jagen, für Gerechtigkeit sorgen. Die Welt der Toten mit anderen Augen betrachten. Den Ursachen des Todes auf den Grund zu gehen, das war die fixe Idee, die mit einem Mal ihr Hirn infiziert hatte und bei der ihr die bisher gemachten Erfahrungen sicher hilfreich sein konnten, wie sich JJ damals ausgemalt hatte. Seit Jahren verschlang sie einen Krimi nach dem anderen, was vielleicht diesen Wunsch befeuerte.

Also hatte sie sich schlaugemacht und beworben. Alle benötigten Unterlagen hatte sie ohnehin greifbar. Zwei Monate später, sie hatte gar nicht mehr damit gerechnet, war ihr der Termin für ein Vorstellungsgespräch ins Postfach geflattert. Doch wie so oft im Leben war alles anders gekommen.

Die psychologische Eignungsdiagnostik hatte sie problemlos bestanden. Der Rechtschreib- und Grammatiktest war ihr ebenso leicht von der Hand gegangen wie die Tests zu den kognitiven Fähigkeiten und den persönlichen Eignungsverfahren. Auch das klinisch psychiatrische Verfahren war für sie keine Hürde gewesen. Doch der Sporttest war komplett in die Hose gegangen, obwohl sie nicht unsportlich war und ja schon vor Jahren mit dem Laufen angefangen hatte.

Indessen wurde ihr Leben durch eine andere Nachricht auf den Kopf gestellt, noch bevor sie die Ergebnisse der Tests bekommen hatte. Nun war sie gezwungen, die

Dummheiten, die sich bisher als Konstante durch ihr Leben zogen, hinter sich zu lassen.

Denn keine zwei Tage später erreichte sie die Nachricht vom Tod ihrer Eltern. Ein tragischer Autounfall auf der Bundesstraße Richtung Stuttgart. Ein Lkw-Fahrer hatte anscheinend die Kontrolle über seinen Vierzehntonner verloren und das Auto ihrer Eltern bei hundert Stundenkilometern ungebremst an die Wand des Kappelbergtunnels gedrückt.

Eine Riesensauerei war das gewesen, mit Dutzenden von Rettungskräften. Sie hatte später Bilder vom Unfallort gesehen

Trotz der großen Gräben und Differenzen war sie ohne Umweg zurück nach Fellbach gekehrt. Es gab viel zu tun. Sie wusste das nur zu gut, denn sie war ja vom Fach.

Wohin sie in den kommenden Tagen gekommen war, hatte sie in betretene Gesichter geschaut und war mit Beileidsbekundungen überhäuft worden. Gleichzeitig war man ihr stets mit Skepsis und Zurückhaltung begegnet.

Die »Krähe« war zurück.

Erwachsener und gereifter zwar, eine junge Frau. Und hübsch obendrein. Die Haut von der Sonne auf einmal tief gebräunt. Mit schmalem Gesicht und mit geheimnisvollen, dunklen Augen und den noch immer dunklen Haaren.

Aber eben auch eine Tochter, die ihre Eltern und die Familie im Stich gelassen hatte.

Ihr Problem war, dass sie keinen echten Schmerz empfand. Ihn einfach nicht empfinden konnte, wie man dies wahrscheinlich in solchen Situationen von Hinterbliebenen erwartete. Sie fühlte zwar einen Verlust, und ein Hauch von Traurigkeit flog sie an, aber es war ihr unmöglich, so zu trauern. Ein Umstand, der sie selbst lange Zeit irritiert hatte, da sie keinesfalls ein Mensch war, der frei von Empathie war. Im Gegenteil.

Doch die Zeit der Sprachlosigkeit hatte zwischen ihr und ihren Eltern offensichtlich derart tiefe Gräben aufgerissen. Gräben, die so groß waren, dass es nicht einmal die Trauer schaffte, die Distanz zu überwinden.

Und trotzdem hatten sie ihr den Betrieb vermacht. Oder deswegen? Damit die abtrünnige Tochter am Ende doch in das Korsett gezwungen wurde, das sie für sie schnüren wollten?

Die Antworten für sich zu finden, hatte lange Zeit gedauert. Sie hatte gehadert, abgewogen. Anfangs hatte sie sich gegen den Gedanken gewehrt, beinahe verzweifelt an dem gefassten Entschluss, Polizistin zu werden, festgehalten. Sie hatte sich an den Gedanken gekrallt. Die dämliche Sportprüfung, die würde sie mit besserer Vorbereitung problemlos bestehen.

Doch irgendwann hatte ein unerklärliches Pflichtgefühl von ihr Besitz ergriffen. Sie wollte den Betrieb weiterführen, den ihr Großvater aufgebaut hatte. Und sie wusste, sie würde ihr Bestes geben. Sie wollte *die* Bestatterin der Stadt sein. Die Nummer eins für den Tod in Fellbach.

So war Julia J. Schwarz zur Bestatterin geworden. Und inzwischen war sie nicht mehr die »Krähe«, sondern »die »Bestatterin der Stadt«.

Doch tief in ihr drin war die Ermittlerin, die sie hatte werden wollen, noch lange nicht tot. Im Gegenteil. JJ spürte vielmehr, wie sie gerade neues Leben eingehaucht bekam und aus dem Dornröschenschlaf erwachte.

KAPITEL 12

Am nächsten Morgen wachte JJ mit Kopfschmerzen auf. Lange hatte sie noch auf der Terrasse gesessen und Wein getrunken, sogar eine zweite Flasche für sich entkorkt. Das tat sie normalerweise nie, schon gar nicht, wenn sie allein trank. Und dennoch hatte sie gestern nicht anders gekonnt. Damit musste sie nun zurechtkommen. Zumindest heute. Das war eine unwiderrufliche Tatsache, die sie jetzt bereute und für die sie den ganzen Tag würde büßen müssen.

Nach einem Pott starkem schwarzem Kaffee, der wohl einige ihrer toten Exemplare wieder zum Leben erweckt hätte, und einer Ibuprofen 600 fühlte sie sich eine gute halbe Stunde später so langsam für den Tag gewappnet. Ein Blick auf die Uhr sagte ihr, dass sie noch etwas Zeit hatte. Wie so oft, wenn Alkohol im Spiel war, war der Schlaf schlecht und kurz gewesen. Unruhig hatte sie sich im Zwei-mal-zwei-Meter-Bett hin und her gewälzt. Immer zu der Zeit, als sie fast eingeschlafen war, hatte ihr Unterbewusstsein mit der Frage auf sie eingedroschen, ob Markus' natürlicher Tod auch wirklich ein natürlicher Tod sein konnte. Und egal, wie sehr sie sich abmühte, den Gedanken aus dem Kopf zu verbannen, er tauchte immer wieder auf.

»Nicht deine Aufgabe«, hatte sie sich gewehrt. Allerdings war sie erst eingeschlafen, nachdem sie sich versprochen hatte, heute früh gleich Simon Kalt anzurufen.

Simon war drei Jahre älter als sie und einige Zeit so was wie ein großer Bruder für sie gewesen. Bevor sie auf ihre Reisen verschwunden war, hatte er ihr häufig Zuflucht gewährt.

Simon war bei seiner Mutter aufgewachsen, die jedoch meist nicht zu Hause war. Überhaupt hatten die beiden mehr wie in einer WG gelebt als in einer klassischen Familienkonstellation, was ihr damals ziemlich imponiert hatte.

»Kalt«, meldete er sich nach dem ersten Tuten, so als habe er auf ihren Anruf gewartet.

»Ich bin's«, antwortete sie knapp. Er hatte ihre Nummer eingespeichert, wie sie wusste. Aber er würde sie ansonsten auch an ihrer Stimme erkennen, die etwas rauer war als eine normale Frauenstimme. Einmal hatte Simon behauptet, sie würde ihn an die tiefe Stimmlage von Marlene Dietrich erinnern, was unheimlich sexy sei. Sie hatte diesem Versuch eines Kompliments nicht widersprochen und sich sogar ein klein wenig geschmeichelt gefühlt, was sie jedoch nie zugegeben hätte.

»Oh hey! JJ, was verschafft mir denn die Ehre?«

»Passt es gerade?«

»Wenn du anrufst, doch immer«, feixte er.

Sie sahen sich derzeit nur selten und telefonierten noch alle Jubeljahre einmal. Obwohl sie jetzt wieder in derselben Stadt lebten, fand sich kaum Zeit, um miteinander zu sprechen. Zu eingespannt waren sie beide. Wenn sie daran dachte, machte es sie immer ein klein wenig traurig, denn Simon war einer der wenigen Menschen, die ihr wirklich wichtig waren.

»Was machst du?«, wollte sie wissen.

»Ich brüte gerade über ein paar Fallakten. Warum?«

Simon lebte ihren Traum. Er war Polizist und inzwischen bei der Kripo auf dem Polizeiposten, der im ehemaligen Rathaus in Fellbach untergebracht war.

»Nur so. Ich muss wenigstens so tun, als hätte ich Interesse an dem, was du so machst.«

Natürlich wusste Simon von ihrem Traum. Sie hatte ihm davon erzählt. Es hatte sogar eine Zeit gegeben, da hatte sie geglaubt, sie wäre eine gute Polizistin geworden und sie hätten zusammen knifflige Fälle lösen und zahlreiche böse Jungs zur Strecke bringen können. Doch es war beim Wunschdenken geblieben.

»Sag mal«, fuhr sie fort, »bei mir liegt doch jetzt unser gemeinsamer Bekannter auf dem Tisch. Kannst du mir noch irgendetwas zu ihm sagen?«

Sie war sicher, dass Simon wusste, wer gemeint war. Schließlich hatte er sie ja selbst zum Fundort des Toten geholt.

»Warum fragst du?«

»Nur so«, antwortete sie fröhlich zwitschernd, da sie erst mal die Stimmung abchecken wollte. »Weißt du, es ist schon seltsam, wenn im Job ein alter Bekannter vor dir liegt. Und dann fragt man sich schon, warum jemand in den besten Jahren sterben musste.«

»Warum interessiert dich das? Ein Anflug nostalgischer Erinnerungen an Begegnungen in Umkleidekabinen etwa?«

»Duuuu …«, ihr fehlten doch tatsächlich die Worte. Für einen Moment glaubte sie, Simons breites Grinsen durch die Telefonverbindung zu sehen. Wahrscheinlich verkniff er sich ein hörbares Lachen und biss sich auf den Lippen herum. Er wusste natürlich vom Quickie zwischen ihr und Markus. In einer anderen bekifften Nacht hatte sie ihm leichtsinnigerweise davon erzählt. Jetzt musste sie mit dem Spott leben. Sie hätte es nicht anders gemacht, musste sich JJ eingestehen.

»Idiot«, gab sie gespielt beleidigt zurück. »Ich weiß nicht, was du meinst.«

»Also gut«, meinte er dann in sachlicher Tonlage, »warum interessiert dich das wirklich? Aber sag jetzt nicht *einfach so*. Das kauf ich dir nicht ab. Dazu kenne ich dich zu lange und zu gut. Du warst doch vorgestern vor Ort. Du weißt doch alles.«

Sie beschloss, es mit aller Offenheit zu probieren. »Ich weiß es nicht, Simon. Ich weiß es *wirklich* nicht. Es ist so ein Gefühl. Etwas in mir hat die Frage aufgeworfen, und ich versuche sie mir zu beantworten.«

»Aha«, kam es kurz angebunden aus dem Hörer zurück. Es klang wenig überzeugt.

»Wahrscheinlich hast du recht, und ich sollte einfach meinen Job machen und keine Fragen stellen.«

»Ja, JJ, vielleicht solltest du das. Und einen Blick in die Zeitung werfen. Dein Vinzent hat groß zugeschlagen im Tagblatt.«

Etwas am ersten Teil der Antwort und seinem Tonfall passte ihr nicht. Einen Blick in die Zeitung konnte sie später noch werfen. Sie hakte nach. »Warum? Gibt es etwas zu verbergen? Würden meine Fragen Staub aufwirbeln? Nur zu, du kennst mich. Wenn das so ist, macht es mir diebische Freude, wenn die ganzen feinen Damen und Herren am Staub ersticken, der sich im Lauf der Zeit über alles legt.«

»Nein, das hast du missverstanden, JJ«, meinte Simon versöhnlich, nur um dann abrupt das Thema zu wechseln. »Sag mal, viel mehr beschäftigt mich die Frage, wann wir uns denn mal wieder sehen?«

Doch der überhastete Themenwechsel weckte ihre Neugier. »Weiß nicht. Hab gerade viel um die Ohren«, antwortete sie grummelnd.

»Der große Unfall?«, fragte Simon.

»Ja, der hat uns eine Menge Arbeit eingebracht.«

»Ist doch gut für die Bilanz.«

»Hey, du weißt genau, dass ich so nicht denke.«

Er versuchte, sie milde zu stimmen, und gab sich versöhnlich. Simon wusste genau, dass sie ihm nie lange böse sein konnte. »Ach komm, jetzt sei nicht beleidigt. Lass uns treffen, und ich erzähle dir, was ich weiß, auch wenn das eigentlich gar nichts ist. Denn der Fall ist so klar, da gibt es nicht den Hauch eines Zweifels.«

»Okay, wann darfst du denn?« Die Spitze konnte sie sich nicht verkneifen. Julia wusste, dass Simons Frau immer eifersüchtig war, wenn sie sich zu zweit trafen. Dabei war das vollkommen unbegründet. Simon war seit der Schulzeit mit Mirijam zusammen. Und Simon war ein toller Kerl, attraktiv und nett. Für mehr war da einfach kein Platz. Das hatten sie ja auch längst hinter sich. Dazu kannten sie sich zu lange und inzwischen viel zu gut.

»Heute Abend? Morgen?«

»Okay, heute. 19 Uhr in unserer Weinbar?«

»Okay, bis dann.«

JJ legte auf und strich sich eine widerborstige Haarsträhne aus dem Gesicht. Wahrscheinlich hatte Simon recht und die ganze Geschichte war eben das tragische und viel zu frühe Ende eines gemeinsamen Bekannten.

Sie wandte sich den Neuzugängen zu und warf einen Blick auf die damit verbundenen Unterlagen. Auf sie wartete ein Haufen Arbeit, und eigentlich hatte sie überhaupt gar keine Zeit, um heute Abend im »Sunset« in der Sonne zu sitzen und Wein zu schlürfen. Aber die Neugier war zu groß.

KAPITEL 13

Markus Weber sah selbst im Tod aus wie das blühende Leben. Die langen blonden Locken verliehen seinem Gesicht einen jungenhaften Charme, den es durch das Sterben nicht verloren hatte.

Julia war zufrieden mit ihrer Arbeit.

Jetzt stand der geöffnete Sarg im Abschiedsraum Nummer drei, dem größten und schönsten, wie sie fand. Eigentlich war die eins geplant, aber da die drei frei war, hatte sie kurzerhand umgeplant. Durch die raumhohen Fenster konnte man die satten Farben eines kleinen Gartens sehen. Pflanzen beruhigten die meisten Menschen. Und es schadete nicht, wenn zum Schwarz der Trauer die Kolorierungen des Lebens ein wenig Hoffnung spendeten.

Julia vergewisserte sich mit einem geübten Rundumblick, dass der Raum wie gewünscht hergerichtet war. Gleich würden Markus' Frau Vera und ihre beiden Kinder kommen, um vor der für morgen angesetzten Trauerfeier Abschied von ihrem Ehemann und Vater zu nehmen.

Markus' Eltern waren vor Jahren verstorben. Das Verhältnis war vor deren Tod, nach allem, was sie gehört hatte, nicht unbedingt einfach gewesen. Warum, das wusste Julia nicht. Es gab zahlreiche Gerüchte, weswegen sich Markus hauptsächlich mit seinem Vater entzweit hatte. Einige davon sagten, Markus' Vater habe es als persönlichen Affront gesehen, dass sein Sohn den von ihm eingeschlagenen Pfad konsequent verlassen und den kompletten Weinbau neu ausgerichtet hatte, ohne ihn in seine Pläne einzubeziehen. Der

Vater habe es ihm übel genommen, dass ihn der Sohn nicht länger im Betrieb mitarbeiten lassen wollte, den er selbst ja erst zu dem gemacht hatte, was er war, sagten andere. Weitere meinten gehört zu haben, dass Vera der Grund für das schlechte Verhältnis sei. Weshalb? Dazu wurde beharrlich geschwiegen. Das tat auch nichts mehr zur Sache. Dessen ungeachtet wurde immer wieder erzählt, die Familie sei nach dem Verlust der Schwester zerbrochen und habe sich nie davon erholt. Freilich hatte JJ von all dem nur durch den Stadttratsch gehört, auf den sie jedoch nichts gab.

Hin und wieder fanden in den Räumen des Bestattungsinstituts Schwarz entzweite Familien durch den Tod eines Mitglieds wieder zusammen. Julia hatte schon die absurdesten Situationen erlebt. Geschwister, angeblich bis aufs Messer verfeindet, die weinend am Sarg des verblichenen Geschwisterteils zusammenbrachen. Kinder, die ihre Eltern seit Jahren nicht gesehen und in anonyme Altenheime abgeschoben hatten, um Karriere für irgendwelche geldgierigen Unternehmen zu machen, und die jetzt unter der Last des Verlustes erst ihre Gefühle erkannten. Aber auch das Gegenteil hatte sie erlebt: Familien, bei denen der Abschied so kühl ausfiel, dass sie ihn auch im Kühlraum hätte organisieren können, ohne dass dort die Temperatur gestiegen wäre.

Julia hatte einen nüchternen Blick für diese unterschiedlichen Situationen entwickelt. Sie war nicht religiös, war es nie gewesen. Und als bekennende Atheistin nahm sie sich diese Freiheit. Familie war für sie nur eine zufällig entstandene Gemeinschaft, in die ein Mensch ohne sein Zutun hineingeboren wurde. Manchmal passte man in diese Gruppe und manchmal eben nicht. Dazu kam: Freunde konnte man sich aussuchen, Familie nicht. Allerdings konnte man sich von beiden trennen, wenn die emotionalen Leitungen ohnehin gekappt waren.

Als Julia den Empfangsbereich mit der großen Holztheke und der beruhigenden, satt grün schimmernden Pflanzenwand dahinter betrat, wartete die Familie Weber längst. Alle drei waren in Schwarz gekleidet, so wie Julia und Steffi, die jungen Damen hinter dem Tresen.

Vera Weber kam Julia überraschend klein vor, so als sei sie durch den Tod ihres Mannes ein paar Zentimeter geschrumpft. Ihr Gesicht konnte die Trauer nicht verbergen. Den Mann zu verlieren, erlaubte es einem, aus der Bahn geworfen zu werden. Die Begrüßung war nüchtern und knapp, wie am Vortag, als Vera gekommen war, um die Details zu besprechen.

»Hallo«, begrüßte die trauernde Witwe mit leiser, leicht brüchiger Stimme. Die Kinder sagten nichts und machten auch keine Anstalten, Julia die Hand zu reichen. Was ihr sogar recht war, denn sie hatte nicht viel übrig für diesen vorwiegend deutschen Brauch und vermied es, fremde Hände zu ergreifen, wann immer es ging.

JJ wusste nicht, ob sich Vera überhaupt an sie erinnerte. Sie waren zwar auf dieselbe Schule gegangen, aber in unterschiedlichen Klassen und Altersstufen gewesen. Außerdem war Vera nicht aus Fellbach gekommen, sondern jeden Morgen mit dem Bus von irgendwoher zur Schule in die Stadt gefahren. JJ meinte sich zu erinnern, dass sie aus Rommelshausen oder Stetten stammte, einem der Nachbarorte, die durch eine Buslinie mit Fellbach verbunden waren. Man kannte sich eher vom Sehen. Und als Vera nach langem Hin und Her mit Markus zusammengekommen war, da hatte Julia unter südeuropäischer Sonne gelegen. Soweit sie wusste, stammte Vera aus einer Patchworkfamilie, hatte einige Geschwister, einen Vater, der sich nicht für sie interessierte, und eine Mutter, die selbst bevorzugt Berufsjugendliche spielte. Und sie wusste, dass die Familie mit Weinbau zu tun hatte. Vielleicht war das der Grund für die Heirat gewesen. »Liebe vergeht, Hektar besteht«, lautete doch eine der hiesigen Weisheiten. Aber das war es dann schon, was ihr zu Vera einfiel.

»Wir gehen am besten gleich nach hinten, dort ist alles bereit für den Abschied.« Julia sprach bewusst gedämpft und nickte Steffi im Vorbeigehen nur kurz zu. Michaela und Elias trotteten schweigend hinter ihrer Mutter her. Sie sahen weder sonderlich betroffen noch traurig aus. JJ meinte einen eher genervten Gesichtsausdruck wahrzunehmen.

Die Absätze klackerten leise auf dem Parkettboden. Julia hatte bei der Sanierung großen Wert auf die Geräuschdämmung gelegt, aber dennoch auf dem Holzboden bestanden. Holz strahlte Wärme aus. Die breite Türe öffnete sich geräuschlos.

Der Sarg stand längs in gut einem Meter Abstand vor einer weißen Wand, die von einem geschmackvollen dreiteiligen Landschaftsbild bestimmt wurde. Durch die heruntergelassenen, aber halb geöffneten Jalousien vor dem großen Fenster drang weiches Licht in den Raum. Der Sarg wurde von zwei Grünpflanzen, die alle Anwesenden überragten, und einer umhüllten mannshohen Stehlampe flankiert. Außerdem fanden sich vier bequem aussehende dunkelbraune Lederstühle im Raum, die um einen leichten Holztisch gruppiert waren, auf dem drei unterschiedlich große weiße Kerzen flackerten. An der gegenüberliegenden Wand eine zu Tisch und Stühlen passende Kommode und dahinter eine Leuchtwand, die angenehmes Licht warf und sich so schalten ließ, dass sie sogar in Form des christlichen Glaubenssymbols leuchten konnte, wenn es die Kunden wünschten.

Da sich aber immer mehr Menschen von der Religion abwandten, war es Julia wichtig gewesen, nur auf Wunsch die Symbolik anbieten zu können. Dagegen hatte sie sich geweigert, in ihren Räumen Kreuze aufzuhängen. Dafür war ihr die Scheinheiligkeit des Christentums und vieler seiner Anhänger trotz ihres Berufes zu suspekt. Sie hatte nichts als Verachtung übrig für all die sonntäglichen Kirchgänger, die den Rest der Woche zubrachten, ohne sich um Nächstenliebe und Menschenwürde zu scheren.

»Nehmen Sie sich die Zeit, die Sie für den Abschied brauchen«, wandte sie sich dann wieder an den kleinen Trauerkreis. »Ich bin gegenüber, falls Sie etwas benötigen sollten.«

Vera nickte ihr nur kurz zu, um zu signalisieren, dass die Worte bei ihr angekommen waren, erwiderte jedoch nichts. Stattdessen senkte sie die Augen und trat mit ein paar Schritten an den Sarg ihres verstorbenen Ehegatten. Ihre Kinder taten es ihr nach.

Julia bewegte sich geräuschlos über den Parkettboden Richtung Türe. Als sie die schwere Holztüre schließen wollte, hielt sie einen Moment inne. Elias hatte etwas gesagt. Hatte sie richtig gehört? Nein, das konnte nicht sein. Sicher hatte sie das falsch verstanden. Sie verharrte einen Augenblick hinter dem nur einen Spalt geöffneten Türblatt, wagte es nicht, sich zu bewegen und spitzte die Ohren.

Wieder sprach Elias. Leise und schneidend, als wolle er mit der scharfen Klinge seiner Worte die Luft durchtrennen.

»Du Schwein.«

Diesmal war sie sich sicher. Ungläubig lugte sie durch die schmale Öffnung, wagte nicht, den Spalt zwischen Türe und Rahmen weiter aufzuschieben und bemerkt zu werden.

Immerhin war der Abschied einer der intimsten Momente, die Menschen untereinander hatten.

»Jetzt hast du endlich, was du verdient hast«, drangen die Wortfetzen von Elias an ihre Ohren. Er zischte dabei wie eine Schlange.

»Elias! Sei still!«, fauchte Vera ihren Sohn an. Woraufhin ihr dieser aus zusammengekniffenen Augen einen Blick zuwarf, der so viel bedeutete wie: »Interessiert mich nicht, was du sagst.«

»Aber er hat doch recht«, schaltete sich jetzt Michaela ein. »Mir wird er nicht fehlen. Wir hätten schon lange verschwinden sollen.«

»Was redest du denn da? Euer Vater ist gerade gestorben. Nicht irgendjemand. Euer Vater, ver...« Vera verschluckte den Fluch, der ihr beinahe herausgerutscht wäre.

Elias starrte mit Geringschätzung im Blick in das Gesicht seines Vaters. Aus seinen Augen sprach nicht nur Verachtung, aus ihnen glühte purer Hass. Julia war erschrocken von dem, was sie da zu sehen bekam. Woher rührte diese Wut?

Was in Michaelas Gesicht vorging, konnte JJ bestenfalls erahnen. Die Tochter drehte ihr den Rücken zu.

Aus Veras Augen quollen Tränen, die sich in breiten Bahnen über die Wangen ihren Weg Richtung Kinn suchten. Dabei hinterließ die Wimperntusche dunkle Spuren auf der hellen Haut. Ihr Oberkörper bebte. Sie hielt die Hände vor den Körper und umklammerte dabei ihre Handtasche.

JJ glaubte, unter dem verlaufenen Make-up einen blauen Fleck an der Wange in bunten Farben schimmern zu sehen, war sich freilich nicht sicher. Es konnte auch nur ein Schatten gewesen sein.

Julia war noch immer völlig perplex. Von trautem Heim war die Familie Weber offensichtlich weit entfernt. So weit, dass die Wunden sogar hier an diesem Ort und in diesem Moment aufbrachen.

Sie zog die Türe lautlos nur so weit zu, wie sie sicher sein konnte, dass sie kein Geräusch machte. Dann schlich sie sich in ihr Büro, schloss die Augen und überdachte die eben erlebte Szenerie noch einmal.

Da stand die Witwe mit ihren Kindern vor dem Sarg eines des erfolgreichsten Winzers des Landes, und die beiden Kinder hatten statt Trauer nur Flüche für ihren toten Vater übrig.

Verdammt, was war da passiert, dass es so weit gekommen war?

Es versprach ein spannender Abend mit Simon zu werden. Sie hatte viele Fragen und er womöglich nur wenige Antworten.

KAPITEL 14

Simon war vor ihr da. Die kleine, aber kultige Weinbar befand sich im Erdgeschoss eines der ältesten Häuser der Stadt im sogenannten Oberdorf. Die dreihundert Meter lange Schmerstraße war einmal die zentrale Geschäfts- und Handwerkstraße Fellbachs gewesen. Zu der Zeit gab es dort fünf Gaststätten, außerdem Kübler und Küfer, Metzger und Bäcker, Schlosser, Uhrmacher oder Leichenbesorger, lange vor dem Bestattungsinstitut Schwarz. Von all dieser einstigen Pracht war leider nichts mehr zu sehen. Aber das »Sunset« an der Ecke Weimarstraße und Schmerstraße sorgte für Leben.

Ein Privatmann hatte das Fachwerkhaus vor einigen Jahren gekauft, um sich mit dem Geld aus einer Abfindung eines in der Landeshauptstadt ansässigen Automobilherstellers einen lang gehegten Traum zu verwirklichen. Die Zeitung hatte sogar darüber berichtet, wie er mit seiner Familie in Eigenleistung aus dem baufälligen Haus ein echtes Schmuckstück gemacht hatte. Alles war liebevoll und stilvoll eingerichtet und bis ins kleinste Detail durchgeplant, um den Raum effektiv zu nutzen, ohne ihn zu überfrachten. So war das »Sunset« fast zu einem zweiten Wohnzimmer geworden.

Der kleine Außenbereich mit sieben oder acht Tischen war beinahe voll besetzt, doch Simon hatte einen Platz am Rand ergattern können. Die aufgespannten Schirme und die Markise hatten am Tag die Gäste vor der Sonne abgeschirmt, nun sorgten sie dafür, dass sich darunter die Hitze staute. Daher war Simons Tisch perfekt, denn hier zog ab und zu wenigstens ein laues Lüftchen vorbei.

JJ winkte ihm zu, als sie vom Rathaus kommend die Straße zur »Sunset Weinbar« entlangschlenderte, »Low Lays the Devil« von The Veils dröhnte im passenden Rhythmus zu ihren Schritten dazu aus ihren Kopfhörern. Da wieder eine warme Sommernacht angekündigt war, trug sie ein luftiges schwarzes Sommerkleid, dessen schmale Trä-

ger einen neckischen Blick auf ihre schwarzen BH-Trä-
ger freigaben. Dazu schwarze Jacks und ihre heiß geliebte
schwarz getönte Ray-Ban-Sonnenbrille.

Vor Simon stand ein Glas kühler Weißwein. Sie setzte
sich ihm gegenüber, nahm die Ohrhörer ab und grinste breit.

»Hi.«

»Auch hi«, meinte Simon. Er sah überarbeitet aus, wie
sie fand.

»Ausgang gekriegt?«, fragte JJ mit schelmischem Grinsen.

»Na klar. Bin froh, mal rauszukommen.«

Sie wusste, was jetzt kommen würde.

»Weißt du, zwischen meinem Job und meiner Familie,
da bleibt doch einiges auf der Strecke. Mirijam ist großartig. Und sie hat gar nichts gegen dich. Echt nicht, auch
wenn du dir das immer gerne einredest. Auch die Jungs
sind natürlich klasse.« Simon hatte zwei Söhne, die noch
nicht im Kindergarten waren. Eigentlich hatte er immer
davon geredet, nie Kinder haben zu wollen. Aber er wollte
Mirijam, und Mirijam wollte Kinder. Also hatten sie am
Ende Kinder bekommen. Zwillinge. Seitdem war er sichtlich gealtert, fand JJ.

Sein Grinsen zog sich fast von einem Ohr zum anderen.
Dann meinte er stolz: »Sind ja auch von mir.« Dann wurde
er nachdenklicher und sein Gesicht bekam einen traurigen,
fast leidenden Zug, den JJ nur zu gut kannte. »Aber alles
zusammen ist schon ein explosives Gemisch und ziemlich
anstrengend.«

So begann fast jedes ihrer wenigen Treffen. Sie wusste,
dass Simon seine Familie liebte, aber gleichzeitig mit seiner Situation und seinem Leben haderte. Er wirkte auf sie
wie ein Gefangener in einem Leben, das er hin und wieder
nicht als seines akzeptierten wollte.

»Tja, hättest doch mich nehmen sollen. Ich hätte dir viel Freiheit, wahnsinnig guten Sex und keine Kinder geboten.«

»Ach ne, lass mal. Ist schon gut, so wie es ist.« Er spielte den Grübelnden. »Wobei, die Sache mit dem wahnsinnig guten Sex ...«

Sie knuffte ihn kräftig in den Oberarm, zog einen beleidigten Schmollmund und streckte ihm anschließend die Zunge raus.

Damit war das Ritual praktisch beendet und beide mussten grinsen.

Als die junge Bedienung vorbeischaute, bestellte JJ einen Grauburgunder vom Weinhaus Weber, der auf der Karte stand, und ein stilles Wasser dazu. Sie hätte zwar Lust auf einen schönen Verdejo oder einen Garnatxa Blanca, aber sie fand den Weber angemessen. Und im Zweifel konnte sie so den Einstieg in das Thema finden, deretwegen sie sich mit Simon verabredet hatte. Sie wusste außerdem, dass Karl Hoffmann, der Besitzer und Betreiber des »Sunset«, immer wieder Probleme mit den ortsansässigen Weingütern hatte. Den Winzern wäre es am liebsten, wenn man im Ort nur ihre Weine verkaufen würde. Ein reizvoller Gedanke aus der Perspektive der Weinbauern. Aber ökonomisch vollkommener Quark, wie JJ meinte. Doch entsprechend übten sie über all ihre Kanäle immer wieder Druck aus, wenn in der Stadt eine neue Gastronomie eröffnete. Daher wurden Weine aus südlichen Ländern lediglich grummelnd akzeptiert. Vergorener Rebensaft aus anderen Weinbauregionen wie Baden, Rheingau oder Mosel waren dagegen absolut tabu.

Als JJ eines Abends den Laden zugesperrt und auf einen schnellen Drink ins »Sunset« getingelt war, hatte Karl, nachdem alle Gäste gegangen waren, noch eine besondere

Flasche italienischen Amarone aufgemacht. Dabei hatte er scherzhaft von einer »Wein-Mafia« gesprochen, ohne dies ernst zu meinen. Denn insgesamt verstand man sich gut zwischen den Gastronomen und den Winzern. Und genug gegessen und getrunken wurde ohnehin, sodass alle ihr Stück vom Kuchen abbekamen, wenn sie sich nicht allzu doof anstellten. Man kannte sich, man achtete sich – und man tat sich hin und wieder mal was Gutes. So war das in einer Stadt wie dieser hier.

»Also, was hast du für mich?«, startete sie in das eigentliche Thema, nachdem ihr Wein serviert worden war. JJ war nicht gut im Small Talk, sie kam gern schnell zum Punkt, sonst langweilte sie sich.

»Na ja, wie du ja weißt, war ich als einer der ersten dort.« Simon Kalt sah ihr fest in die Augen. Sein Blick signalisierte, dass sie sich nichts Neues erhoffen durfte.

»Wo?« Wollte sie dennoch wissen, auch wenn sie die Antwort kannte.

»Na, am Fundort, das weißt du doch. Von dort habe ich dich angerufen. Wenn ein Toter gefunden wird, werden wir automatisch gerufen. Es war Zufall. Ich war im Revier und bin zum Fundort. Markus war joggen, ist umgekippt und war ein paar Minuten später einfach tot. So was passiert immer wieder. Auch bei sportlichen Menschen, sogar bei Spitzensportlern. Erinnerst du dich an den Fußballer, der auf dem Platz gestorben ist? Das muss Anfang der Zweitausender bei irgendeinem Turnier in Europa gewesen sein. Und Markus ist genau das eben auch passiert. Das ist tragisch, da hast du verdammt noch mal recht. Und ich habe auch ein paar Mal geschluckt, als ich zur Unglücksstelle bin und erfahren habe, wer dort liegt. Freunde waren wir ganz sicher nicht und wären es wahrscheinlich auch nie geworden. Aber man kannte sich, wie man sich eben in einem Kaff wie diesem kennt. Auch wenn viele denken, es sei eine Stadt, letztlich ist Fellbach doch nur ein Riesenbaby von einem Dorf.«

»Und er ist dort gestorben, wo ihr ihn gefunden habt?«

»Oben in den Weinbergen, vom Rotenberg Richtung Fellbach kommend, auf dem Rückweg eine Schleife drehend, und dann wollte er mutmaßlich zu seinem Weingut zurück. Es gibt auch ein paar Zeugen, die ihn haben laufen sehen. Bei der Hitze. Ist ja auch totaler Quatsch. Da muss man schon ziemlich irre sein, um sich der Belastung auszusetzen. Und dann hatte er nicht mal eine Mütze auf. Es war heiß ohne Ende, und er hat sich vielleicht überschätzt oder übernommen. Oder beides. So war er eben. Markus hat doch schon immer gedacht, er stehe über den Dingen. Na ja, was soll's. Dass er auf diesem Weg erfahren musste, doch nur einer von uns Normalsterblichen zu sein, hätte nicht sein müssen.« Simon setzte kurz ein betretenes Gesicht auf und nahm dann den Faden wieder auf. »Der Notarzt hat ihn gleich vor Ort untersucht. Da war nichts mehr zu machen. Die Diagnose war eindeutig plötzlicher Herztod. Wie immer bei solchen Todesfällen gab es auch hier eine zweite Untersuchung. Aber auch der zweite Arzt kam zu keinem anderen Befund. Er hat den Leichnam noch mal genau untersucht und bestätigt, dass es nur ein plötzlicher Herztod gewesen sein kann.«

Simon warf ihr einen Blick zu, der deutlich machte, dass aus Simons Perspektive der Fall so klar war, wie ein Fall nur klar sein konnte. Es gab keinen Zweifel. Und das versuchte er erneut in Worte zu packen. »JJ, das ist alles verdammt tragisch. Und das soll jetzt nicht irgendwie zynisch klingen, aber er ist halt einfach beim Joggen gestorben. Mehr gibt es da nicht. Außerdem gab es keine Anzeichen auf eine Vorerkrankung. Auch seine Frau wusste nichts von irgendwelchen gesundheitlichen Problemen. Ich habe extra mit ihr gesprochen. Markus Weber war kerngesund. Und trotzdem ist er jetzt tot. Aber das passiert fast jeden Tag irgendwo in Deutschland. Und bei den Temperaturen sowieso.«

»Habt ihr nachgefragt? War er vielleicht bei einem Kardiologen?«, bohrte sie nach.

Mit leicht genervtem Unterton wiederholte Simon gestenreich, was er eben erzählt hatte. »Warum sollten wir? Wir sind vorgegangen wie üblich in solchen Fällen und so, wie ich es dir gerade schon beschrieben habe. Der Notarzt hat vor Ort den Tod festgestellt, dann ist er ins Krankenhaus gekommen, wo ein zweiter Arzt sich Markus noch mal angeschaut hat. Du kennst das doch. Und die in Winnenden sind auch noch spezialisiert auf so was. Die haben alles gecheckt. Aber nichts gefunden. Absolut gar nichts. Es gibt keinerlei Auffälligkeiten. Nicht den Hauch eines Zweifels an einer natürlichen Todesursache. Wenn wir den hätten, dann wäre Markus noch nicht bei dir auf dem Tisch gelandet, meine Liebe. Dann würden wir jetzt auch nicht hier ganz entspannt bei einem Glas Wein plaudern, nein, dann würden wir ermitteln. So wie das richtige Polizisten eben tun.«

Der letzte Satz von Simon war dazu gedacht, die Situation etwas aufzulockern. Aber irgendetwas nagte an ihr. JJ kaute auf ihrer Unterlippe herum. In ihrem Kopf arbeitete es, schlugen die Gedanken Purzelbäume. Simon hatte mit seinen Aussagen eine Mauer der Klarheit hochgezogen, die ihre Zweifel zurückwarfen wie der Limes die Germanen. Und doch war sie nicht zufrieden.

»Wer hat ihn eigentlich gefunden?«

»Das hatte ich dir doch gesagt. Ein paar Spaziergänger. Ein älteres Ehepaar, das sich absolut vorbildlich verhalten hat. Ich habe selbst mit ihnen gesprochen.« Dann beugte er sich zu ihr hinüber und sprach in verschwörerischem Flüstern weiter. »Aber du, hör mal. Du weißt schon, dass ich dir all das eigentlich gar nicht sagen darf? Datenschutz und so? Das darf niemand erfahren, sonst bekomme ich mächtig Ärger. Ich mach das nur, weil wir uns schon so lange kennen und weil wir beide Markus kannten.« Er verzog den Mund zu einem frechen Grinsen. »Du sogar etwas tiefergehender als ich.«

Sie machte große Augen vor gespieltem Entsetzen und deutete eine Backpfeife an, die er für seine Bemerkung eigentlich verdient hätte. Aber es war ihm gelungen, die Situation wieder merklich aufzulockern und ihr etwas von der Anspannung zu nehmen, die sich aus ihr unerklärlichen Gründen irgendwo in ihr ausgelöst hatte.

»Klar, dass da Fragen aufkommen. Aber komm, JJ, da ist nichts dran. Er ist umgekippt und war tot. Mehr nicht.«

Und schon war die kurz aufflackernde Lockerheit wieder verschwunden.

»Mehr nicht? Mehr nicht, sagst du.« JJ versuchte erst gar nicht, den Groll über die Aussage in ihrer Stimme zu unterdrücken, und spülte den aufkeimenden Ärger mit einem riesigen Schluck Wein runter. Mit einer entrüsteten Handbewegung schob sie sich eine lästige Strähne, die sich aus dem kurzen Pferdeschwanz verabschiedet hatte, wieder hinter das Ohr.

Simon schien erschrocken, wie sie annähernd amüsiert feststellte. Entweder über ihre Reaktion oder über die Menge Wein, die sie mit einem Mal in sich hineingekippt hatte.

»JJ, du weißt, was ich gemeint habe. Und wie. Beruhig dich. Ich will nichts verschweigen, nichts beschönigen. Ich glaube nur, nein, ich bin absolut überzeugt, dass du überreagierst.«

Sie warf ihm einen skeptischen Blick über den Tisch zu. »Spaziergänger, sagst du? Die waren zufällig dort?«

»Ja«, wiederholte er geduldig. »Ein Rentnerpaar, das dort ihre Runde vor dem Abendessen gedreht hat. Nette alte Leute. Sie haben ihn nur entdeckt, weil er in die Büsche musste. Seine Blase sei nicht mehr die beste, hat er mir in epischer Breite erzählt. Die Prostata. Dazu noch die Wassertabletten, die ihm der Arzt verschrieben habe und wegen denen er ständig pinkeln müsse. In die Hose habe er sogar schon mal gemacht. Aber die Windeln, die ihm die Tochter hingelegt habe, die verweigere er. Also musste er unterwegs austreten. Und dabei ist er dann praktisch über Markus gestolpert. Er ist an einer so blöden Stelle umgekippt, dass er ein paar Meter den Abhang hinuntergerutscht ist und dann noch über eine Kante drüber, hinter der es noch weiter abwärts ging. Zum Glück hat unser Opa ihn gesehen, bevor er seine Blase entleert hat. Sonst hätte er womöglich noch über ihn drübergepieselt.«

Möglicherweise hatte Simon mit seiner saloppen Erzählung die Situation wieder aufheitern wollen. Wenn man lange genug Polizist sei, würden Zynismus und Sarkasmus zu den ständigen Begleitern, hatte er einmal gesagt. Doch Julia beschloss das Scheitern seines Vorhabens und blieb vollkommen ernst und sachlich. Obwohl es ihr schwerfiel.

»Dabei hat er sich dann also die Blessuren zugezogen?«, meinte sie mehr an sich selbst gerichtet. Das bestätigte auch die Erzählungen bei seiner Anlieferung, war aber natürlich nicht das, was sich JJ erhofft hatte.

»Ja. Aber die rühren allesamt eindeutig von dem Sturz und seinen Folgen her, sind nicht post mortem entstanden. Und es gibt keine Anzeichen dafür, dass sie von externer Gewalteinwirkung stammen könnten. Da war der Doc ziemlich eindeutig.«

»Hm«, machte sie.

Ein letzter Hauch Skepsis nagte noch immer an ihr, obwohl sie schon sah, dass es langsam ins Absurde driftete, wenn sie weiterbohrte. Sie hatte nichts Konkretes, keinen Hinweis. Nur so ein Gefühl. Was erwartete sie, dass aufgrund ihrer Empfindung der Polizeiapparat eine große Untersuchung aktivierte? Wohl kaum.

Sie zögerte, bestellte sich noch ein Glas Wein, während Simon seines noch nicht einmal ausgetrunken hatte. Dann beschloss sie, Simon von der heutigen Begegnung mit Markus' Familie zu erzählen.

Natürlich wusste sie, dass auch das vielleicht nichts zu bedeuten hatte. Aber es war der letzte Strohhalm, an den sie sich klammerte, ohne zu wissen, warum. Aber schon morgen würde Markus in der Erde des Kleinfeldfriedhofs verschwinden und irgendwann, vielleicht von einem Ferienjobber, wie sie es gewesen war, in vielen Jahren wieder ausgebuddelt werden. Oder zumindest das, was die Würmer bis dahin von ihm übrig gelassen hatten.

KAPITEL 15

»Na, was gibt es für Klatsch und Tratsch in der Stadt?«, neckte sie Vinzent, der neben ihr im Bett lag. Sein nackter Oberkörper wurde nur teilweise von einem Leintuch bedeckt und ihre Hände wanderten suchend über seine Haut. JJ wusste, dass er es nicht mochte, wenn sie ihn als Klatschreporter hinstellte. Umso mehr Freude bereitete es ihr, Vinzent damit zu necken. Andererseits wusste er selbst genau, dass viele seiner Beiträge für das Fellbacher Tagblatt diese Klischees bedienten.

Aber heute war er vorbereitet und konterte: »Was willst du wissen? Wie das neue Kleid der Gattin unseres Stadtvorstehers aussieht? Ob die neue Weinkönigin bereits einen Freund hat? Oder mehr über die Frisur von ...«

Weiter kam er nicht. Sie gab ihm einen Klaps auf eine empfindliche Stelle, ehe er die Aufzählung fortzusetzen vermochte, und sah ihn mit strengem Blick an. Vinzent gefiel es, wenn sie so war, obwohl er in diesem Moment am liebsten kurz aufgestöhnt hätte, so fies durchfuhr ihn der Schmerz.

»Was hast du denn zu Markus alles geschrieben? Ich hatte überhaupt keine Zeit, auch nur eine Zeile davon zu lesen.«

Er wusste, dass sie das Tagblatt überhaupt nicht las. Zu belanglos, hatte sie mal gesagt.

»Da steht nichts Neues drin. Wer er war, was er gemacht hat und dass er leider viel zu früh verstorben ist. Das Übliche eben, was man so zusammenstupft, wenn man einen überraschenden Nachruf verfassen muss«, sagte er und gähnte dann herzhaft.

JJ hatte ihn gegen dreiundzwanzig Uhr angerufen, ob er nicht vorbeikommen wolle. Und naturgemäß wollte er, allein schon, da ihre Wohnung wesentlich kühler war als seine. Kaum war er angekommen, hatte sie nicht lange gefackelt und sich genommen, was sie begehrte. Und da sich das mit seinen Wünschen gedeckt hatte, gab es keinen Grund zu jammern.

Erst danach hatte sie ihm erzählt, dass sie mit Simon im »Sunset« verabredet gewesen war. Vinzent wusste, dass Simon keine Bedrohung darstellte. JJ war seine Freundin, auch wenn sie eine etwas untypische und eigenwillige Beziehung führten.

»Mit wem hast du alles gesprochen?«

»Du bist ganz schön neugierig. Da empfehle ich doch glatt die Lektüre des Tagblatts. Da findest du alle Antworten in meinem Artikel auf Seite drei.«

Als sie wieder ausholte, um ihm erneut einen Klaps zu versetzen, hob Vinzent abwehrend die Hände und kapitulierte.

»Okay, okay, du gewinnst«, meinte er und schob seine Hände schützend vor die empfindliche Stelle zwischen seinen Beinen. »Natürlich habe ich im Rathaus angefragt. Aber Peter Weber war nicht persönlich zu sprechen. Sein Büro hat mir ein paar dürre Sätze geschickt. Von einigen seiner Kollegen und Weggefährten. Und von Sabine Aichner.«

»Von der Aichner? Warum das?«

»Na ja, weil sie sich als ehrgeizige Frau in den letzten Jahren ziemlich auf Augenhöhe mit ihm freigeschwommen hat.«

»Was hat sie über ihn gesagt?«

»Eigentlich hat sie voller Anerkennung von ihm gesprochen. Aber sie hat auch erwähnt, dass seine Haltung zur

geplanten EU-Richtlinie, die ein Verbot jeglicher Spritz-
mittel vorsehe, nicht allen gefallen hatte.«

»Warum, wie war seine Meinung dazu?«

»Na ja, er hat sich offensichtlich ziemlich bedeckt gehalten deswegen. Man hatte sich aus der Branche ein klares
Statement von ihm gewünscht, da dies womöglich einiges
Gewicht gehabt hätte. Das Weinhaus Weber war zwar nicht
der größte Betrieb am Ort und in der Gegend, aber einer
der bekanntesten und erfolgreichsten. Markus Weber hatte
offenbar ein Händchen dafür, sich und seine Produkte zu
vermarkten. Er war ein geschickter Pionier des ökologischen Weinbaus. Das brachte ihm viel Anerkennung, aber
nicht nur Freunde.«

»An wen denkst du da?«

»Na, ich habe zum Beispiel mit Hans Köppel von der
Fellbacher Weinmanufaktur telefoniert. Er gab sich natürlich betroffen. Aber er hat auch nicht gezögert, auf die alt-
bekannten Differenzen und Konkurrenzen zwischen der
Manufaktur und den Selbstvermarktern hinzuweisen. Und
Köppel ist ja auch nicht als Leisetreter bekannt. Hat über
den OB gewettert, dass sich die Balken bogen. Und er war
sicher kein Freund von Markus. Er hat sogar im Off ordentlich vom Leder gezogen und Andeutungen gemacht, dass
die Ehe wohl nicht gerade glücklich gewesen sei und Markus seine Frau regelmäßig betrog. Zuletzt mit Claudia.«

»Claudia?« JJ sah ihn fragend an. Dann fiel der Groschen
und sie wusste, wen er meinte. »Du meinst *die* Claudia?
Claudia Etzold? Die Stadtmatratze? Nein, warum sollte
Markus etwas mit der anfangen? Das passt überhaupt
nicht.« Dann zögerte JJ einen Moment, wurde nachdenklich. »Meinst du, irgendetwas davon taugt als Motiv dafür,
dass ihn doch jemand umgebracht haben könnte?«

»Ich habe keine Ahnung. Ich erzähle dir nur, was man mir erzählt hat. Und wenn ich genau überlege, sollte ich das lieber sein lassen, denn sonst verbrennen meine Quellen, wenn das herauskommt.«

»Ach komm, ich verrate dich schon nicht, du kleiner Bob Woodward«, flüsterte sie ihm ins Ohr. JJ kannte das Filmplakat von »Die Unbestechlichen« aus seiner Wohnung. Der Weltbekannte und mehrfach oscarprämierte Film von Alan J. Pakula aus dem Jahr 1976, in dem Robert Redford und Dustin Hoffman in die Rollen der unerschrockenen Journalisten Bob Woodward und Carl Bernstein geschlüpft waren, die für die Enthüllungen des Watergate-Skandals den begehrten Pulitzer-Preis bekommen hatten.

Damit läutete sie außerdem die zweite Runde der nächtlichen Aktion ein.

KAPITEL 16

Die Beisetzung war eine Großveranstaltung. Die Aussegnungshalle des Friedhofs quoll regelrecht über. Der Raum war ähnlich modern wie JJs Institut. Den Architekten war es bei der Neugestaltung des 1952 entstandenen Bauwerks gelungen, durch den geschickten Einsatz von Material und einem warmen, weichen Licht eine tröstliche Stimmung zu erzeugen. Damit war die ehemals düstere Aussegnungshalle mit der dunklen Holzdecke und störenden Pendelleuchten zu einem freundlichen, lichtdurchfluteten und hoffnungsvollen Ort geworden. Zudem hatten nun erheblich mehr Menschen Platz auf den etwa hundertachtzig Quadratmetern Grundfläche. Doch heute reichten auch diese Plätze nicht annähernd aus.

Weber war beliebt gewesen. Zumindest angesehen. Und ein wichtiger Geschäftspartner für viele am Ort. Oder es gab andere Gründe, der Beerdigung des Vorzeige-Fellbachers beizuwohnen.

Ja, davon gab es einige, wie JJ fand. Viele hatten mit Geld zu tun. Andere damit, sich zu zeigen und gesehen zu werden oder sogenannten gesellschaftlichen Verpflichtungen nachzukommen. Sie hatte nicht viel übrig für dieses meist geheuchelte Verhalten.

Der Bürgermeister und Bruder des Verblichenen hatte sich natürlich ebenso Zeit genommen wie einige andere hochrangige Beamte der Stadtverwaltung und saß in der ersten Reihe neben Vera und den Kindern. Ein Großteil der Gemeinderäte aller Fraktionen war anwesend, ebenso wie der komplette Vorstand der Genossenschaft. Kollegen und Konkurrenten aus anderen Weingütern der Stadt und der Region erwiesen ihm die letzte Ehre. Dazu kamen private Freunde, Bekannte und Weggefährten aus Schule und Studium. Einfach alle, die ihn kannten oder sich in seinem Ruhm und Erfolg gesonnt und ihn beneidet hatten. Sie drängten sich in die Halle und da nicht für alle Platz war, bot der überdachte Vorbau auf dem Friedhofsplatz wenigstens etwas Schutz vor der sengenden Hitze.

Selten hatte JJ derart viele Menschen auf einer Beerdigung gesehen. Sie selbst stand abseits und hielt sich im Hintergrund, während alles seinen routinierten Gang ging.

Der Pfarrer, ein dunkelhäutiger Mann, dessen Familie aus Nigeria stammte. Isah Abukabar war aber in Deutschland geboren und aufgewachsen. JJ hatte oft mit ihm zu tun und schätzte seine ruhige, offene Art. Er war sehr belesen und sprach ein klares, präzises Deutsch, um das ihn so manch Einheimischer beneiden sollte, wie JJ fand. Aber es hatte nicht alle in der nach außen toleranten und weltoffenen, aber im Inneren erzkonservativen Kirchengemeinde erfreut, als Abukabar in die Gemeinde gekommen war. Jetzt stand er mit seiner kompakten Gestalt am Rednerpult neben dem geschlossenen Sarg und sprach von einem überraschenden, tragischen und viel zu frühen Ende eines liebevollen Menschen. Offenkundig hatte er Markus Weber nicht näher gekannt, denn der war zumindest früher nicht unbedingt als Kirchgänger aufgefallen. Trotzdem machte er seine Sache gut, fand die passenden Worte, traf den richtigen Ton. Chapeau, dachte JJ. Ein völlig Fremder bringt also mehr emotionales Gewicht in die Waagschale als die eigenen Angehörigen.

In der Stille war einzelnes Schluchzen zu vernehmen. Es schien aus den vorderen Reihen zu kommen, wo Vera, Michaela und Elias zusammen mit den Eltern des Verstorbenen Platz genommen hatten.

Julias Blick wanderte über die Gesichter. Von ihrem seitlichen Platz konnte sie gut sehen. Es war der Platz, von dem aus sie meist Trauerfeiern beiwohnte. In vielen Gesichtern war zurückhaltende Trauer abzulesen. Andere gaben sich neutral und sahen aus, als seien sie nur hier, weil es sich ihrer Meinung nach so gehörte. Und dann gab es noch die,

die wirkten, als hätten sie Sorge, zu spät zum nächsten Termin zu kommen, und sich durch verstohlene Blicke auf die meist teuren Uhren verrieten.

Dann trat Vera an das dunkle Pult. Sie wollte ein paar Worte an die Trauergemeinde richten, doch die Stimme verweigerte ihren Dienst und heftige Weinkrämpfe schüttelten den kleinen, schmalen Körper. Sie wirkte wie ein Mensch, der seine große Liebe verloren hatte. Traurig. Leidend. Authentisch. Ein krasser Gegensatz zu der Szene, die Julia gestern in ihrem Bestattungsinstitut erlebt und von der sie Simon erzählt hatte.

»Dem darfst du nicht zu viel Bedeutung beimessen«, hatte er gesagt. »Wenn Menschen trauern, tun sie das auf unterschiedliche Art und Weise. Und nicht immer sind ihre Reaktionen dann rational. Das müsstest du eigentlich besser wissen als alle anderen.«

Da hatte er recht. Der Tod eines Menschen konnte unterschiedliche Reaktionen hervorrufen. Das hatte sie oft genug erlebt. Schon als Kind musste sie mitansehen, wie Menschen regelrecht schreiend zusammengebrochen waren, als ihnen der dauerhafte Verlust bewusst gemacht worden war.

Der Tod war für alle, die mit ihm konfrontiert wurden, ein herausforderndes Lebensereignis. Und die Trauer ein Format zur Bewältigung dieser Ausnahmesituation. Wie Trauer aussah, das definierte jede Gesellschaft, jede Kultur für sich, weshalb die Rituale auch sehr unterschiedlich waren. Und das waren sie auch von Mensch zu Mensch: unterschiedlich. Denn wie man trauerte, das wusste Julia nur zu genau, entsprang der persönlichen Veranlagung, der Lebensgeschichte und den aktuellen Lebensumständen. Die Bandbreite war enorm und so manche Anzeichen erinnerten stark an bekannte psychische Erkrankungen.

Für Außenstehende hatte Julia nach dem Tod ihrer Eltern nicht das Maß an Trauer gezeigt, wie es gemeinhin erwartet wurde. Vor allem die Älteren hatten ihr das lange übel genommen, nachgetragen. Natürlich hatte nie jemand etwas gesagt. Aber der übliche Tratsch war ihr nicht entgangen. Aber sie hatte sich nicht verstellen wollen. Die emotionale Bindung war nicht tief genug gewesen, um ernsthaft zu trauern. Es war mehr so ein Gefühl, als würde man sich von einer flüchtigen Urlaubsbekanntschaft verabschieden.

In anderen Todesfällen, wie bei Markus Weber, spielte die Art des Todes, dieses plötzliche und unerwartete Dahinscheiden eine große Rolle. Ebenso hatte das jeweilige soziale Umfeld Einfluss darauf, wie ausgeprägt man trauerte und wie stark man die Trauer zeigte.

Bei Julia war nach ihrer Rückkehr kein intaktes soziales Umfeld mehr vorhanden gewesen. Eine Familie im eigentlichen oder erweiterten Sinn gab es für sie nicht. Ihre Freundschaften lagen auf Eis. Und sie war ohnehin ein zurückgezogener, introvertierter Mensch. So loderte die Trauer auf Sparflamme tief in ihr drin. Da war nichts, was nach außen scheinen konnte. Ihre Trauerhelfer, soweit sie die überhaupt benötigt hatte, hießen Tocotronic, Interpol und Editors. Drei ihrer Lieblingsbands, zu deren Musik man hervorragend träumen, nachdenken, weinen und vor allem tanzen konnte. Allein in einem dunklen Raum zum Sound der Musik zu hüpfen, zu springen und Arme und Beine durch die Luft zu wirbeln, das war die beste Therapie, die sich JJ vorstellen konnte. Und sie wusste schon heute, welche Lieder auf ihrer Beerdigung gespielt werden sollten, und freute sich in Gedanken am kopfschüttelnden Unverständnis der kleinen Trauergemeinde, die zusammenkommen würde, wenn es galt, sie von diesem Planeten zu verabschieden.

Ihr Blick wanderte ruhig und langsam über die anwesenden Trauergäste, sprang von Gesicht zu Gesicht, während Vera Weber noch immer um ihre Fassung und die passenden Worte rang. Gab es jemanden unter ihnen, der Zweifel an der Todesursache hatte? Und wenn sie recht hatte, war der oder diejenige auch darunter, die für seinen Tod verantwortlich war?

Sie erkannte Claudia in der Menge. Claudia Etzold. Was machte die hier? Die letzten Jahre hatten deutliche Spuren in ihrem Gesicht hinterlassen. Schön war sie nie gewesen. Nur leicht herumzukriegen, weshalb die Jungs Schlange gestanden hatten. Und Claudia war nicht wählerisch. Wer wollte, der durfte, wenn sie Zeit hatte, damals wie heute. Egal ob bei ihr zu Hause, im Auto, im Wald oder in den Umkleidekabinen der Turnhalle. JJ erinnerte sich, wie die wildesten Gerüchte die Runde gemacht hatten, wo Claudia es wieder mit wem getrieben hatte. Ihre Figur war nach einem flüchtigen Blick noch ganz in Ordnung, auch wenn längst nicht alles mehr Original war. Die Lippen wirkten aufgespritzt, und die Nase hatte Julia anders in Erinnerung, nicht so gerade und spitz, wie sie jetzt war. Der üppige Busen zeichnete sich unter der schwarzen Bluse in einer Form ab, die für das Alter und mehrere Kinder unnatürlich straff wirkte. Zudem hätte die Gesichtsbemalung dem Anlass entsprechend etwas dezenter ausfallen dürfen, wie Julia fand. Aber an Claudia war schon immer alles zu viel, zu billig und zu schnell.

Soweit JJ wusste, war sie mindestens zweimal geschieden und hatte drei Kinder von drei Männern. Doch sie lebte gut vom Unterhalt. Zumindest konnte sie sich eine Wohnung im Keiferle, dem Nobelviertel der Stadt, leisten. Trotzdem fragte sich JJ, ob Markus wirklich mit Claudia geschlafen hatte.

Warum hätte er das tun sollen? Ein Fingerschnipp und er hätte sich eine aussuchen können. Also warum gerade Claudia? Oder war da doch nichts dran? Julia beschloss, sie bei nächster Gelegenheit anzusprechen. Sie wusste, dass Claudia in einer Bankfiliale arbeitete, Kredite vergab. Das passte, denn das Bankgewerbe war nach JJs Meinung genauso falsch und verlogen wie Claudias heutige Erscheinung.

Elias und der Pfarrer hatten inzwischen ihre Arme um Vera gelegt und sie zurück zu ihrem Platz geleitet, wo Michaela sie in den Arm nahm. Das alles wirkte dramatisch, emotional, aber keinesfalls inszeniert. Vielleicht hatte Simon doch recht und sie interpretierte einfach zu viel hinein.

Und doch war da dieses merkwürdige Gefühl, das nicht verschwinden wollte.

Der Sarg wurde von den Sargträgern durch den Mittelgang hinausgeschoben. Im Vorbeigehen erhaschte sie einen Blick auf Vinzent in seinem schwarzen Anzug, dem weißen Hemd und der schwarzen Krawatte. Er sah müde aus. Aber gut. Kein Wunder, nach der kurzen Nacht. Dahinter gingen der Pfarrer und die Familie, dann folgte der Trauerzug. Der Weg war nicht weit. Alle versammelten sich um das große Familiengrab im vorderen Teil des Friedhofs.

Ein halbes Dutzend Namen fand sich in goldenen Lettern auf dem ausladenden grauen Marmorstein. Die letzten stammten von den Eltern, die vor einigen Jahren relativ schnell nacheinander aus dem Leben geschieden waren. Den Jahreszahlen nach handelte es sich bei den anderen wahrscheinlich um Markus' Großeltern und Urgroßeltern. Aber ein Name stach besonders ins Auge. »Tina Weber. Geboren 1972. Gestorben 1997.«

Der Sarg wurde in die Erde gelassen. Vera konnte sich sichtlich kaum auf den Beinen halten, als sie am geöffneten Grab stand und mit einer kleinen Schaufel Erde auf den Sarg ihres Mannes werfen sollte. Ihre Kinder stützten sie. Dann folgten Peter Weber mit seiner Familie, Veras Eltern und so wurde die kleine Schaufel weitergereicht. Irgendwann hielt sie Hans Köppel und später umklammerten sie die knorrigen Hände von Mechthild Brunner und am Ende landete sie gar bei Claudia Etzold, die einen leicht verwirrten Eindruck machte und nicht so recht zu wissen schien, was sie denn nun mit der Schaufel tun sollte.

Erde zu Erde, Asche zu Asche und Staub zu Staub, schoss es JJ durch den Kopf.

Dann wurde ihr Blick wieder von den Buchstaben angezogen, die den Namen Tina Weber bildeten. JJ erinnerte sich an die Geschichte, die damals über Monate Gesprächsthema Nummer eins gewesen war. Auch die damals noch existente Fellbacher Zeitung hatte zusammen mit dem Fellbacher Tagblatt einige Artikel gebracht. Jetzt kamen die Erinnerungen langsam wieder. Die Familie Weber war auf einer Bergwanderung durch eine Schlucht oder Klamm, so genau wusste sie es nicht mehr, unterwegs, als die Witterungsbedingungen umgeschlagen waren. Und die Familie war mit nur zwei erwachsenen Kindern im Gepäck wieder nach Fellbach zurückgekommen. Die älteste Tochter war verschwunden. Vielleicht in einen Spalt gefallen, vielleicht von Wasser- und Geröllmassen mitgerissen worden. Ihre Leiche wurde ebenso wenig gefunden, wie die Umstände aufgeklärt wurden, weshalb man irgendwann einen leeren Sarg beerdigte. Sie erinnerte sich deshalb an dieses Detail, weil ihr Vater seinerzeit mit der Bestattung beauftragt worden war und alles in den Auftragsbüchern dokumentiert hatte.

Die Polizei war von Anfang an von einem tragischen Unfall ausgegangen, doch bei den Ermittlungsbeamten hatten sich wohl auch ein paar Zweifel breitgemacht, denen man jedoch nie ernsthaft nachgegangen war. Ein Schicksalsschlag, von dem sich die Eltern bis zu ihrem Tod nie wieder erholen sollten. Und auch das Verhältnis der Brüder habe darunter gelitten, tuschelte man hinter vorgehaltener Hand. Doch getuschelt wurde ja immer. Und viel.

Und jetzt hatte ein neuer tragischer Todesfall die Familie heimgesucht. Beinahe konnte man froh sein, dass die Eltern nicht auch noch den Verlust eines zweiten Kindes verkraften mussten. Auch wenn sich JJ nichts aus Kindern machte und keine Pläne hatte, eigene in die Welt zu setzen, so war es doch das Fürchterlichste, was Eltern passieren konnte, wenn sie ihre eigenen Kinder zu Grabe tragen mussten.

Ein Gefühl der Schwermut legte sich für einen Moment auf JJs Schultern. Dann beobachtete sie weiter den Kondolenzzug am geöffneten Grab.

Wer Erde auf den Sarg geworfen hatte, kondolierte der Familie, bekundete sein Beileid und behauptete, in dieser schweren Stunde bei ihr zu sein. Und jeder wusste, dass die Worte in einigen Fällen den Atem nicht wert waren, den es brauchte, um sie auszusprechen. All die üblichen Floskeln eben. Erstaunlich, wie verlogen, falsch und oberflächlich Menschen waren, kam es JJ in den Sinn.

Dann trat eine Frau an das Grab. Ohne ihr Gesicht sehen zu können, spürte Julia, welche enorme Präsenz sie ausstrahlte. Sie war groß, mindestens einen Meter fünfundsiebzig, schätzte JJ. Das kurze blonde Haar war glatt und verlieh dem Auftreten einen strengen Ausdruck. Der schlanke Körper zeichnete sich mit eleganten Rundungen unter einem schwarzen Kleid ab. Sie stand etwas länger als üblich am Grab und senkte den Kopf.

Dann trat Elias zu der Frau. Sein Gesicht hatte mit einem Mal jeden Anflug von Trauer verloren. Mit dem Ärmel wischte er sich über die rot geheulten Augen. Die melancholischen Züge waren einem verkrampft ärgerlichen Ausdruck gewichen. Die Augen verengten sich zu schmalen Schlitzen, aus denen es giftig funkelte, die Lippen fest zusammengepresst. Er sah aus, als würde er etwas zu der Frau zu sagen. Doch von ihrem Standort konnte Julia das nicht genau erkennen. Und verstehen schon gar nicht. Also schob sie sich so unauffällig wie möglich zwischen einigen anderen Trauergästen durch, weiter nach vorn.

»Hau ab«, hörte sie Elias leise zischen. »Du hast hier nichts verloren.«

Elias war für sein Alter groß gewachsen und kräftig. Er sah aus, als würde er regelmäßig im Fitnessstudio trainieren. Und wie Julia aus dem Sportvereinsheft der Stadt wusste, spielte er auch erfolgreich Football. Entsprechend war seine Statur.

»Ich sag es nicht noch mal. Hau ab, wir wollen dich hier nicht sehen«, zischte er weiter. So leise, dass es vermutlich niemand mitbekommen würde. Es galt, den schönen Schein zu wahren.

Und doch brodelte eine beinahe körperlich spürbare Wut in dem Jungen.

Julia fürchtete, dass er gleich handgreiflich werden würde. Einen solchen Eklat galt es zu vermeiden. Womöglich waren Vertreter der Zeitung anwesend. Einer in jedem Fall. Und Vinzent würde sicher darüber schreiben, auch wenn er offiziell in seiner Funktion als Sargträger der Trauerfeier beiwohnte. Sie suchte seinen Blick, doch er hatte wohl noch nichts von der drohenden Eskalation bemerkt, stand ruhig und mit gesenktem Blick neben dem Grab.

JJ wollte gerade nach dem Arm der Frau greifen und sie wegziehen, als Simon auftauchte, ihr den Arm um die Schultern legte und die Frau so unauffällig wie möglich mit sich zog. Als sie sich dabei umdrehte, blickte Julia in das Gesicht von Sabine Aichner.

Die Aichner war etwas älter als sie. Die Zeit hatte es, im Gegensatz zu Claudia, eher gut mit ihr gemeint. Ihre Haut strahlte rosig und war dezent gebräunt, die grünen Augen leuchteten. Eine schmale und gerade Nase und die geschwungenen Lippen rundeten das natürliche Kunstwerk ab.

Elias stand da und sah schwer atmend zu, wie Simon das Objekt seiner Erregung dezent wegführte. Julia war sicher, er wäre in der nächsten Sekunde auf Sabine Aichner losgegangen, die sich jetzt mit einer eleganten Armbewegung aus Simons Umklammerung löste und allein weiterging. Es sah aus, als wollte er ihr noch hinterher, aber Sabine machte eine abwehrende Handbewegung, sodass er wie angewurzelt stehen blieb. Ihre Bewegungen strahlten eine gewisse Anmut aus, einen Stolz, aber auch Eigensinn. JJ musste sich eingestehen, dass sie von der Erscheinung der Frau durchaus beeindruckt war.

Dann sah JJ zwischen dem Grab, der Ehefrau, auf deren Wange sie wieder glaubte, einen leuchtenden blauen Fleck zu erkennen, und den Kindern hin und her. Sie spürte so was wie eine maximal mögliche Verwirrung. Von dem, was sie in den letzten Minuten gesehen hatte, passte nichts zusammen.

Was war hier los?

Noch ein Punkt, dem sie auf den Grund gehen wollte.

Irgendetwas stank hier doch zum Himmel. Aber alle schienen sich die Nase zuzuhalten.

KAPITEL 17

Die restliche Trauerfeier war ohne weitere Vorkommnisse über die Bühne gegangen. JJ war froh, dass der Teil vorbei war, denn im Institut stapelten sich sprichwörtlich die Leichen.

Sie und ihre Mitarbeiter mussten sich in den kommenden Tagen ranhalten, um alle Termine einhalten zu können. Aber sie würden es irgendwie schaffen. Wie immer.

Sie war glücklich über die Unterstützung, und ihre Leute waren immer da, wenn sie sie brauchte. Selbst Steffi, die eigentlich nur tagsüber am Empfang saß und Büroarbeit erledigte, war sich nie zu schade, um auch selbst mit anzupacken. Dabei wirkte sie auf den ersten Blick eher wie jemand, der sich vor einer Leiche ekelte. Dann waren da noch Isabell Bruch, Holger Rose und Klaus Rauch. Im Herbst würde Lea Lauritz sogar als erste Auszubildende zu ihnen stoßen. Sie waren ein junges Team, und das gefiel JJ. Der Umgang war locker, der Zusammenhalt groß. Und JJ eine Chefin, die keinerlei Chefallüren an den Tag legte. So hatten sie viel Spaß zusammen, auch wenn ihr Job vom Tod anderer Menschen abhing.

Während sie den Körper eines Rentners reinigte, der bei dem schweren Autounfall auf der Bundesstraße verstorben war, tauchten wieder verschiedene Bilder auf, die ihr seit dem Tod von Markus Weber begegnet waren. Irgendetwas stimmte nicht, störte die Komposition der unterschiedlichen Eindrücke. Aber jetzt war es ohnehin zu spät. Der Leichnam lag unter der Erde, und an eine Exhumierung war nicht zu denken. So ein Unterfangen bedeutete nicht nur gewaltige Hürden, sondern es musste auch der konkrete Verdacht für eine Straftat vorliegen. Ihr Bauchgefühl allein würde da bei Weitem nicht ausreichen, um einen Staatsanwalt zu überzeugen, diesen Schritt in die Wege zu leiten. Zumal dies für die Hinterbliebenen auch keine einfache Situation bedeuten würde.

Aber an so was brauchte sie gar nicht erst zu denken. Sie hatte es ja nicht einmal geschafft, Simon zu überzeugen. Er hatte auch nach ihrem Gespräch keinen Anhaltspunkt gesehen zu prüfen, ob sich vielleicht ein erneuter Blick lohnte. Nein, sie musste die Geschichte für sich abschließen, ruhen lassen und nicht weiter irgendwelchen Hirngespinsten hinterherjagen, für die es keinerlei Beweise gab.

Sie zündete sich einen der bereitliegenden Joints an, nahm den Totenschein des vor ihr liegenden Mannes zur Hand und sah, wer ihn unterzeichnet hatte. »Dr. Harald Lanz« lautete der Stempel, über den sich das unleserliche Gekrakel der üblichen Ärztehandschrift legte. Lanz, war das nicht auch der Doktor, der den Tod von Markus Weber untersucht hatte? Julia griff zum iPad, wischte ein paar Mal über den Bildschirm und fand rasch die gesuchte Information. Ja, der Name und die Unterschrift waren identisch.

Sie überlegte kurz, zögerte einen Moment und tippte dann die Nummer in ihr Smartphone, die als Kontakt auf dem Dokument stand. Zu ihrer Überraschung wurde sie direkt zu ihm durchgestellt. Nachdem sie ihm einige unnötige Fragen zu dem vor ihr liegenden Toten gestellt hatte und sie einen leicht genervten Unterton in der ansonsten freundlichen und angenehmen Stimme des Doktors wahrnahm, kam sie zum eigentlichen Grund ihres Anrufs.

»Haben Sie nicht auch Markus Weber untersucht und den Totenschein ausgefüllt?«, fragte sie.

»Ja, warum?«, gab er sich kurz angebunden.

»Na, weil er erst kürzlich auch bei mir zu Gast war. Heute war seine Beerdigung.«

»Und?«

Julia überlegte, wie sie geschickt antworten sollte, um ihn zum Reden zu bringen, ohne zu viel preiszugeben. Und vor allem: ohne sich zu blamieren.

»Na ja, ich kannte ihn noch von der Schule und war schon ziemlich überrascht, als er hier vor mir lag.« Sie versuchte ihrer Stimme einen eher beiläufigen, aber doch mitfühlenden Tonfall zu geben, so als habe sie die Geschichte ziemlich mitgenommen.

Es dauerte einen Moment, ehe Lanz antwortete. Sie hörte Papier rascheln und vermutete, dass er sich inzwischen anderen, vermeintlich wichtigeren Aufgaben zugewandt hatte.

»Ja, der Tod ereilte ihn überraschend. Ich kannte ihn auch.«

Die letzte Information war neu für JJ, doch sie entschloss sich, sie für den Moment unkommentiert zu lassen. »Aber er war doch gesund und trainiert. Kam es Ihnen nicht komisch vor, dass er von einem Moment auf den anderen umgekippt sein muss?«

»Frau Schwarz, Sie verstehen sicher, dass ich dazu eigentlich nichts sagen kann. Auch wenn Markus Weber nicht mehr unter uns weilt, gilt trotzdem noch der Datenschutz und meine ärztliche Schweigepflicht.«

Sie fürchtete schon, dass das Gespräch damit beendet sei. Doch dann fuhr Lanz fort. »Wissen Sie, ich verstehe, dass es jemanden berührt, auch in Ihrem Job, wenn man jemanden vor sich hat, den man kennt. Wir sind doch alle Menschen und keine Maschinen. Und genau diesen Hauch Menschlichkeit, die dafür nötige Empathie, die müssen wir uns bewahren.«

Er machte eine Pause und sie bekam Sorge, er würde keinen der für sie wichtigen Punkten mehr ansprechen. Doch setzte der Redefluss rechtzeitig wieder ein, ehe die Stille in der Leitung drohte, unangenehm zu werden.

»Jahr für Jahr sterben Menschen an einem plötzlichen Herztod. Bis zu drei Prozent von hunderttausend Sportlern sind betroffen. Und Männer bis fünfunddreißig trifft es häufiger als Frauen. Was letztlich zum Tod führt, lässt sich oft nicht mehr genau feststellen. Ich bin auch Sportmediziner und weiß genau, wovon ich rede. Die Footballmannschaft in Fellbach wird zum Beispiel von mir medizinisch betreut. Die Ursache kann von einem erkrankten Herzmuskel über die Hauptschlagader bis zu den Herzkranzgefäßen zu finden sein. Vielleicht haben sich Erreger durch einen Virus oder irgendwelche Bakterien daraufgesetzt und eine unentdeckte Entzündung verursacht. Das geschieht oft durch nicht auskurierte Infekte. Viele der möglichen Erkrankungen bleiben versteckt und folgenlos. Aber unter Belastung kann es nun mal zu gefährlichen Herzrhythmusstörungen kommen, die dann, wie bei Markus Weber, zum Tod führen.«

»Also es gibt keinen Zweifel ...«

Lanz unterbrach sie mitten im Satz. »Nein, natürlich nicht«, sagte er mit einer Bestimmtheit, wie sie nur das Selbstbewusstsein von Medizinern, Anwälten und Managern hervorbrachte. Etwas versöhnlicher fügte er dann hinzu: »Natürlich habe ich das überprüft. Aber alle Tests waren negativ. Ansonsten hätte ich den Leichnam selbstverständlich nicht zur Bestattung freigegeben und Ihr Wiedersehen verzögert.«

»Okay. Danke«, sagte Julia rasch. Sie war wieder gegen eine Wand gelaufen. Doch etwas störte sie an der Absolutheit, mit der Lanz seine Diagnose darstellte.

»Aber Frau Schwarz, darf ich fragen, warum Sie sich so genau erkundigen? Haben Sie irgendwelche Zweifel an meinem Urteil?«

Es klang wie ein Vorwurf, und sie war sich sicher, Lanz würde es als Majestätsbeleidigung sehen, wenn man seine Arbeit anzweifelte. Dünnes Eis also. Sie musste vorsichtig sein.

»Nein, natürlich nicht, Herr Dr. Lanz. Es ist nur ...«

»Wie dem auch sei. Ich kann Ihnen nur versichern, es hat alles seine Ordnung. Der Tod kam plötzlich, und die Folgen sind immer dramatisch für Familie und Freunde. Aber mehr kann ich dazu nun auch wirklich nicht sagen. Außerdem warten meine noch lebenden Patienten auf mich.«

Damit beendete er das Gespräch doch etwas abrupt, wie Julia fand. Sie sackte auf einen Hocker, das Handy noch immer in den Händen.

Seltsam.

Das Telefonat und die Bestimmtheit des Arztes hätten ihr die letzten Zweifel nehmen können, ja, sogar nehmen sollen. Aber ihr Bauch meldete sich mit wachsenden Zweifeln zu Wort. Und sie beschloss jetzt, auf ihren Bauch zu hören. Denn immer wenn sie dem gefolgt war, hatte es sich später als die richtige Entscheidung herausgestellt. Und irgendetwas sagte ihr, dass der Tod von Markus Weber weder plötzlich noch natürlich war. Und sie wollte herausfinden, warum.

KAPITEL 18

Vinzent wartete gerade am Getränkewagen, um zwei frische Gläser mit kühlem Weißwein zu holen. JJ, enges schwarzes Top, kurze schwarze Jeans und schwarze Sneakers mit weißen Sohlen – was sie als farbliches Zugeständnis an den Sommer betrachtete –, beobachtete ihn dabei, verfolgte jede seiner geschmeidigen Bewegungen. Wie er die benutzten Gläser abstellte, seinen Geldbeutel hervorzauberte, dem jungen Mädchen hinter der mobilen Theke ein entwaffnendes Lächeln zuwarf und mit seinen schlanken Fingern, über die sich jeder Chirurg gefreut hätte, das Wechselgeld in Empfang nahm. Alles wirkte fließend, elegant und ergab ein stimmiges Gesamtbild.

Als er ihr mit lässigem Gang entgegenschlenderte, umspielte ein spitzbübisches Lächeln seinen Mund, das er häufig nach dem Sex aufsetzte. JJ spürte, wie für einen kurzen Moment die Lust in ihr aufflammte und sie Vinzent am liebsten an der Hand genommen und nach Hause in ihr Bett gezerrt hätte.

Doch selbst dafür war es heute eindeutig zu heiß. Plötzlich fiel ihr eine Szene aus dem Film »Die Katze« ein, den Dominik Graf 1988 mit Götz George und Gudrun Landgrebe gedreht hatte. Darin spielt George einen Bankräuber, der gleich in der Eröffnungsszene den variantenreichen Liebesakt mit Gudrun Landgrebe zu Eric Burdons »Good Times« abbricht und kommentiert: »Es ist sogar zu heiß zum Ficken.« Und das schon Jahrzehnte vor dem Klimawandel, der heute in vielen Sommern aus dem Erdball eine regelrechte Glutkugel machte.

Ehe sie ihm das beschlagene Glas aus der Hand nahm, hauchte sie ihm einen schnellen Kuss auf den Mund und schenkte ihrem Vinzent ein verführerisches Lächeln. Einige Jahre waren sie bereits ein Paar. So lange hatte sie es noch nie mit einem Kerl ausgehalten. Vor Vinzent hatte die längste Beziehung kein Jahr überdauert. Aber mit ihm war es irgendwie anders. Es fühlte sich richtig an. Es war gut. Es war echt.

Obwohl ihre Wohnungen gar nicht weit auseinanderlagen, sahen sie sich nicht so oft. Beide waren viel beschäftigt.

»Wie war die Woche?«, wollte sie wissen und lehnte sich dabei locker an eine Steinmauer am Fuß eines Weinbergs. Die Sonne brannte und trotz der Hitze strömten die Menschen zu Hunderten an die Kelter, bewaffneten sich mit Gläsern, um dann über die verschlungenen Wege durch die verschiedenen Weinbergpfade zu den einzelnen Zelten zu gelangen, in denen die Fellbacher Weinmanufaktur die Ergebnisse ihrer harten Arbeit ausschenkte.

»Wenig Farbe. Dafür einige unter die Erde gebracht.« Damit spielte er auf die von ihm favorisierte Schwarz-Weiß-Fotografie und seinen Nebenjob als Sargträger an.

JJ konnte nicht anders, als bei diesem triefenden Zynismus kurz und laut aufzulachen. »Etwas mehr Respekt wäre schon angebracht«, meinte sie dann tadelnd.

»Jaja, das sagt die Richtige«, meinte er und knuffte sie in die Seite. Vinzent arbeitete selbst mit dem Tod. Als Künstler und Fotograf, der er neben dem Journalisten und Autor sein wollte, hatte er in der Vergänglichkeit des Lebens sein zentrales Motiv gefunden, um das viele seiner Bilder kreisten. Oft düstere Werke, die sich kaum jemand ins Wohnzimmer hängen wollte. Und da er von der Arbeit als Journalist zwar seinen Unterhalt bestreiten, aber keine großen Sprünge machen konnte, trug er Särge über den Friedhof. In diesem Dreiklang, das sein von Außenstehenden gern als prekär bezeichnetes Dasein flankierte, hatte er sich inzwischen ganz gut eingerichtet, was auch JJ gefiel. Er arbeitete, um sich selbst den Raum zur Selbstverwirklichung zu schaffen, dachte sie. Daher hatte er auch immer viel zu tun, und die gemeinsame Zeit war entsprechend spärlich. Doch vielleicht lag gerade darin auch der Reiz ihrer Beziehung.

Sie verbrachten die meiste freie Zeit miteinander.

Allerdings hingen sie nicht permanent aneinander, weil JJ dies in anderen Beziehungen schon immer verabscheut hatte. Letztlich machte jeder sein Ding. Dafür waren die gemeinsamen Stunden umso intensiver, da sich beide voll und ganz aufeinander konzentrieren konnten – und wollten. Sie wusste genau, dass irgendwann automatisch die Frage aufkommen würde, ob die Beziehung auf eine andere Ebene gestellt werden sollte. Wohnungen zusammenlegen und all so Zeug. Doch JJ hoffte, dass es noch lange dauerte, bis es so weit war, denn sie hatte keine Ahnung, wie sie darauf reagieren würde. Aber für den Moment schob sie den Gedanken einfach beiseite.

»Du warst bei der Beerdigung von Markus Weber nicht eingeteilt, aber trotzdem da«, lenkte sie das Gespräch in eine von ihr gewünschte Richtung. »Das war ein gewaltiger Bahnhof. So voll war es schon lange nicht mehr.«

»Emil hatte keine Zeit, hatte sich kurzfristig krankgemeldet. Vom Tagblatt gab es keinen Auftrag. Also hatte ich eigentlich endlich Zeit, ein paar Bilder aus dem letzten Auftrag zu bearbeiten, denn ab und zu erkennt doch jemand die Qualität meiner Arbeit, aber dem Sarg und deinem Anblick habe ich natürlich den Vortritt gelassen.«

Zu den wenigen Dingen, die JJ an Vinzent störten, gehörte vor allem dieser Zug. Mit einem kleinen, beiläufig eingestreuten Satz gab er anderen das Gefühl, ihn und seine Arbeit nicht ausreichend zu schätzen. Daher überging sie die Aussage einfach, indem sie ihn mit einer Handbewegung aufforderte, sich zu bewegen.

»Echt jetzt«, maulte er. »Ist doch viel zu heiß. Lass uns doch lieber hier stehen und den Wein schlürfen, solange er kühl ist.«

Er trottete ihr dennoch anstandslos hinterher. Unter seinem grauen Shirt zeichneten sich erste Schweißflecken ab. Es war aber auch verflucht heiß heute. Die Luft flirrte regelrecht. Der letzte kühlende Regen lag Wochen zurück.

Entsprechend unmotiviert schlurfte Vinzent neben ihr her, nuckelte ab und zu an seinem Glas, während sie hin und wieder jemanden grüßte, der ihnen entgegenkam.

»Kannst du dich eigentlich noch an die Geschichte mit Webers Schwester erinnern?«, fragte sie beiläufig und mit absichtlich ausdrucksloser Miene.

»Eigentlich nur, dass sie von einem Wanderurlaub nicht mehr zurückgekommen ist. Muss irgendein tragischer Unfall gewesen sein. Warum?«

Vinzent schien zu ahnen, dass sie das Thema nicht grundlos angeschnitten hatte. Dafür kannte er sie inzwischen zu gut. Also versuchte sie gar nicht erst, ihm etwas vorzugaukeln.

»Ich kannte Markus«, sagte sie.

»Wer nicht? Seine Familie zählt zu den reichsten und einflussreichsten der Stadt, vielleicht sogar im ganzen Kreis.«

»Schon, aber das ist es nicht.« Sie zögerte einen Moment. »Wir kannten uns bereits seit der Schule. Nicht gut, aber eben gut genug. Das weißt du ja. Und als er bei mir lag, da hat mich so ein komisches Gefühl beschlichen, das mich seitdem nicht mehr loslässt. Etwas ... na ja, ganz Komisches.« Sie druckste einen Moment herum, suchte nach Worten, um ihre Empfindung auszudrücken, ohne sich lächerlich zu machen. Dann sagte sie einfach frei heraus: »Irgendetwas sagt mir, dass er nicht einfach so gestorben ist.«

Vinzent blieb stehen und drehte sich zu ihr. Sein Gesichtsausdruck sprach Bände. »Das ist jetzt nicht dein Ernst. Wie kommst du denn darauf?« Er warf ihr mit großen Augen und zusammengezogenen Brauen einen fragenden und ungläubigen Blick zu.

»Ach, was weiß ich denn. Ich kann es nicht erklären. Es ist nur so ein Gefühl. Irgendetwas sagt mir, dass da nicht alles zusammenpasst.«

»Aha.« Vinzent nahm einen Schluck des inzwischen viel zu warmen Weins. »Machst du jetzt einen auf Miss Marple oder so?«

»Was? Mehr fällt dir nicht ein?« Sie spürte, wie Ärger in ihr hochstieg, den sie sich nicht erklären konnte. Denn Vinzent hatte ja recht. Es war totaler Blödsinn. »Du denkst also, ich spinne?«

»Nein, aber wie kommst du denn darauf? Und wenn du so ein Gefühl hast, warum sagst du es dann nicht den Bullen? Die werden dafür bezahlt. Simon ist doch sogar zuständig, ich habe doch selbst mit ihm telefoniert.«

Simon und Vinzent konnten sich zwar leiden, aber irgendetwas schien sie nicht richtig ausgelassen miteinander zu werden. Sie wirkten beide immer sehr reserviert, wenn sie sich trafen. Was genau zwischen den beiden stand, wusste JJ nicht genau. Aber sie hatte schon des Öfteren die Vermutung gehabt, dass sie es sei.

»Hab ich doch längst. Aber Simon sieht dafür nicht den Hauch eines Grundes. Er sagt, dass das alles tragisch, aber normal zugegangen ist.«

»Siehst du. Dann wird wohl auch nichts dran sein. Simon hätte es doch bemerkt, wenn da etwas nicht in Ordnung gewesen wäre. Der würde doch längst alle möglichen Leute verhören, wenn er Zweifel hätte, dass Markus einfach umgekippt ist.«

»Vielleicht hast du ja recht. Ausnahmsweise.«

Vinzent grinste. »Natürlich habe ich recht. Du verrennst dich da in etwas, nur weil deine Gefühle dir einen Streich spielen.«

JJ machte einen Schritt auf ihn zu und legte sanft ihre Hand an seinen Hals. Ein leichter Schweißfilm lag auf seiner Haut. Sie mochte es, wie er roch, und küsste ihn erst auf den Hals und dann auf den Mund.

»Und wenn du doch nicht recht hast?«, hauchte sie ihm ins Ohr. Er stöhnte genervt auf und drehte sich weg.

Sie waren inzwischen beim nächsten Stand angekommen, der sich mit weißen Sonnenschirmen in den Weinberg schmiegte. Alle Bänke im Schatten waren besetzt. Die Stimmung war ausgelassen, überall wurde munter geschwatzt und Gläser klirrend aneinandergestoßen oder aus Flaschen wieder aufgefüllt. Der Tag wird für einige ein böses Ende nehmen, dachte sich JJ, wenn sie zur unübersehbaren Trinkfreude um sie herum die Temperaturen addierte. Sie besorgten sich trotzdem Nachschub und hockten sich in den schmalen Schatten, den die Reben warfen, nur ein paar hundert Meter Luftlinie von der Stelle, wo man Markus gefunden hatte. Obwohl sie hier selbst saß und mit ihrem Freund trank, fühlte sich die Situation für einen Moment seltsam an.

KAPITEL 19

Gute zwei Stunden später machte der Glanz der Sonne dem nächtlichen Sternenhimmel Platz. JJ wollte vor dem Heimweg noch einen letzten Absacker in ihre Gläser füllen lassen, da erspähte sie Claudia Etzold, die sich gerade einen Wein bestellt hatte. Offenbar nicht der erste, wie an ihrer Aussprache zu hören war.

»Hallo«, sagte JJ, als sie sich neben sie stellte und auch zwei Gläser Wein und eine Flasche Wasser bestellte. Claudia warf ihr einen leicht irritierten Blick zu und brauchte einige Sekunden, bis sie wusste, wer da neben ihr stand.

»Ah, hi«, meinte sie nur knapp, offensichtlich nicht sonderlich interessiert daran, in ein Gespräch verwickelt zu werden.

Doch JJ ließ sich von der Reaktion nicht beirren. »Schlimm, das mit Markus. Ich habe dich auf der Beerdigung gesehen. Einfach umgekippt und tot. Unglaublich, oder?«

Claudia sah sie lange an, und JJ fürchtete, dass ihre Frage nicht bei ihrem Gegenüber angekommen sei. Doch dann nickte sie langsam. »Ich wusste gar nicht, dass du ihn auch gekannt hast.«

»Ach, wahrscheinlich nicht so gut wie du«, antwortete JJ. »Aber haben wir nicht alle mal für ihn geschwärmt, als wir jung waren?«

Inzwischen hatte sich Vinzent neben sie gestellt, die Getränke in Empfang genommen und wollte bezahlen, als JJ meinte: »Die auch noch.«

Mit dem Finger zeigte sie auf die gut gefüllten Gläser vor Claudia, die gerade umständlich versuchte, ihr Geld aus den geheimnisvollen Untiefen ihrer Handtasche hervorzuholen.

Sie betrachtete Claudia forschend und verwundert zugleich. Und mit der sollte Markus angeblich ...? Das klang nicht sehr wahrscheinlich, die beiden waren auf unterschiedlichen Planeten zu Hause.

Claudia verzog die Mundwinkel für einen Moment, was wahrscheinlich ein Ausdruck des Danks sein sollte, aber ihr Gesicht nur verzerrte. Dann wandte sie sich ab, aber JJ legte ihr eine Hand auf den Arm.

»Sag mal, wollen wir uns nicht mal treffen und über die alten Zeiten plaudern? Wir haben uns sicher einiges zu erzählen.«

»Hä?« Claudia sah sie entgeistert an. »Wir? Was sollten wir uns zu erzählen haben?«

»Na, ich dachte nur wegen Markus und so«, gab sich JJ geduldig. Wieder sah Claudia sie lange an, ehe eine Reaktion erfolgte. Der Mann hinter der Wagentheke wurde schon unruhig, da sich eine kleine Schlange bildete.

»Jetzt tu doch nicht so scheinheilig«, zischte sie dann. »Frag doch einfach, was du wissen willst, was das ganze Pack hier wissen will. Ja, ich hab's mit Markus getrieben. Wie die Karnickel waren wir und hatten unseren Spaß. Bei mir hat er bekommen, was ihm seine Alte wohl nicht mehr geben wollte. Und bevor du noch weiter so blöd fragst: Nein, ich habe weder ein schlechtes Gewissen, noch bereue ich etwas.«

Dann schossen ihr ohne Vorwarnung die Tränen in die Augen und liefen über ihre Wangen hinunter ans Kinn, von wo aus sie ins Dekolleté stürzten. »Aber das war ja schon vorbei. Abserviert hat er mich nach einem Abschiedsfick vor einigen Wochen, ist einfach nicht mehr gekommen zu unseren Verabredungen. Wahrscheinlich wegen irgendeiner anderen.«

Sie wischte sich mit dem Handrücken übers Gesicht und machte damit die Katastrophe perfekt. Verlaufendes Make-up und weitere Tränen sorgten dafür, dass sie noch einmal um zehn Jahre älter aussah. Dann schnappte sie die Gläser, drehte sich um und lief davon.

»Was war das denn?«, fragte Vinzent konsterniert, der die Szene beobachtet hatte.

»Das war die Bestätigung, dass es im Hause Weber vielleicht doch nicht so ordentlich zuging, wie man von außen vermuten sollte. Was wohl unser Bürgermeister zu den Trieben seines Bruders sagen würde?«

»Mein Bürgermeister ist der nicht«, korrigierte Vinzent.

»Meiner auch nicht.« JJ zuckte hilflos die Schultern und machte eine Handbewegung über die Silhouette der Stadt hinweg. »Aber wie bei den römischen Kaisern früher schafft es fast jeder Oberbürgermeister, sich mit einer weiteren Bausünde unvergesslich zu machen.«

Doch das interessierte sie eigentlich nicht. Was sie dagegen neugierig machte, war ein Gespräch mit Vera, Markus' Frau. Sie wusste, was sie gleich morgen tun würde.

KAPITEL 20

Vinzent hatte bei ihr übernachtet. Sie waren am Ende beide ziemlich angetrunken gewesen, und JJ hatte Lust auf ihn und seine Nähe gehabt. Das hatte sie ihm auch gesagt, als er sich nach einem Kuss bei ihr im Hof gerade trollen wollte. Statt ihn ziehen zu lassen, hatte sie seine Hand festgehalten, ihn zu sich gedreht und lange auf den Mund geküsst. Dabei hatte sie nicht nur ihre Arme um ihn geschlungen, sondern auch ihre schlanken Beine um seine Hüften gelegt, sodass er sie tragen musste. Der anschließende Sex war nicht berauschend, dafür hatten sie wahrscheinlich beide zu viel Alkohol intus gehabt, aber entspannend.

Nach einem schnellen Kaffee und einem kurzen Blick in die Zeitung war Vinzent verschwunden. Für ihn war es eine Pflichtlektüre, auch wenn heute ausnahmsweise kein aktueller Artikel von ihm online war. Die Zugangsdaten waren längst auf JJs iPad hinterlegt.

Sie war noch sitzen geblieben, hatte sich einen zweiten Kaffee eingegossen und dann mit etwas Widerwillen durch die Seiten der Tageszeitungen gewischt. Lange hatte sie nicht gebraucht, denn der Mehrwert war inzwischen traurig gering. Spätestens mit den letzten Redaktions- und Blattreformen hatten sich die beiden traditionsreichen Stuttgarter Zeitungen selbst infrage gestellt. Kein Wunder, wenn die Leser in Scharen abwanderten. Und das Fellbacher Tagblatt war für JJ schon immer ein unlesbares Provinzblatt gewesen.

Dann hatte sie ihre Laufkleidung angezogen und war eine kurze Runde gejoggt, um den Kopf freizubekommen.

Nach der kalten Dusche hatte sie ein neues schwarzes Sommerkleid aus dem Schrank geholt und sich dann an ihren Schreibtisch gesetzt und die ausstehende Abrechnung für Vera Weber fertig gemacht.

Im Hof entschied sie sich für den Elektroroller und stöpselte ihn ab. Das war in der Stadt wesentlich angenehmer als das Auto. Zudem würde der Fahrtwind etwas Abkühlung mit sich bringen.

Sie stellte ihn ein paar Minuten später vor dem Weingut Weber wieder ab. Das Gebäude war terrassenförmig angelegt und schmiegte sich mit den begrünten Flachdächern auf den drei Ebenen angenehm unauffällig an den Fuß des Kappelbergs. Die Privaträume der Familie Weber verteilten sich auf zwei Etagen mit einer großen Fensterfront zur Stadt hin. Darunter lagen die Vinothek und der Weinshop mit Hofladen mit ihrem enormen Außenbereich auf dem Dach, das über dem in den Berg gebauten Keller lag. Die Fassade war eine Mischung aus Sichtbeton und Holz und zog sich mit eleganten, klaren Linien auch durch die Innenbereiche des gesamten Komplexes. Doch die dominierende Farbe war grün, denn wo immer es möglich war, hatte man Grünflächen mit bunten Blumen, verschiedensten Bäumen und Sträuchern und Gras angelegt. So wirkte die versiegelte Fläche angenehm natürlich und verschleierte die eigentliche Größe des gesamten Komplexes. JJ hatte mal in einem Artikel gelesen, wie weit der Keller in den Berg reichte. Hinter den Wohnräumen der Familie schloss sich auf der obersten Ebene mit ebenerdiger Zufahrt noch ein ganzer Komplex mit Bewirtschaftungsräumen an. Dort standen die Gerätschaften, die ein Weinbauer benötigte, um Trauben zu ernten, bis sie als Wein in den Fässern landeten.

Wo sonst eigentlich immer Betrieb war, herrschte heute eine ungewohnte Ruhe. An den Eingängen zur meist schon um die Mittagsstunde gut besuchten Vinothek und zum Weinstore hingen große Zettel, dass wegen eines Todesfalls vorübergehend geschlossen sei. In den Büros, in die man von außen durch ebenfalls großzügige Fenster schauen konnte, herrschte Stille. Also ging sie über den mit weißem Kies bedeckten Hof zum Privathaus. JJ war zum ersten Mal hier, ohne dass sie zu einem Fest oder einer Weinverkostung ging. Ab und an hatte sie sich auch mal mit Bekannten in der Vinothek getroffen, doch die Preise fand sie eigentlich zu happig. Da gefiel es ihr im »Sunset« besser. Aber so still, nahezu leblos hatte sie diesen Ort noch bei keinem ihrer Besuche erlebt.

JJ drückte kurz auf den Klingelknopf und vernahm einen lauten Ton, der langsam in den Weiten des Hauses verhallte. Es dauerte einen Moment, dann öffnete Vera die Türe. Sie war in bequemer Hauskleidung und ungeschminkt. Die Augen sahen vom vielen Weinen noch immer leicht verquollen aus.

»Hallo Julia«, begrüßte sie JJ nüchtern. Wenn sie von dem Besuch überrascht war, überspielte sie es gekonnt. Und JJ bemerkte natürlich sofort, dass sie automatisch zum Du gewechselt war.

»Hast du einen Moment? Ich, ähm, ich würde gerne kurz mit dir sprechen.«

Veras Gesichtsausdruck wirkte mit einem Mal wesentlich reservierter. Doch sie nickte und gab die Türe frei, sodass JJ eintreten konnte.

Vera brachte eine Karaffe mit kühlem Wasser, in dem ein paar Limettenscheiben und einige Minzblätter schwammen, und füllte zwei Gläser. Dann setzte sie sich zu JJ an den großen Holztisch, der auf einer ausladenden Terrasse auf Holzplanken stand. Eingerahmt wurde der Garten von bunten Beeten mit Blumen und Gemüse und einer Mauer aus Bruchsteinen, die fast bis auf Mannshöhe anstieg. Dazwischen und auf einigen Absätzen waren Blumen und Gräser angepflanzt. Vera schaute JJ direkt und mit fragendem Gesichtsausdruck an, sagte jedoch nichts. Doch unausgesprochen hing die Frage »Was willst du hier?« in der Luft.

»Ich wollte mich einfach erkundigen, ob alles zu eurer Zufriedenheit war und ob ich noch irgendetwas tun kann.«

Vera wandte den Blick nicht ab. Doch in die abwartende Haltung mischte sich eine Portion unübersehbare Skepsis, als sie tief luftholend zur Antwort ansetzte. »Ist das ein neuer Service? Fragst du das ernsthaft bei allen Kunden nach?«

»Nein, natürlich nicht. Aber ich muss auch nicht jeden Tag jemanden beerdigen, den ich selbst kenne … ähm, kannte.«

»Du hast natürlich recht. Entschuldige. Die Nerven. Aber ich weiß einfach auch nicht, wie es weitergehen soll. Vor mir ein großer Berg an Problemen, und Markus, der verschwindet einfach und lässt mich mit dem ganzen Mist alleine.« Sie brach hemmungslos in Schluchzen aus. »Wir hatten unsere Probleme. Aber wer hat die nicht? Trotzdem waren wir glücklich.« Vera wischte sich mit dem Handrücken über das Gesicht und trank hastig einen Schluck Wasser, sodass einige Tropfen auf ihrer Kleidung und auf dem Tisch landeten.

JJ überwand sich zu einer Geste, die sie normalerweise nie machen würde: Sie nahm Veras Hand, legte so viel Mitgefühl in ihr Gesicht, wie sie konnte, und sandte so ein stummes Signal an ihr Gegenüber, weiterzureden. Mit etwas

Glück würde sie einige Dinge erfahren, die ihr sonst verborgen blieben. Wie es aussah, hatte Vera niemanden, mit dem sie trauern konnte.

»Das Schlimmste ist, dass wir uns entsetzlich gestritten haben, bevor er joggen gegangen ist. Und jetzt, jetzt ist er fort, für immer«, gestand sie unter einem neuerlichen Weinkrampf.

»Das wusste ich nicht. Ihr habt auf mich immer so glücklich gewirkt.« JJ hoffte, sie übertrieb nicht zu schamlos, denn für Markus hatte sie sich in den letzten Jahren nicht wirklich interessiert.

»Ja, wie gesagt, das waren wir ja auch. Gut, er hatte immer wieder seine Frauengeschichten …«

»Was?«, meinte JJ mit gespieltem Entsetzen.

»Ach, das war doch ein offenes Geheimnis. Doch er hatte mir versprochen, sich zu bessern. Und wenn ich ehrlich bin, ich wollte es gar nicht so genau wissen. Ich war glücklich. Ich hatte den Mann meiner Träume, zwei tolle Kinder und ein sorgenfreies Leben. Für andere wäre das so was wie ein Sechser im Lotto. Da habe ich für mich irgendwann beschlossen, die Augen zuzumachen und nicht hinzusehen. Das war bequem, einfach, aber auch ab und zu schmerzhaft. Denn natürlich habe ich mitbekommen, wenn er etwas am Laufen hatte. Unsere Stadt ist ein Dorf. Aber wem sage ich das, du bist ja schließlich hier aufgewachsen und ich nur zugezogen.« Vera versuchte sich an einem Lächeln, das ihr deutlich misslang.

Vorsichtig tastend stellte JJ eine Frage, die Hand noch immer festhaltend. »Hatte er aktuell auch eine Affäre?«

»Ja. Deshalb haben wir uns gestritten. Weißt du, wenn er sich eine jüngere, eine attraktivere oder von mir aus eine intelligentere Frau gesucht hätte, dann hätte ich damit vielleicht leben können. Aber er hatte etwas mit dieser Claudia Etzold. Eine Freundin von mir hat sie gesehen, wie sie zusammen aus einem Hotel gekommen sind, und ich habe ihn daraufhin zur Rede gestellt.« Veras Gesicht nahm einen harten Zug an, die Mundwinkel wurden wie von einem unsichtbaren Magneten nach unten gezogen, aus den Augen wich jede Wärme. »Die Etzold. Das dümmste Weib der ganzen Stadt, ach was, der ganzen Region. Gerade die, die fast so viele Typen über sich drüberrutschen lassen hat wie eine Professionelle. Gerade so eine? Ich versteh es nicht!«

Sie begann wieder zu schluchzen. Ihr Oberkörper bebte, die Hände zitterten. »Das war erniedrigender als alle anderen Affären, die er davor wahrscheinlich gehabt hatte.«

»Vielleicht war es nur ein … ein, na ja, sagen wir mal ein Ausrutscher?«

»Das versuche ich mir auch einzureden. Aber warum ist er dann so ausgetickt? Markus war impulsiv, und wenn er getrunken hatte, konnte er auch mal ein richtiges Arschloch sein. Aber er ist total ausgeflippt und hat mich sogar … geschlagen …«

JJ war überrascht über die Offenheit, die die junge Witwe zeigte. Andererseits war ihr schon mehrfach aufgefallen, dass Menschen in Trauer ihr das Herz ausschütteten, wenn sie das Gefühl hatten, auf ein offenes Ohr zu stoßen. Und doch war sie entsetzt über das, was sie eben zu hören bekommen hatte. »Er hat was?«

Sie drehte jetzt ihre Wange zu JJ hin, ehe sie antwortete. JJ wusste, dass sie richtig gesehen hatte und in der Aussegnungshalle nicht nur ein Schatten auf Veras Gesicht gefallen war. Ungeschminkt war noch immer der abklingende blaue Fleck zu erkennen. »Er hat mir eine Ohrfeige verpasst und ist dann joggen gegangen. Das war das Letzte, was ich von ihm mitbekommen habe. Er hat mir eine verpasst, sodass ich in die Garderobe gestürzt bin. Da haben mich dann die Kinder gefunden. Markus ist über die Terrasse verschwunden. Und ein paar Stunden später hat die Polizei geklingelt. Kalt hieß der Beamte. Komischer Name. Und so unpassend. Denn er war sehr warmherzig, als er mir die Nachricht überbracht hat.«

JJ war sich sicher. Simon wusste in solch einer Situation, wie er den richtigen Ton und die richtigen Worte fand. Aber sie sah keinen Grund, ihre Freundschaft zu Simon Kalt Vera mitzuteilen. Ebenso behielt sie das Gespräch mit Claudia Etzold vom Vortag für sich. Das hätte die Witwe nur verunsichert und vom Reden abgehalten. Allerdings kamen ihr in diesem Moment die letzten Worte Claudias in den Sinn. Hatte sie nicht behauptet, Markus habe sie wegen einer anderen Frau versetzt, habe die Affäre beendet? Ja, das hatte sie gesagt.

»Entschuldige, wenn ich dich das frage, aber hat Markus vielleicht seine Affäre mit Claudia beendet? Vielleicht hat er erkannt, dass er hier Mist gebaut hat. Richtig großen Mist. Denn Claudia, na ja, ich kenne sie ja leider auch. In der Schule hatte sie den heimlichen Spitznamen ›Matratze‹. Freunde oder Freundinnen hatte sie nie. Nur Jungs hat sie gesammelt. Es ging sogar das Gerücht, sie habe Geld genommen, wenn einer entjungfert werden wollte. Ach, was rede ich. Entschuldige. Aber ich bin sicher, Claudia war nur eine Episode. Wahrscheinlich hat er deshalb so reagiert, weil die Sache längst Geschichte war.«

Wieder huschte der Ansatz eines Lächelns über Veras Gesicht.

»Vielleicht hast du recht. Wahrscheinlich ist er deshalb so ausgeflippt.« Sie zögerte. »Wobei er die letzten Wochen öfter angespannt war. Er hat mehr als sonst getrunken, hatte enorm schlechte Laune. Das war schon seltsam. Auffällig, denn normalerweise war er nicht so.«

»Gab es dafür einen Grund? Hattet ihr außer seinen Frauengeschichten auch noch andere Probleme? Dem Weingut scheint es mehr als gut zu gehen.«

»Ja«, meinte Vera, und JJ hoffte, dass sie weiter in Plauderlaune bleiben würde. »Es ist eigentlich alles gut. Natürlich haben wir uns mit der ganzen Bauerei ordentlich verschuldet. Aber wir hatten ja auch genügend Sicherheiten und mehr als ordentlichen Umsatz. Trotz der hohen Preise, die Markus inzwischen für seine Weine verlangte, wurden ihm die Flaschen regelrecht aus den Händen gerissen. Einzelne Weine und Jahrgänge waren praktisch schon ausverkauft, ehe sie in die Flaschen abgefüllt wurden. Und das, obwohl er auch den Ertrag ausgeweitet hat, ohne groß Abstriche bei der Qualität zu machen. Wie er das gemacht hat, kann ich dir nicht genau sagen, dafür verstehe ich zu wenig von der Materie. Aber es hat funktioniert. Deshalb wüsste ich nicht, was seine schlechte Laune, diese dauerhaft schlechte Laune verursacht hat.«

JJ hatte so eine Ahnung, die sie jedoch nicht aussprach. Wäre nicht Frust aus einem unerklärlichen Grund die Erklärung, warum er sich mit einer Frau wie Claudia Etzold eingelassen hatte? Er wusste nicht, was er tat, war nicht Herr seiner Sinne, brauchte jemanden, um sich abzureagieren, um seine Triebe zu befriedigen. Allerdings war JJ der Antwort auf die Frage, ob es noch eine weitere Frau gegeben hatte, nicht näher gekommen. Wenigstens hatte sie eines erfahren: Vera gab die trauernde Witwe und die verständnisvolle Ehefrau, obwohl auch sie ein Motiv gehabt hatte, sich an ihrem Mann zu rächen. Und wer, wenn nicht die eigene Frau, war dazu eher in der Lage, ihren Mann subtil ableben zu lassen? Vielleicht täuschte sie sich da auch und interpretierte zu viel in die Geschichte hinein. JJ überlegte kurz und entschloss sich dann, die Gunst der Stunde zu nutzen und ihre neue Freundin nach der Schwester des Toten zu fragen.

»Sag mal, die letzten Tage haben so einiges aufgewühlt, an das ich längst nicht mehr gedacht habe. Ich meine die Geschichte mit Tina. Mir ist jetzt, durch den Tod von Markus, erst bewusst geworden, was die Familie alles hat durchmachen müssen. Ich habe sie ja gar nicht gekannt. Nur die tragische Geschichte. Sie war wohl der Liebling der alten Webers, die ja dann auch daran zerbrochen sind, dass ihre Tochter nicht mehr da war.« Sie verstummte und machte ein Gesicht, als würde sie in ihren Erinnerungen kramen.

Und Vera spielte mit.

»Allerdings war es zwischen den Geschwistern wohl nicht immer einfach. Als Frau zwischen zwei so extrovertierten und selbstbewussten Brüdern. Da hat es wohl schon immer wieder geknirscht. Beim Peter war früh klar, dass er eigene Wege gehen will. Aber Markus und Tina, die hatten wohl schon ihre Scharmützel. Ich war zwar nie dabei, habe aber natürlich so einige Geschichten gehört. Und dann kam das Wochenende. Die Familie wollte zusammen wandern, um die aufgeworfenen Konflikte und Gräben zu überbrücken. So hat man es mir zumindest erzählt. Und am zweiten Tag sind die drei Geschwister dann alleine zu einer Ganztagestour in eine Klamm aufgebrochen. Sie wurden von einem Unwetter überrascht und nur zwei sind wieder zurückgekommen.«

»Ja, ich erinnere mich. Das war damals natürlich Thema Nummer eins. Eine Leiche hat man nie gefunden, soweit ich weiß.«

»Nein. Aber die Polizei ist gleich von einem tragischen Unfall ausgegangen. Ein Unwetter in so einer Klamm ist lebensgefährlich.«

»Aber warum sind die drei überhaupt in die Klamm, wenn ein Unwetter angesagt war?«

»Ich weiß es nicht.«

In dem Moment läutete es. Vera stand auf, wischte sich ein paar Mal über das Gesicht und ging zur Tür, durch die Peter Weber hereindrängte.

»Ich wollte einfach mal nach dir sehen«, sagte er zur Begrüßung und schloss seine Schwägerin fest in seine langen, etwas fleischigen Arme, die unter den kurzen Hemdsärmeln hervorragten. Er hatte JJ noch nicht bemerkt, die die Szene mit Interesse verfolgte. Sie kannte Peters einnehmendes Wesen. Aber hier schwang eine andere Art der Vertrautheit mit, wie sie fand.

»Ich habe Besuch«, sagte Vera gerade so laut, dass JJ sie noch zu verstehen vermochte, und löste sich aus der Umarmung. Es sah einen Moment so aus, als sei es ihr unangenehm, in den Armen des Bruders ihres eben erst verstorbenen Mannes gesehen zu werden.

»Oh, das ist eine Überraschung«, war seine knappe Reaktion. Seine Gesichtszüge verrieten, dass er sich keineswegs freute, als er JJ erblickte, die ihm unschuldig lächelnd zuwinkte.

Einen Augenblick später knipste er sein Politikerlächeln an. Breit, aufgesetzt und falsch.

»Ist das ein neuer Service aus dem Hause Schwarz, oder warum finde ich dich hier?«, fragte Peter Weber mit einem Unterton, der eigentlich etwas ganz anderes sagte.

JJ überging den Unterton und kommentierte im Aufstehen nur: »Ich wollte ohnehin gerade gehen. Auf mich warten noch ein paar Leichen im Keller.«

Webers Gesicht war anzusehen, dass er den Humor der Bestatterin nicht teilte.

JJ verabschiedete sich etwas überstürzt von beiden und sah zu, dass sie wegkam, obwohl sie gerne Mäuschen gespielt hätte. Es wäre sicher interessant zu hören, worüber die beiden sprachen. Und ob sie vielleicht noch etwas anderes machten als zu reden. Aber das würde sie auch so noch herausfinden. Ihre Neugier war geweckt.

KAPITEL 21

»Was wollte die denn?«, fragte Peter Weber schroff, nachdem er sich vergewissert hatte, dass die Schwarz auf ihrer Vespa vom Hof gerollt war. »Die soll sich um ihre Toten kümmern und uns in Ruhe lassen.«

»Sie hat doch nur kurz vorbeigeschaut, und wir haben etwas geplaudert. Das tut mir gut. Endlich hat sich auch mal jemand nach mir erkundigt.«

»Die hatte schon immer einen Hau weg. Such dir lieber jemand anderes. Die hat schon früher nur Schwierigkeiten gemacht.«

»Ach komm, sei doch nicht so. Sie macht gute Arbeit und hat aus der Hinterhofklitsche ihrer Eltern was Repräsentables gezaubert. Und was du da andeutest, das ist doch lange her, oder? Schnee von gestern. Menschen ändern sich.«

»Hm«, brummte Weber und sah Vera dabei missmutig an. »Manche leider nicht.«

»Und du, warum bist du eigentlich hier? Hat ein Bürgermeister nicht immer unheimlich viel zu tun? Termine, öffentliche Auftritte und so?« Vera zog einen Mundwinkel neckisch nach oben und schlagartig änderte sich die Stimmung im Raum.

»Ja, er muss sich um seine Bürgerinnen und Bürger kümmern. Und genau das macht er doch gerade, oder etwa nicht?« Er sah ihr lange in die Augen. »Sind die Kinder da?«, wollte er dann wissen.

»Warum?« Sie schüttelte leicht den Kopf.

»Du weißt genau, warum«, sagte er und sein Gesicht nahm einen lüsternen Zug an. »Deshalb bin ich doch hier.«

Weber machte einen Schritt auf sie zu, hob sie hoch und setzte sie auf den Esstisch neben der offenen Küche.

»He, das geht doch nicht«, meinte sie in gespieltem Entsetzen, während er anfing, seine Hose zu öffnen.

KAPITEL 22

Nach einigen Hundert Metern war JJ wieder umgedreht und hatte den Roller in einer Nebengasse in der Nähe des Weinguts Weber stehen lassen, sodass er von niemandem gesehen werden konnte.

Sie schwitzte ordentlich. Das lag allerdings nicht nur an den deutlich über dreißig Grad, auf die das Thermometer inzwischen geklettert war. Sie schwitzte vor allem, weil es sie in die Bredouille bringen würde, wenn man sie entdeckte. Und das konnte sie sich nicht leisten. Trotzdem war sie unbemerkt auf das Gelände gelangt. Warum sie gekommen war, was sie erhofft hatte zu sehen, konnte sie selbst nicht genau sagen. Doch was sie nun durch die Glasscheibe im Spiegel sah, genügte ihr.

Sie war zwar keine Polizistin, aber in diesem Moment sah sie im Prinzip ein mögliches Tatmotiv. Die Witwe vergnügte sich mit ihrem Schwager.

Ob Simon von den beiden wusste? Ihr Stelldichein warf zudem ein neues Licht auf die Worte, die die trauernde Witwe noch vor wenigen Minuten geäußert hatte. Stimmte überhaupt etwas davon? Oder spielte Vera nur eine Rolle, so wie vielleicht auch auf der Trauerfeier? Und womöglich steckte ein ganz anderer Plan dahinter? Wenn ja, dann erfüllte sie ihre Aufgabe mit Bravour, denn JJ hatte ihr die trauernde Ehefrau abgenommen.

Sie kam sich wie eine Spannerin vor. Was sie nicht davon abhielt, ein paar Sekunden zu verharren. Sie beobachtete die beiden Körper im Spiegel. Es sah zumindest aus ihrer Perspektive einvernehmlich aus. Beide hatten ihren Spaß, wie die Gesichter kaum verbergen konnten. Und es wirkte nicht so, als wäre es das erste Mal zwischen ihnen. Dazu schien es zu vertraut. JJ wandte sich zum Gehen.

KAPITEL 23

Sie waren gerade dabei, ihre Kleider wieder zu richten, als Weber mit einmal herumfuhr. Er hatte von draußen ein leises Scheppern vernommen.

»Was ist?«, wollte Vera wissen.

»Ach nichts, ich dachte nur, ich hätte was gehört. Bist du sicher, dass die Kinder nicht da sind?«

»Es ist niemand im Haus, glaub mir. Ich habe alle weggeschickt, wollte allein sein. Und kann man einen solchen Wunsch einer trauernden Gattin ausschlagen? Wohl kaum. Heute ist also niemand da, und JJ ist schon lange weg.«

Hoffentlich war sie das, dachte er sich. Es wäre nicht gut, wenn ihn jemand mit Vera sah. Und doof war die kleine Schwarz ja nie gewesen. Womöglich hatte sie schon zu viel gesehen und interpretierte zu viel hinein.

Waren sie zu leichtsinnig gewesen? Sein Wagen stand im Hof, und es war jederzeit zu erklären, dass er nach seiner verwitweten Schwägerin schaute. Aber er hatte keine Lust, jemandem erklären zu müssen, was er hier wirklich machte. Das wäre nicht gut. Er war immerhin der Bürgermeister, und in dieser Position war man automatisch immer eine öffentliche Person, die zumindest nach außen eine saubere und blütenweiße Weste haben musste. Sonst wurde einem ans Zeug geflickt, und zwar schneller, als einem lieb war. Gerade jetzt, in den nachrichtenärmeren Sommermonaten. Der Tod seines Bruders sorgte bereits für genug Aufmerksamkeit. Zahlreiche Presseanfragen, nicht nur die des Fellbacher Tagblatts, waren in seinem Büro eingegangen. Da wäre es ein gefundenes Fressen für die Pressemeute, wenn sie herausbekäme, dass sich der Bruder mit der Witwe des Verstorbenen auf dessen Küchentisch vergnügte, kaum dass Erde auf dem Sarg war.

Aber Peter Weber war der Meinung, dass andere für den Stadttratsch sorgen sollten. Deshalb würde er Vera nachher sagen müssen, dass sie sich einige Zeit nicht sehen konnten. Es war zu riskant. Sie mussten vorsichtig sein, bis etwas Zeit vergangen und die gesellschaftliche Schamfrist vorüber war. Bis dahin wäre auch das Testament eröffnet. Beide wussten, dass Markus einen letzten Willen hinterlassen hatte, der beim Familienanwalt hinterlegt war. So wie auch Peter alles für die Zeit nach seinem Ableben vorbereitet hatte. Nur wenn alles klar geregelt war, konnte man den Familienbesitz vor Zugriffen von außen schützen. Darüber war er sich trotz aller Differenzen mit seinem Bruder stets einig gewesen. Und er hoffte, dass sein Bruder es so vorbereitet hatte, dass alles in der Familie blieb, was der Familie gehörte. Um genau dies für alle Eventualitäten abzusichern, hatte sich

Peter mit Vera eingelassen. Und um seinem Bruder eins auszuwischen, wie sich Peter Weber insgeheim eingestehen musste. Aber so hatte er sie in jedem Fall besser kontrollieren können. Ein angenehmer Nebeneffekt war außerdem gewesen, dass er mehr über seinen Bruder erfahren hatte und so besser gegensteuern konnte, wenn etwas nicht so lief, wie er es selbst gern gehabt hätte. Und es war nicht der schlechteste Zeitvertreib, wie er eingestehen musste. Er profitierte von den Eheproblemen seines Bruders, die zu einer unerwarteten Hingabe führten, an die er sich gewöhnen könnte. Seine eigene Frau hatte ihre frühere Leidenschaft dagegen längst begraben und sah sich nur noch als Mutter und First Lady der Stadt.

Wenn niemand im Haus und auf dem Hof war, was war das dann für ein Geräusch gewesen? Sofort machte sich eine gewisse Anspannung breit. Hatte sie jemand heimlich beobachtet? Womöglich die Schwarz? Es passte ihm nicht, dass sie hier gewesen war. Sie war neugierig und schlau, und er mochte es nicht, wenn jemand seine Nase in seine Angelegenheiten steckte.

Er ging nachsehen, während Vera ihren Slip nach oben zog und ihre Haare richtete. Beim Blick aus dem Fenster konnte er aber niemanden entdecken. Vielleicht hatte er sich getäuscht.

»Da ist niemand«, sagte Vera. Sie legte ihm eine Hand auf den Unterarm und schenkte ihm ein warmes Lächeln, aber das beruhigte ihn nicht.

Ihr Verhältnis musste geheim bleiben. Zumindest vorerst. Es würde ohnehin nicht von Dauer sein. Genau genommen hatte er nur angefangen, mit Vera zu schlafen, um sich an seinem Bruder zu rächen. Aus ihr selbst machte er sich nicht wirklich etwas. Sie war Mittel zum Zweck. Während Markus immer alles und jede bekommen hatte, hatte Peter früher Probleme damit gehabt, Frauen zu erobern. Natürlich hatte er von den Affären seines Bruders gewusst. Moralisch war ihm das egal gewesen. Mit Treue hatte er es selbst nie so genau gehalten. Und er konnte inzwischen den Spruch bestätigen, wonach Macht sexy machte. Je einflussreicher er geworden war, desto mehr Chancen hatten sich ergeben. Auch mit Frauen, die ihn früher nicht einmal angeschaut hatten. Jetzt wollten sie ihn, und er ließ die Chancen nicht verstreichen. Das wäre dämlich – und er war nicht dämlich. Trotzdem war da dieser Neid geblieben. Auf Markus, diesen eloquenten Tausendsassa, diesen Womanizer und Herzensbrecher, der ihm allein schon durch sein Aussehen überlegen war. Und als er mitbekommen hatte, dass es in der Ehe von Vera mit seinem Bruder kriselte, da hatte er eben angefangen, sich um seine Schwägerin zu kümmern. Zumal seine eigene Frau so sehr mit Kindererziehung und Kaffeekränzchen beschäftigt war, dass sie ihn quasi in ein anderes Bett getrieben hatte. Zumindest redete er sich das ein. Und Vera, die war darauf eingestiegen. Peter Weber hatte von Anfang an das Gefühl gehabt, als ob ihr etwas gefehlt hätte. Wahrscheinlich, weil sich sein Bruder durch sämtliche Betten rammelte und zu Hause dann einfach keine Lust mehr hatte. Vera war ihm ausgezehrt vorgekommen, wie ein schlummernder Vulkan kurz vor der Eruption. Die ersten Male mit ihr waren fantastisch gewesen. Doch nun musste er sich um den Erhalt des Familienerbes kümmern. Deshalb musste er einerseits die Affäre mit Vera beenden. Gleichzeitig würde er dafür sorgen, dass sie und ihre Kinder nur das Stück vom Kuchen abbekamen, das ihnen zustand. Er kannte genügend Beispiele, wo durch Heirat ganze Familienvermögen in andere Hände gewechselt waren. Das würde er nicht zulassen.

KAPITEL 24

JJ drückte sich, so eng sie konnte, zwischen einem dichten Busch und einer Steinmauer in einen schmalen Spalt. Sie hoffte, dass Peter Weber sie nicht gesehen hatte, und ärgerte sich über die eigene Schusseligkeit. Wäre sie nicht gegen die verrostete Kutterschaufel gestoßen, würde sie längst wieder auf ihrem Roller sitzen und wäre auf dem Weg ins Bestattungsinstitut.

Nun stand sie reglos da und wartete. Von ihrer Position aus konnte sie nicht ins Innere sehen. Also würde sie noch einige Zeit hier so verharren müssen und hoffen, dass sie niemand entdeckte. Denn ihre missliche Situation zu erklären, würde abenteuerlich werden.

Wie lange ging das schon zwischen den beiden? War es nur eine Art der Trauerbewältigung? Oder hatte es bereits angefangen, als Markus Weber noch gelebt hatte? JJ hatte das Gefühl, als würden sich mehr Fragen auftürmen, als sie Antworten fand.

Als die Haustüre unvermittelt aufschwang, drückte sie sich tiefer ins Gebüsch. Peter Weber trat heraus, und Vera folgte ihm schluchzend. Doch als JJ ihr Gesicht sah, entdeckte sie dort nur Wut.

Sie fauchte wie eine wütende Katze. »Verschwinde, du Schwein. Du hattest ja, was du wolltest. Vielleicht sollte ich Daniela anrufen und ihr sagen, was ihr ach so toller Göttergatte treibt, wenn er auf Terminen ist. Na, wie wäre das?«

JJ beobachtete zwischen zwei Zweigen hindurch, wie Weber einen Schritt auf Vera zu machte und sich drohend vor ihr aufbaute.

Er dröhnte. »Du solltest dich mal nicht überschätzen. Du bist niemand. Du hast nichts zu melden. Bist aus dem Nichts gekommen und hast dich hier ins gemachte Nest gesetzt. Und ins Nichts wanderst du auch ganz schnell wieder zurück, wenn du nicht aufpasst. Glaub ja nicht, dass ich Rücksicht nehme, wenn du mich herausforderst. Du hast Trost und Abwechslung gesucht, beides habe ich dir aus Mitleid gegeben. Aber jetzt muss Schluss sein.« Er wusste, dass es eine fast lächerlich leere Drohung war, die er ausstieß. Natürlich würden Vera und die Kinder ordentlich erben. Aber oft genügte eine kleine Einschüchterung, um die Geschicke wieder in die von ihm gewünschten Bahnen zu lenken.

»Mitleid? Ich war also nur ein Mitleidsfick für dich?«, kreischte sie und hieb mit einer Faust auf die massige Brust ihres Schwagers. Der ließ sie ungerührt gewähren, ehe er ihren Arm packte und festhielt. Vera sank in sich zusammen. Webers Stimme nahm einen drohenden Tonfall an. »Ich warne dich. Lass es gut sein. Wenn irgendjemand von hier, von uns erfährt, mach ich dich platt.«

»Ach stimmt, so ist das ja bei euch in der Familie. Wer stört, der wird plattgemacht …«

»Pass auf, was du sagst.« Er schob Vera mit einem kräftigen Ruck von sich weg und funkelte sie wütend an.

»Was ist? Hat der saubere Herr Bürgermeister plötzlich die Hosen voll? Meinst du, ich weiß nichts von euren Geheimnissen? Ich weiß alles. Und das ist mehr, als dir lieb sein kann. Natürlich werde ich Daniela nichts sagen. Es wäre mir peinlich, mir selbst diese Erbärmlichkeit einzugestehen, mit jemandem wie dir im Bett gelandet zu sein und auch noch darüber reden zu müssen. Das will ich mir und Daniela nicht antun. Und glaub mir, du, ja, du solltest besser vorsichtig sein. Für dich hängt mehr an deiner Fassade als für mich. Ich bin eine einfache Frau und brauche diesen ganzen Mist hier nicht. Wenn ich einen Stein aus der Mauer ziehe, fällt alles in sich zusammen.« Ihr Lachen war mehr ein heißeres Keuchen.

Er bewegte sich einen Schritt auf sie zu und stieß ihr mit dem Zeigefinger gegen die Brust. »Du ... pass auf! Ich warne dich!« Dann wandte er seinen massigen Körper ruckartig um, riss die Fahrertür auf und verschwand im Inneren des dunklen Mercedes.

Vera stand noch lange da und starrte auf einen imaginären Fixpunkt im leeren Hof, nachdem Peter Weber mit quietschenden Reifen davongefahren war. Sie wirkte unschlüssig, wusste offensichtlich nicht genau, wie sie ihre Emotionen kanalisieren konnte. Unruhig verlagerte sie ihr Gewicht von einem Bein auf das andere, als suche sie in der Bewegung nach Antworten.

Unterdessen schrien JJs Arme und Beine unter der anhaltenden Reglosigkeit. Ihr Gehirn verarbeitete die zusätzlichen Informationen, die sie in den letzten Minuten aufgeschnappt hatte. Es sah ganz danach aus, als hätte die Familie Weber noch mehr Geheimnisse. Und die galt es nun herauszufinden. Womöglich lag darin der Schlüssel zu dem Rätsel, von dem niemand glaubte, dass es überhaupt existierte. Außer JJ.

Vera machte mit ihren Armen eine ausholende und wegwerfende Geste. Dann drehte sie sich um, ging zurück ins Haus und warf die Tür zu.

JJ wartete noch einige Sekunden. Erst jetzt bemerkte sie, wie sie instinktiv flach geatmet und zuletzt sogar die Luft angehalten hatte. Sie leerte ihre Lungen und sog mit einem tiefen Zug frische Luft ein. Dann wagte sie sich vorsichtig aus ihrem Versteck, huschte, so schnell sie konnte, geräuschlos an der Mauer entlang vom Hof und spurtete dann zu ihrem Roller.

KAPITEL 25

Vera stand am Fenster hinter einer braunen Stoffbahn verborgen und sah, wie die Bestatterin hinter einem Busch hervorkam und sich davonmachte. Das Gesicht der Witwe trug einen amüsierten Gesichtsausdruck. Sie hatte die kleine Schwarz gleich bemerkt und ihre Worte daraufhin mit Bedacht gewählt. Vera kannte jeden Winkel auf dem Gelände, pflegte sie doch schließlich alle Pflanzen selbst. Grün bedeutete Leben. Und alles, was lebte, empfand sie als angenehm. Was allerdings nicht unbedingt auch auf alle Menschen übertragbar war.

Die Schwarz. Irgendetwas sagte Vera, dass sie misstrauisch war, neugierig wurde. Womöglich hatte sie einen Hinweis gefunden, der darauf hindeutete, dass ihr Mann eben nicht einfach so umgefallen war, wie alle glaubten. Das würde die Fragerei erklären. Doch das würde sie überraschen.

Dennoch würde sie aufpassen. Und Peter? Für den würde sie sich etwas überlegen. Vera würde nicht zulassen, dass er ihre Pläne durchkreuzte. Er wollte alles, das wusste sie. So war es in seiner DNA verankert. Wie auch in der von Markus. Aber Vera war es, die es verdient hatte, ein anderes Leben zu bekommen. Ohne sie wäre Markus nie so groß rausgekommen. Und sie war es gewesen, die all die Jahre seine Launen, seine Aggressionen und seine Affären stillschweigend ertragen hatte. All das katapultierte sie in die erste Reihe, wenn es darum ging, den Kuchen zu verteilen, fand sie.

Noch gab es keinen Grund zur Beunruhigung, denn jetzt war erst einmal Peter Weber in den Fokus gerückt. Dafür hatte sie gesorgt.

KAPITEL 26

JJ saß im Café im Rathausinnenhof und rührte in ihrem Cappuccino. Sie überlegte, was sie als Nächstes tun sollte. Gleichzeitig versuchte sie, all die Informationen zu ordnen, die sie heute bekommen hatte.

Vor ihr lag eine Zeitung. Das Fellbacher Tagblatt berichtete darüber, dass die Posse um den Hochhausbau kein Ende nahm. Obwohl mal wieder ein Investor Insolvenz angemeldet hatte und nichts voranging auf der ewigen Baustelle, weigerte sich die Stadt, in das Projekt einzusteigen. Peter Weber hatte in einer kurzen Stellungnahme die Position seiner Amtsvorgänger verteidigt und eine harte Haltung in dieser Frage eingenommen. Kein Wunder, sicher hatte er die Gelder, die dafür notwendig wären, längst für ein eigenes Projekt reserviert. JJ betrachtete das Bild, das der Fotograf aus einer Froschperspektive geschossen hatte. Der Oberbürgermeister wirkte überheblich und arrogant. So wie er eben war. Gute Arbeit, dachte sie und beglückwünschte stumm den Fotografen.

Warum sie gerade hierhergekommen war, konnte sie sich selbst nicht genau erklären. Das 1986 fertiggestellte und mehrfach prämierte Rathaus sollte ein Publikumsmagnet sein, aber von sämtlichen gastronomischen Projekten, die den Innenhof beleben wollten, war bisher eines nach dem anderen gescheitert. Gerade war mal wieder eine Interimslösung gefunden worden, die zumindest im Sommer ein paar Stühle und Tische erlaubte.

Früher waren hier die Straßenbahnen der Linie 1 durchgeholpert. Aus der Bahnhofstraße kommend hatten sie um die Lutherkirche über den Berliner Platz eine Schleife gemacht. Etwas weiter unten war damals die Endhaltestelle der Linie 1 gewesen, flankiert von einem kleinen Kiosk, dort, wo heute jeden Samstag der Wochenmarkt stattfand. Nach einer Pause waren die Straßenbahnen wieder über die Cannstatter Straße Richtung Stuttgart gefahren. Sie konnte sich nur dunkel daran erinnern, wie es hier seinerzeit ausgesehen hatte.

JJ fand, dass hier eigentlich ein guter Platz war, um einfach zu sitzen und zu beobachten. Gegenüber befand sich der Eingang des Rathauses. Es herrschte reger Fußgänger-verkehr zwischen dem gewaltigen Block der Wohncity und dem Entenbrünnele. Der in den Siebzigern des vorigen Jahr-hunderts gebaute Komplex entfaltete heute noch eine unan-genehme städtebauliche Dominanz. Inzwischen entwickel-ten sich die zahlreichen dunklen und verwinkelten Ecken im Inneren mehr und mehr zum Problemkind der Stadt, da sich dort unzählige Nachtgestalten auch bei Tag unbemerkt tummelten und ihren Geschäften nachgingen. Den kleinen Zierbrunnen auf der anderen Seite oberhalb des Rathaus-durchgangs an der Ecke Hintere Straße und Schillerstaße hatte Thomas Lenk geschaffen, ein teilweise in Fellbach wohnhafter Künstler. Und dazwischen lagen nicht nur die Markthalle mit einigen kleinen und feinen Läden, sondern auch die Lutherkirche und etwas abseits der Alte Friedhof, um den herum das neue Rathaus, die Schwabenlandhalle und die Musikschule entstanden waren. Seit einigen Jah-ren war dieser Teil der Stadt sogar verkehrsberuhigt, sodass viele Radfahrer vorbeirasten, Kinderwagen über den Pflas-terweg geschoben wurden und ältere Menschen mit Rolla-toren einen Ausflug in die Stadt wagen konnten.

Da sah sie, wie Simon Kalt aus dem Rathaus trat.

Gerade als sie ihm winken wollte, damit er zu ihr an den Tisch kommen konnte, tauchte hinter ihm Peter Weber aus dem Schatten des halbrunden Eingangsbereichs auf. Er redete auf den Polizisten ein und wirkte dabei recht auf-gebracht.

Simon machte ein leicht betretenes Gesicht und hörte pflichtschuldig zu. Dann verabschiedeten sie sich vonei-nander. JJ rutschte etwas tiefer in ihren Holzstuhl und tat so, als würde sie die Zeitung studieren. Simon verschwand im Durchgang Richtung Eisdiele in der Kirchhofstraße, die neben einer alteingesessenen Wurstbraterei ihr Domizil gefunden hatte. Von dort waren es keine hundert Meter zum Polizeirevier im ehemaligen Rathaus.

JJ beobachtete über die aufgeschlagenen Seiten hinweg Weber, der im Schatten des runden Eingangsportals stand und Simon hinterherstarrte. Er wirkte für einen Moment unentschlossen und auch etwas unzufrieden. Dann trat von der anderen Seite eine Frau auf den Platz. Sie zog sofort einige Blicke auf sich. Sie trug ein leichtes Sommerkleid, das um ihre schlanken Beine wippte. Die blonden Haare waren zum Teil unter einem Tuch verdeckt, sodass nur die Spitzen an einigen Stellen hervorlugten, was etwas an die Mode der 1960er erinnerte, aber ausgesprochen gut zum Gesicht der Frau passte. Eine dunkle Sonnenbrille vervollständigte den Auftritt. Eine unsichtbare Ausstrahlung umgab sie, die nichts mit klassischen und überkommenen Schönheitsidealen zu tun hatte und vielleicht genau aus diesem Grund für eine besondere Wirkung sorgte. Da war jemand, der sich so akzeptierte, wie er war, und daher von innen leuchtete.

JJ erkannte Sabine Aichner natürlich sofort. Die Frau, der Markus Webers Sohn auf der Trauerfeier beinahe an den Hals gegangen wäre. Sie verfolgte ihre Schritte und sah mit Erstaunen, wie sie auf Weber zuging. Doch während sie ein gewinnendes Lächeln auf den Lippen trug, schien das Stadtoberhaupt keineswegs erfreut, sie zu sehen. Es folgte eine reservierte, ja ausgesprochen kühle Begrüßung. Dann drehte Weber wortlos um und die automatischen Türen öffneten sich und verschluckten ihn und seine Begleiterin.

JJ zog ihre Lippen kraus und legte die Stirn in Falten. Was war das denn jetzt wieder? Und warum war es immer Peter Weber, der überall auftauchte?

Wie war die Aichner mit der Familie Weber verbandelt? Oder waren das nur Zufälle, die rein gar nichts miteinander zu tun hatten? Doch JJ glaubte nicht an Zufälle. Schon gar nicht, wenn sie so gehäuft auftraten.

KAPITEL 27

Julia Schwarz beugte sich über den leblosen Körper. Aus den Lautsprechern klang passenderweise »The Funeral« von Band of Horses. In der Luft hing ein Hauch des typisch süßlichen Geruchs von Marihuana, den die Lüftungsanlage noch nicht abgesaugt hatte.

Die Haut der Leiche war faltig, der Körper schmal und ausgemergelt. Sechsundneunzig Jahre war die alte Frau geworden. So stand es im Begleitzettel. JJ überlegte, wie ihr Leben verlaufen war. Geboren nach dem Ersten Weltkrieg und dem Ende des Kaiserreichs. Aufgewachsen in den Wirren der Weimarer Republik mit Wirtschaftskrise, Hyperinflation, Hunger und Armut für weite Teile der Bevölkerung und einem Heer an Arbeitslosen. Dann der Aufstieg der Nationalsozialisten, der Zweite Weltkrieg, die Zerstörung, der Hunger. Vielleicht war sie vergewaltigt worden?

Dann die Zeit der Demokratie, des Wirtschaftswunders und der sich immer schneller wandelnden Welt, bis sie friedlich im Heim eingeschlafen war. Irgendwie hoffte JJ, dass ihre Angehörigen sie begleitet hatten. Aber sie wusste zu genau, dass dies oft nicht der Fall war.

Sie erschrak, als die Tür aufging. Sie schnupperte kurz in die Luft, aber der Duft nach ihrem Joint war zum Glück verflogen. Vinzent kam herein und mit ihm eine unsichtbare Ruhe und Gelassenheit. JJ wunderte sich immer wieder über dieses Phänomen, das ihren journalistischen Künstler und Sargträgerfreund begleitete. Zumal es unabhängig davon war, zu welcher Uhrzeit und ob er nüchtern war oder schon etwas geraucht hatte.

»Hey Süße«, kam er auf sie zu und nahm sie in den Arm, wohl wissend, dass sie sich ärgerte, wenn er sie so ansprach. JJ hatte eine Aversion gegen jede Form von Kosenamen, die meist in Beziehungen verwendet wurden. Früher hätte sie jeden, der sie mit Schatz, Liebling oder Süße angesprochen hätte, ohne Worte aus dem Raum befördert. Aber bei Vinzent war es irgendwie anders. Bei ihm mochte sie es beinahe, wenn er sie damit etwas neckte. Trotzdem schlug sie ihm in gespielter Entrüstung mit beiden Fäusten extra hart auf die Brust.

»Blödmann! Lass das. Sonst sag ich jetzt bald nur noch Bärchen zu dir. Genügend Haare hast du jedenfalls.«

Er drückte sie an sich, aber kurz darauf brachen beide in Lachen aus. Nach einigen Sekunden warfen sie einen verstohlenen Blick auf die alte Frau neben ihnen. JJ entschuldigte sich leise und schob Vinzent aus dem Raum.

Nach einer kleinen Zwischenstation im Schlafzimmer standen sie nun beide in ihrer Küche, kochten ein paar Nudeln ab und JJ holte ein Glas selbst gemachtes Bärlauchpesto aus dem Kühlschrank. Mit gefüllten Tellern und je einem Glas Grauburgunder vom Weingut Escher in Korb bewegten sie sich auf die Terrasse, wo die warme Abendluft sanft über ihre frisch geduschten Körper strich.

»Heute war ein seltsamer Tag«, meinte JJ, nachdem sie kurz angestoßen und ein paar Gabeln der köstlichen Pasta genossen hatten. In den nächsten Minuten schilderte sie Vinzent den Besuch bei Vera Weber, ihre Beobachtung von Vera und Peter Weber in unzweideutiger Stellung, von Simon Kalt, den sie zusammen mit Peter Weber gesehen hatte, und von der Begegnung des Bürgermeisters mit Sabine Aichner. Sie erzählte auch noch mal von der seltsamen Szene zwischen Webers Sohn und Sabine Aichner auf der Beerdigung und davon, dass Simon keine Veranlassung sah, in dem Fall zu ermitteln.

»Er sagt, dass das kein Fall sei. Alles deute eindeutig auf einen tragischen Todesfall hin, der auf keinerlei Fremdeinwirkung zurückzuführen sei. Das ist doch absurd. Schau dir doch nur einmal an, was drumherum alles passiert.« Sie hieb mit der flachen Hand auf den Tisch, sodass das Geschirr klirrte und Vinzent erschrak. »Das ist doch nicht normal. Ich kann nichts von dem beweisen. Bisher. Aber ich weiß einfach, dass da nichts zusammenpasst.«

»Verrennst du dich da nicht etwas?« Vinzent griff nach ihrer Hand und legte seine sanft darauf. »Meinst du etwa, Vera oder sein Bruder hätten ihn umgebracht? Das ist doch nicht dein Ernst? Warum denn? Die sitzen doch alle in ihren gemachten Nestern, halten sämtliche Fäden in der Hand, haben keine Geldsorgen und die ganze Stadt tanzt letztlich nach ihrer Pfeife. Ich mein, da wäre es doch absurd, wenn sie jemanden umbringen. Nur weil die beiden miteinander vögeln? Oder andersrum? Eifersucht kann dann kaum das Motiv sein, denn er hat ja vorgemacht, wie es geht. Ganz ehrlich, an Veras Stelle hätte ich mir wahrscheinlich schon viel früher einen anderen für nebenher geschnappt. Oder ich wäre einfach verschwunden.«

So wie sie ihn ansah, wusste er sofort, dass die Worte nicht das waren, was sie erwartet oder erhofft hatte. Er drückte ihre Hand fester, doch sie entzog sie ihm, setzte sich im Schneidersitz hin und schaute demonstrativ an ihm vorbei.

»JJ«, versuchte er sanft durchzudringen, aber sie reagierte nicht. »Was willst du denn tun? Zur Polizei gehen? Selbst ermitteln?«

»Ja, warum nicht?«, meinte sie trotzig. »Ich bin gut darin. Ich weiß, dass ich das könnte, auch wenn die Idioten mich damals haben durchfallen lassen. Wegen so einer dämlichen Sportprüfung. Klar, manche finden mich zwar etwas *strange,* aber am Ende reden sie doch mit mir. Spätestens wenn sie merken, dass ich auch nur ein normaler Mensch bin.«

»Und wo willst du anfangen?«

Nun wusste JJ, dass sie es geschafft und seinen vernachlässigten journalistischen Spürsinn geweckt hatte. Sie konnte seine Gedanken erahnen: Vielleicht war das hier endlich mal eine echte Story.

»Warum, willst du mir helfen? Als eine Art Assistent? Sherlock Schwarz und Dr. Vinz?« Sie zog eine Schnute und freute sich über die Idee. Dann setzte sie sich wieder an den Tisch und wandte sich ihm mit entschlossenem Gesicht zu.

»Was ist zum Beispiel mit der Schwester passiert? Klar, ich kenne inzwischen die offizielle Geschichte. Aber kann man die überhaupt glauben?«

»Oha. Ich will deine Euphorie nicht gleich wieder bremsen, aber denkst du nicht, dass das etwas sehr weit herge-
holt ist?«

Als Journalist war es sein Job, kritisch zu hinterfragen,
das war JJ bewusst. Aber in diesem Moment ärgerte sie sich
etwas über die Frage. Natürlich war es die Technik, um eine
Geschichte auf ihre Plausibilität abzuklopfen. Aber musste
er dies auch gleich bei ihr anwenden?

JJ verdrehte die Augen und wandte sich enttäuscht ab.
»So wird das nichts. Du kannst nicht alle Gedanken ein-
fach wegwischen. Wir müssen schon anfangen, wie echte
Ermittler zu denken.«

Als sie sah, wie Vinzent sich mit krausen Lippen geschlagen gab, versuchte sie erst gar nicht, ihren Triumph zu verstecken. Stattdessen nahm sie einen großen Schluck aus dem
Weinglas, während sie ihn aus schmalen Augen mit hoch-
gerecktem Kinn taxierte.

»Hast du eigentlich noch etwas zu rauchen dabei?«,
wollte sie dann unvermittelt wissen.

Vinzent spielte den Entsetzten. »Ey, wir sind Ermittler,
dachte ich. Hast du zumindest eben noch gesagt. Hast du
schon mal kiffende Bullen gesehen?«

»Na klar«, meinte JJ freudig und präsentierte stolz ihr
Wissen. »Da wäre Rocco Schiavone aus der Serie ›Der Kommissar und die Alpen‹. Oder noch besser der geniale Maar-
ten S. Sneijder aus den Krimis von Andreas Gruber. Der
kifft mehr weg als wir beide zusammen und löst jeden Fall.«

»Ja, aber doch nur, weil er eine intelligente Partnerin an
der Seite hat, die auch noch gut ausschaut.«

»Also wie bei uns. Oder willst du etwa sagen, ich sehe
nicht gut aus und sei nicht intelligent? Also los, pack aus,
du Meisterreporter.«

Jetzt verdrehte Vinzent die Augen, was sie nur noch mehr amüsierte, denn sie wusste, jetzt hatte sie gewonnen. Eine Sekunde später hob er die Hände zu einer kapitulierenden Geste.

Während er einen Joint für sie beide drehte, füllte JJ die Gläser nach. »Aber mal ehrlich, findest du es nicht auch komisch, dass die Schwester unter mysteriösen Umständen stirbt, dann der Bruder, während der zweite Bruder ein Verhältnis mit der Frau des Toten hat?«

»Muss nicht sein. Spannend wäre die Frage, wer denn wirklich welchen Vorteil daraus zieht, dass Markus Weber tot ist.«

»Was meinst du?«, hakte sie nach.

»Na, wer erbt denn zum Beispiel was? Du musst das doch wissen als Ermittlerin. Okay, als angehende Ermittlerin. Leidenschaft und Gier sind die häufigsten Motive hinter Straftaten.«

Sie sah in fragend an.

»Na ja, stand neulich in der Zeitung. Irgendeine Studie der Universität Berkley«, gab er sich wissend.

»Okay, dann schau doch du mal, ob du dazu etwas herausbekommst. Ich mache mich mal zur verschwundenen Schwester schlau.«

»Ähm, wie soll das gehen? Du weißt schon, dass wir keine echten Ermittler sind? Wie soll ich denn das anstellen? Zu Vera Weber gehen und fragen: Ey, was erbst du denn alles, jetzt, wo dein Gatte einen Meter achtzig tiefer liegt?«

»Zum Beispiel. Lass dir halt was einfallen. Du bist doch der Journalist, der brillante Rechercheur«, sagte sie, hebelte sich aus dem Stuhl, hüpfte hinüber zu seinem, setzte sich auf seinen Schoß und schlang die Knie um seine Hüften. Mit dem folgenden Kuss schmolz er ganz langsam unter ihr dahin.

KAPITEL 28

Am nächsten Morgen war JJ früher als sonst auf den Beinen. Sie machte sich einen Kaffee und wollte kurz danach los auf ihre Joggingrunde, als es an der Türe läutete.

Sie sah Simon Kalt in Jeans und T-Shirt davorstehen, als sie öffnete.

»Oh, so früh schon unterwegs?«

Er brummte und hielt ihr einen Kaffeebecher hin.

»Was wird das?«, fragte sie skeptisch. »Hast du Sorge, ich könne mir keinen Kaffee mehr leisten? Da muss ich dich enttäuschen, die Geschäfte laufen momentan ausgesprochen gut und ich hatte schon eine vorzügliche Tasse.«

»Nein, natürlich nicht. Ich wollte nur nett sein.«

»Gut. Aber du weißt schon: Nett ist bei bösen Mädels meist doof.«

Er druckste einen winzigen Moment herum. »Ist ja gut. Ich muss nur kurz mit dir sprechen.«

JJ sah ihm auffordernd in die Augen. »Leg los.«

»Ich hatte gestern einen Termin im Rathaus«, sagte Simon, und JJ ahnte sofort, was jetzt kommen würde. Offensichtlich hatte der Weber ihn auf sie angesetzt.

Wenige Augenblicke später wusste sie, sie hatte recht.

»Dabei ist mir unser OB über den Weg gelaufen. Er hat sich beschwert. Du würdest dich in Dinge einmischen, die dich überhaupt nichts angehen, und seine Schwägerin belästigen.«

JJ lachte laut auf. Dann brach es aus ihr heraus. »Ich habe was gemacht? Der hat wohl nicht mehr alle Latten am Zaun.

Vera Weber ist meine Kundin, und die habe ich besucht, so wie ich es bei vielen Familien nach der Trauerfeier mache. Was beschwert sich der Affe da?«

Simon machte eine beschwichtigende Handbewegung, aber das brachte JJ noch mehr in Rage.

»Was und deswegen tauchst du hier in aller Herrgottsfrühe auf? Das ist doch totaler Quark. Was hat er dir denn für einen Käse erzählt?« Ohne auf eine Antwort zu warten, brach es aus ihr heraus und sie konnte sich nicht zurückhalten. »Sag mal, was glaubt denn der eigentlich? Nur weil die Familie Kohle ohne Ende scheffelt und er zufällig und ohne jedes Charisma und Programm zum Bürgermeister gewählt worden ist, dass ihm die Stadt gehört?«

»Beruhige dich …« Weiter kam er nicht.

»Ich soll mich beruhigen? Und du, du spielst auch noch das Schoßhündchen von dem Typen? Warum eigentlich? Hat er was gegen dich in der Hand? Hat er dich gekauft? Was bietet er dir? Geld oder einen schicken Posten mit großem Einzelbüro?«

In dem Moment tauchte Vinzent hinter JJ an der Türe auf. Er trug nur eine Boxershort und die Haare standen ihm wild vom Kopf. »Was ist denn los?«, erkundigte er sich schläfrig.

»Nichts«, giftete JJ. »Simon wollte gerade gehen. Er war nur in der Gegend und hatte zufällig einen Kaffee übrig.«

Soweit das möglich war, sah Vinzent nun noch verwirrter drein als zuvor.

Dann holte JJ aus, um die Türe zuzuschlagen, besann sich aber im nächsten Moment und riss sie mit einem Ruck wieder auf. »Und deinem neuen Freund kannst du sagen, er soll sich mal lieber um die Interessen der Bürger der Stadt kümmern. Da hätte er genug zu tun und müsste sich nicht in anderer Leute Leben einmischen.« Dann warf sie die Türe zu und starrte wütend auf Vinzent, der nicht so recht wusste, wie er mit der Situation umgehen sollte, und von einem Fuß auf den anderen trippelte.

Als sie sah, dass er auf eine Erklärung wartete, winkte sie ab und meinte nur: »Ach lass. Ist egal. Nicht wichtig.«

KAPITEL 29

Um kurz nach acht stand sie wieder über die Leiche der alten Frau gebeugt, wusch sie fertig, richtete die Haare, das Gesicht und kleidete sie an.

Vinzent war natürlich weg gewesen, als sie verschwitzt und ausgepowert von ihrer Runde zurückgekommen war. Kein Wunder. Er hatte mal wieder die volle Breitseite abbekommen, obwohl er gar nichts dafürkonnte. Sie würde heute Abend mit einer Flasche Sekt bei ihm vorbeischauen und sich entschuldigen.

Nachdem die Tote wieder im Kühlfach verstaut war, setzte sich JJ an den Computer. Eigentlich musste sie dringend die Buchhaltung erledigen. Aber sie konnte nicht. Nach kurzer Zeit wanderten ihre Gedanken immer zu Markus Weber und den Fragen, die aus ihrer Sicht längst nicht beantwortet waren.

Also schenkte sie sich die Kaffeetasse erneut voll, obwohl sie wusste, dass sie weniger von dem Zeug trinken sollte, und gab statt den auf ihren Einsatz wartenden Zahlen den Namen Tina Weber in das Fenster einer Onlinesuchmaschine ein. Sofort spuckte sie eine Reihe von Artikeln aus. JJ klickte sie nacheinander durch. Die meisten handelten von ihrem Verschwinden. Wie zu erwarten war, hatte die regionale Presse ausführlich darüber berichtet. Aber offensichtlich waren andere Nachrichten damals wichtiger, denn in die überregionalen Medien hatte es der seltsame Fall von Tina Weber überraschenderweise nicht geschafft. Die Wiedervereinigung, die Spendenaffäre der CDU, die EU-Osterweiterung und viele andere Themen hatten für die Redaktionen damals mehr Bedeutung als ein Menschenleben. Auch derzeit berichteten die Nachrichtenseiten lieber über eine Handvoll toter Millionäre, die bei einem Tauchgang in einem maroden U-Boot zum Wrack der Titanic ums Leben kamen. Wohingegen den Hunderten Menschen, die jeden Tag jämmerlich im Mittelmeer ersoffen, kaum Raum eingeräumt wurde. Offensichtlich war das Leben eines Menschen, der seine Heimat und seine Familie verließ, um Hunger, Armut und Krieg zu entkommen, weit weniger wert als das eines reichen Abenteurers. JJ bekam bei solchen Entwicklungen das große Kotzen.

Aber was sie im Netz fand, genügte vollkommen, um sich zumindest ein erstes Bild zu verschaffen. Tina Weber war zusammen mit ihren Eltern und den beiden Brüdern auf einem Familienwochenende im Allgäu gewesen, das hatte sie ja im Vorfeld gewusst. Und so stand es nahezu wortgleich in allen Beiträgen. Auf einer geplanten Wandertour mit den Brüdern Peter und Markus durch eine Klamm waren sie in ein Unwetter geraten und – so die übereinstimmenden Erzählungen der beiden Brüder – von den Wassermassen weggerissen worden. Ihre Leiche hatte man nie gefunden. Suchtrupps hatten damals die ganze Gegend durchkämmt, ohne Erfolg. Tage später hatte man die Suche als aussichtslos bezeichnet und eingestellt. Bilder zeigten die trauernde Familie, die sich in den Armen lag und gegenseitig stützte. Ein vordergründiges Familienidyll voller Abgründe. Der verstorbene US-Autor Philip Roth hätte seine Freude daran gehabt und mit scharfen Schnitten eine schriftstellerische Sektion durchgeführt.

Wie immer war irgendwann das Medieninteresse erlahmt, war die Wahl des neuen Landrats und des Bürgermeisters einer kleinen Gemeinde wichtiger.

Die meisten Artikel waren von einem Redakteur geschrieben worden, der für die dortige Regionalzeitung arbeitete, wie sie sah. Nach einer kurzen Recherche fand sie ihn. Er war auf dem Bild deutlich älter und inzwischen etwas runder als bei seinem früheren Redaktionsfoto. Aber immer noch bei dem Blatt, allerdings inzwischen Ressortleiter. JJ wählte kurzerhand seine Nummer.

Nach dem zweiten Tuten meldete sich eine gelangweilte Stimme. »Morawski.«

JJ nannte ihren Namen und schilderte in knappen Sätzen ihr Anliegen.

»Natürlich erinnere ich mich. Ich kann mich an jede Story erinnern, über die ich geschrieben habe. Was denken Sie denn?«

Er hörte sich an, als sei er von sich und seiner Arbeit sehr überzeugt. Sein Tonfall vermittelte den Eindruck, als ob er sich für eine Art Hans Leyendecker oder Günter Wallraff halten würde. Doch JJ überging die Nabelschau, und er sprach einfach weiter.

»Aber warum interessieren Sie sich für diese alte Geschichte? Das ist doch lange her, eine Ewigkeit. Was ist daran heute noch von Interesse?«, wollte Morawski wissen. Er schien keine Zeit oder keine Lust zu haben, darüber zu sprechen. Zumindest nicht mit ihr. »Und Sie sind Bestatterin?«

»Ja. Ich recherchiere für die Trauerrede, da nun auch Tinas Bruder auf tragische Weise überraschend verstorben ist.« Sie wusste, dass das ein sehr dünnes Argument war, mit dem sie ihre Fragerei wahrscheinlich nicht wirklich erklären konnte.

»Oh, was ist denn passiert?«

JJ skizzierte in knappen Sätzen die Geschichte.

»Mhm. Bestatterin. Trauerrede?« Er zögerte, schien abzuwägen, welchen Verlauf er dem weiteren Gespräch geben sollte, während JJ geduldig wartete. Trotz der vorübergehenden Stille in der Leitung kreischte sein Missmut beinahe aus dem Hörer. Doch dann grummelte er ein paar dürre Ausführungen.

»Ich habe mir gerade einen Kaffee geholt. Sie haben Zeit, bis die Tasse leer ist. Aber ich muss Sie warnen, ich trinke schnell.« Ein grunzendes Lachen drang durch den Hörer. »Außerdem gibt es da nicht viel zu erzählen. Die Geschwister waren wandern, es begann zu stürmen. Da wird aus einem friedlich dahinplätschernden Bächlein in einer Klamm rasch mal ein reißender Strom. Wir Ureinwohner wissen das. Aber euch Großstädter kann man ja so oft darauf hinweisen, wie man möchte. Ihr wisst es ja sowieso immer besser. Eine Wanderung durch eine Klamm ist kein Sonntagsspaziergang durch die Wilhelma oder wie euer Zoo dort droben in Stuttgart heißt. Tja, da ist es halt passiert. Tragisch, aber auch kein Einzelfall. So was kommt hier mindestens einmal im Jahr vor. Ein Unwetter hat zu einer Springflut geführt, durch die die junge Frau mitgerissen wurde. Einen ähnlichen Fall hatten wir erst in diesem Frühjahr.«

»Die drei waren allein unterwegs oder auf einer geführten Tour?«

»Die Familie hatte hier über viele Jahre ein Ferienhaus in der Gegend. Sie kannten sich aus, waren mit den Routen vertraut und daher allein unterwegs. Trotzdem haben sie offensichtlich das Wetter und die Gewalt der Fluten von schnell ansteigendem Wasser gnadenlos unterschätzt. Ahnungslose Großstädter in der Natur, kann ich mich da nur wiederholen.«

»Die Brüder waren unverletzt?«

»Ja, wie durch ein Wunder hatten sie außer ein paar Schrammen keine nennenswerten Blessuren. Sie konnten sich vor den reißenden Wassermassen rechtzeitig retten. Ein Glück, das der Schwester, Tina hieß sie, soweit ich mich erinnere, offensichtlich nicht vergönnt war. Schade um das Mädchen, wirklich, aber wer ein solches Wagnis eingeht, ohne sich entsprechend vorzubereiten, der trägt eben auch das Risiko«, sagte Morawski ungerührt. Damit war klar, wem er die Schuld für das Unglück zuschrieb.

JJ nahm die Information in sich auf. Etwas versicherte ihr dabei, dass sie auf einer richtigen Fährte war. »Und man hat nach der Leiche gesucht?«

»Ja. Drei Tage lang waren die Rettungskräfte mit mehreren Suchtrupps im Einsatz. Einige Male glaubten sie, etwas gefunden zu haben, was nach den Überresten eines Menschen aussah. Aber unterm Strich blieb die Suche erfolglos und wurde irgendwann eingestellt.«

»Kann es sein, dass ein Mensch, auch wenn er von den Fluten mitgerissen wird und vielleicht tot ist, einfach verschwindet, nichts mehr von ihm gefunden wird? Ich meine, kommt das häufiger vor?«

»Für eine Bestatterin, die behauptet, Inspiration für eine Trauerrede zu suchen, stellen Sie ziemlich viele und vor allem seltsame Fragen, junge Frau«, brummte es misstrauisch aus dem Hörer. »Na gut, Sie müssen sich das so vorstellen: eine Schlucht mit steil aufragenden Felswänden zu beiden Seiten. Es gibt nur einen schmalen Weg hin und zurück. Nur einige Stege und in den Felsen gesprengte Stollen machen die Klamm mit Wasserfällen, Stromschnellen und tiefen Abgründen überhaupt zugänglich. Die Kraft und die Gewalt des Wassers sind kaum zu beschreiben. Was es mit sich reißt, ist völlig verloren: keine Chance, würde ich sagen. Und was dann in irgendeine Höhle gespült wird, ist vielleicht auch auf immer und ewig in einem unterirdischen Fluss oder See verschwunden. Klar, in den meisten Fällen wird irgendwann eine Leiche gefunden. Aber eben nicht immer. Auch wenn es eher selten vorkommt, es war und ist nicht der erste Fall, bei dem der Berg sein Opfer verschluckt. Es verschwinden ja auch immer Wanderer in Felsspalten oder brechen beim Überqueren von Eisfeldern ein, stürzen ab und werden nie wieder gefunden. Daher ist man damals davon ausgegangen, dass Tina Weber Opfer eines tragischen Unfalls geworden ist.«

»Hat die Polizei ermittelt?« JJ hatte davon gelesen, wollte aber bewusst nachfragen.

»Ja, natürlich. In solchen Fällen schaltet sich automatisch die Staatsanwaltschaft ein und es ermittelt die Polizei, um ein Verbrechen ausschließen zu können. Das war hier nicht anders. Aber ohne Ergebnis. Es gab wohl keinerlei Hinweise auf Fremdverschulden. Niemand hatte ein Interesse am Tod der jungen Frau. Warum auch? Nur Unachtsamkeit und vielleicht naive Dummheit haben sie das Leben gekostet.«

Die Bestimmtheit, mit der Morawski den letzten Satz aussprach, ließen bei JJ sofort Zweifel an der Aussage aufkommen. Gleichzeitig spürte sie, dass sie zumindest für den Moment nicht mehr aus dem Journalisten herausbekommen würde. Sie bedankte sich und wollte das Gespräch eben beenden, als ihr etwas einfiel. »Sagen Sie, wissen Sie zufällig noch, wer damals die Ermittlungen geleitet hat?«

»Sie sind sicher, dass Sie nur an einer Trauerrede arbeiten?« Misstrauen und Ironie hielten sich im veränderten Tonfall Morawskis die Waage.

JJ erwiderte nichts.

»Natürlich weiß ich das noch. Hier kennt man sich. Ist nicht so anonym wie bei euch in der Großstadt.« Wieder so ein Seitenhieb. Wenn der wüsste, von wegen Großstadt, dachte sich JJ. »Man kennt sich, man hilft sich, man tauscht sich aus. Der Karl Schneider war das damals. Es war einer seiner letzten Fälle, soweit ich mich erinnere. Ist kurz darauf in den Ruhestand gegangen.«

»Haben Sie eine Telefonnummer?«

»Mit Sicherheit.«

»Und können Sie mir die auch schicken?«

»Natürlich. Aber was wollen Sie damit? Wissen Sie was, ich sage Karl Bescheid, dass da jemand mit ihm sprechen will. Er ist ein alter Mann, seine Frau ist letztes Jahr gestorben. Und wenn er Lust hat, mit Ihnen zu reden, dann wird er sich melden. Ansonsten eben nicht. Außerdem soll er inzwischen auch leicht dement sein. Daher fraglich, ob er

Ihnen überhaupt noch etwas Sinnvolles zu damals erzählen kann. Und jetzt muss ich aufhören, hier warten viele neue Geschichten auf mich, denn die Welt hört ja nicht auf, sich zu drehen. Außerdem ist meine Tasse längst leer und ohne Kaffee kann ich nicht denken.«

JJ glaubte zu hören, wie er sich eine Zigarette anzündete und einen tiefen Zug nahm. Doch er sagte nichts mehr.

Ehe sich JJ erneut bedanken konnte, hatte Morawski die Verbindung unterbrochen. Sie starrte auf ihr Telefon. Obwohl sie länger mit dem Journalisten geredet hatte, beschlich sie das Gefühl, genau genommen so schlau zu sein wie zuvor und um keine echte Erkenntnis reicher zu sein. Sie hoffte darauf, dass Morawski wenigstens Wort hielt und diesen Karl Schneider informierte, damit er sich bei JJ meldete.

JJ fühlte sich für einen Moment wie eine echte Ermittlerin. Sie war überzeugt, einer Sache auf der Spur zu sein. Einem Verbrechen. Und sie würde es aufklären oder wenigstens dabei helfen.

KAPITEL 30

Peter Weber schwitzte, als er den Hörer auf den Tisch knallte. Auf Stirn und Nacken hatte sich ein feuchter Film gebildet, den er mit einem Tuch abwischte. Aber das half nicht viel. Zum Glück hatte er immer ein zweites Hemd im Schrank, denn wenn er gleich vor den Gemeinderat trat und den nächsten Haushaltsplan verteidigen musste, wollte er nicht mit Schweißrändern vor dem Gremium stehen. Das würden sie ihm ohne jeden Zweifel als Angst auslegen. Und er wusste, dass sein Rückhalt in den letzten Monaten stark zurückgegangen war. Das galt für den Rat ebenso wie für das Rathaus und auch sein Ansehen bei den Bürgerinnen und Bürgern. Sein mitunter brachialer Stil kam nicht überall gut an. Auch seine inzwischen berüchtigten Wutausbrüche nicht. Er sei selbstsüchtig und seine Politik folge keiner Linie, lauteten die Vorwürfe gegen ihn, die momentan zwar nur leise, aber dafür penetrant aus allen Fraktionen kolportiert wurden. Auch die Presse hatte von den internen Querelen um seine Person inzwischen Wind bekommen.

Der Tod seines Bruders hatte zwar die negative Berichterstattung der letzten Wochen etwas unterbrochen und eine Welle des Mitleids hatte sich unter die Artikelflut gemischt. Einen trauernden Bruder, den wollte man nicht in die Zange nehmen. Aber es war nur eine Frage der Zeit, bis die Schmierfinken ihn wieder aufs Korn nehmen würden.

Wenn die dann von seiner Affäre mit seiner Schwägerin erführen, dann hatten die Klatschspalten einen handfesten

Skandal, der sie locker über die Sommermonate hinwegtragen und womöglich sogar für überregionale Schlagzeilen sorgen würde.

Daniela, seine Frau und die Mutter seiner Kinder, kam ihm in den Sinn. Wenn sie davon wüsste, würde sie ihm die Hölle heißmachen. Eine Scheidung würde ihn ein Vermögen und noch mehr Ansehen kosten. Und schuld war an allem Markus. Der Bruder, um den er nicht wirklich trauern konnte. Der Sonnyboy mit seiner aalglatten Fassade, die Abgründe aufwies so tief wie ein Bergsee in den Alpen. Genau genommen war er froh, dass Markus weg war. Sie hatten sich zwar arrangiert, aber er hatte dennoch immer im Schatten seines erfolgreichen Bruders gestanden. Smartes Auftreten und feine Weine zählten in den Augen vieler mehr, als eine prosperierende Stadt zu managen.

Aber das würde sich nun ändern. Er hatte einen Plan B.

Peter Weber stemmte sich umständlich und schwerfällig aus dem Sessel und knöpfte sein Hemd auf. Diese Bestatterin entwickelte sich bei all seinen Überlegungen dabei mehr und mehr zu einem lästigen Insekt. Jetzt begann sie auch noch, in der Vergangenheit der Familie herumzuwühlen. Seiner Familie. Dabei hatte er erst gestern dem Bullen gesagt, er müsse sie unbedingt bremsen.

»Sie wühlt nur unnötigen Staub auf, der dann den Blick auf das Wesentliche vernebelt«, hatte er in seinem Politikerjargon behauptet und dabei eine ernste und, wie er hoffte, staatstragende Miene aufgesetzt. »Kümmern Sie sich darum. Sorgen Sie dafür, dass das aufhört, sonst schadet es am Ende noch Ihrer Karriere, Herr Kalt. Das wäre bedauernswert, denn ich beobachte Sie, und glauben Sie mir, ein gutes Wort bei der bald anstehenden Neubesetzung der Revierleitung, das würde sicher helfen, sich gegen andere Kandidatinnen und Kandidaten durchzusetzen. Aber dazu braucht es eine makellose Weste.«

Aber die Mühe war wohl die Zeit nicht wert, wie es aussah. Die Kleine steckte ihre Nase weiter in Dinge, die sie nichts angingen. Da konnte er nicht zuschauen. Sie zwang ihn zum Handeln, weil sie sich nicht darauf beschränken konnte, Menschen einfach unter die Erde zu bringen. Für wen hielt die sich eigentlich? Für eine in den Jungbrunnen gefallene Wiedergeburt von Miss Marple?

Sie hatte es selbst in der Hand. Nur er würde nicht zögern, für Ruhe zu sorgen, wenn ihm die Begleitmusik zu seiner Karriere und seiner Familie unangenehm laut wurde.

Und das würde sie, wenn er jetzt nicht aufpasste.

Sein Netzwerk funktionierte nach wie vor. Morawski hatte ihn gleich informiert, nachdem diese Krähe ihn angerufen und ausgehorcht hatte. Informationen für eine Trauerrede würde sie sammeln, hatte die selbst ernannte Hobbydetektivin ihm vorgegaukelt. Zum Glück hatte der Wichtigtuer keine Sekunde daran geglaubt und war nicht auf ihre Finte hereingefallen. Das war allerdings auch das Mindeste, was man erwarten konnte. Schließlich hatte er vor vielen Jahren extra für solche Fälle eine schöne Summe bekommen.

Peter Weber begann das neue Hemd überzustreifen. Das alte warf er in die Wäsche. Er würde schon einen Weg finden, sie ruhigzustellen. Entweder auf die sanfte Tour oder eben …

KAPITEL 31

Alle Kühlfächer waren belegt. Das Bestattungsinstitut Schwarz war sozusagen ausgebucht, und JJ war den restlichen Tag beschäftigt. Das war keine neue Situation. Während der Corona- Pandemie hatten bereits unverbesserliche und verblendete Corona-Gegner für Überfüllung gesorgt. Die Sterberate durch oder mit dem Virus war höher gewesen als sonst üblich. Und nach den überlasteten Krankenhäusern waren auch die Bestattungsinstitute vielfach an ihre Grenzen gestoßen. Doch JJ hatte auch diese Situation mit ihrem Team gemeistert.

Aber die kommenden Tage würde sie kaum Zeit haben, in dem Todesfall Markus Weber zu ermitteln. Das passte ihr nicht, war aber nicht zu ändern. Alle helfenden Hände waren im Einsatz, damit sie und ihr Team die Herausforderungen bewältigen würden.

Als JJ kurz vor Mitternacht in ihre Wohnung kam, fiel ihr ein, dass sie vergessen hatte, bei Vinzent vorbeizugehen. Er war bestimmt sauer, da er sich überhaupt nicht gemeldet hatte. Sie überlegte kurz, ob sie ihn noch anrufen sollte, entschied sich aber dagegen. Es war zu spät. Sie trank ein Glas Leitungswasser, dann entschied sie, ihm wenigstens eine WhatsApp-Nachricht zu schreiben, die damit endete, dass sie sich freuen würde, in den kommenden Tagen etwas von ihm zu hören oder ihn zu sehen.

Sie saß einige Zeit im Schneidersitz in der tropischen Nachtluft und starrte auf ihr Handy.

Er hatte die Nachricht gelesen, das zeigten die blauen

Häkchen. Es kam allerdings keine Antwort. War er wirklich sauer? Oder hatte er einfach keine Lust, jetzt noch zu kommunizieren? Vielleicht war er müde oder am Arbeiten. Sie wusste, dass er oft bis in die Nacht an seinen Artikeln oder seinen Bildern arbeitete. Und sie erinnerte sich, dass es einen Auftrag gab und er demnächst einige auf Leinwand aufgezogene Fotografien abliefern musste. Eine Auftragsarbeit für einen betuchten Handwerker der Stadt, der sich über das nötige Kleingeld längst keine Sorgen mehr machen musste. Vinzent hatte ihr zwar nicht gesagt, was dieser genau bezahlte, aber er meinte, damit ein paar Monate gut über die Runden zu kommen.

Erschöpft legte sie sich ins Bett, stellte sich den Wecker auf sechs Uhr, damit sie wenigstens noch fünf Stunden Schlaf bekam.

Doch auch daran scheiterte sie in dieser Nacht. Es war zu heiß und zu hell. Der Vollmond schien durch jede Ritze. Und in JJs Kopf arbeitete es. Was sie vor lauter Arbeit den Tag über verdrängt hatte, schob sich nun wieder in ihre Gedanken. Wie konnte sie mehr über das Unglück in der Klamm herausfinden? Gab es da überhaupt etwas, oder hatten Vinzent und Simon nicht doch recht und sie verrannte sich da in etwas? Wie lange ging das mit Vera und dem Bürgermeister schon? Hatte es etwas zu bedeuten oder war es einfach nur Sex? Und warum hatten die Kinder einen solchen Hass auf ihren Vater entwickelt? Nur weil er fremdgegangen war? Und warum war Elias auf der Trauerfeier seines Vaters beinahe auf Sabine Aichner losgegangen? Überhaupt, was hatte die Aichner mit der ganzen Geschichte zu tun? Sie tauchte immer wieder auf. JJ musste mit ihr sprechen. Sie musste auch mit Markus' Kindern sprechen. Und sie würde auch gern mit Vera und mit Peter

Weber sprechen. Dem Arzt, der den Totenschein ausgestellt hatte, wollte sie auch noch einen Besuch abstatten. Außerdem musste sie Vinzent dazu bringen, über seine Kontakte etwas über die finanziellen Hintergründe der Webers herauszufinden. Das war heikel, aber auch nicht unmöglich. Wo ein Mittel, da ein Weg, und wo ein Dorf, da auch der Tratsch. Und Vinzent war Journalist, da gehörten Fragen zum Beruf und waren nicht so auffällig, wie es bei ihr der Fall wäre. Sie hatte Morawskis Misstrauen überdeutlich gespürt, als er in vorgetäuschter Redseligkeit ihre Fragen oberflächlich beantwortet hatte.

Sie würde erst Ruhe finden, wenn sie all die Baustellen abgearbeitet hatte. Doch woher sollte sie die dafür notwendige Zeit nehmen? Das Institut war voll, sie war froh, wenn sie ihre Aufgaben dort erledigt bekam. Sie hatte das Gefühl, sich zu übernehmen. Aber gleichzeitig fand sie keine Ruhe.

Irgendwann musste sie eingeschlafen sein. Zumindest brauchte sie einige Sekunden, um zu sich zu kommen.

Ein Klirren war in ihr Unterbewusstsein gedrungen und hatte sie aus dem Schlaf gerissen. Wie zu Bruch gehendes Glas hatte es sich angehört. Aus einem Traum, der sie zu einer Reise an einen endlosen Strand mitgenommen hatte, war sie in die nächtliche Gegenwart katapultiert worden. Das Rauschen hatte sie fortgetragen, sanfte Wellen waren über den Sand gerollt und hatten sich gebrochen. Das kühle Salzwasser hatte ihre nackten Zehen angenehm umspielt. Wäre da nur dieses Klirren nicht gewesen, das so gar nicht zu diesem Ort gepasst hatte. Überall Sand und Wasser, da klirrte kein Glas.

Dann war sie aufgeschreckt.

Es musste von unten gekommen sein. Aus dem Hof vielleicht, denn sie hatte die Fenster offen. Vielleicht nur eine ungeschickte Katze, die etwas umgeworfen hatte. Oder die Einbrecher, die seit einiger Zeit die Polizei auf Trab hielten mit ihren nächtlichen Beutezügen. Erst neulich waren sie wieder in vier Bäckereigeschäfte eingestiegen, und JJ hatte sich ernsthaft gefragt, was sie dort stehlen wollten. Ein Blech Rohlinge für frische Brötchen außerhalb der Ladenöffnungszeiten? Wohl eher nicht. Und was wollten Einbrecher hier bei ihr? Da gab es auch nichts zu stehlen. Es sei denn, man wollte …

Sie weigerte sich, den Gedanken zu Ende zu spinnen. Das konnte nicht sein.

Ja, bestimmt war es nur ein schusseliges Tier, dem die Hitze so zugesetzt hatte wie ihr. So musste es sein.

Sie wollte sich eben wieder hinlegen und der erneut angreifenden Müdigkeit ergeben, als sie glaubte, etwas zu hören. Diesmal allerdings kein Klirren wie zuvor. Eher ein Klackern.

Jetzt war sie mit einem Schlag hellwach.

So leise wie möglich schlug sie die Decke zurück und bewegte sich barfuß über den Parkettboden. An der offenen Tür zur Terrasse lauschte sie einen Moment. Alles still, kein Geräusch. Hatte sie sich getäuscht?

Nein.

Jetzt war sie sich sicher. Unten bewegte sich jemand.

»Scheiße«, flüsterte sie lautlos zu sich selbst. »Was nun, JJ?«

Sie versuchte, ruhig zu bleiben und zu überlegen, was zu tun sei. Die Polizei rufen? Sich verstecken? Nach unten gehen und nachsehen? Es ratterte in ihrem Kopf, und sie wog die einzelnen Entscheidungen gegeneinander ab.

Warum sie sich für die letzte Variante entschied, war ihr selbst ein Rätsel. Doch sie packte all ihren Mut zusammen und ging nach unten. Schließlich machten das die Ermittlerinnen in den Krimis auch immer so.

Da sie sich in ihren Räumen schlafwandlerisch bewegen konnte, brauchte sie kein Licht zu machen. Als sie unten ankam, war es still. Ihre Augen hatten sich längst an die Dunkelheit gewöhnt, aber sie nahm keine Bewegung wahr, keinen Schatten, keine Gestalt, die sie aus dem Dunkel ansprang. JJ verharrte einige Sekunden reglos und mit angehaltenem Atem. Doch nichts geschah.

Wenn man in einem Gebäude aufwuchs, in dem permanent Tote lagen, dann war das für ein Kind ein komisches Gefühl. Die Angst, die Toten könnten nachts wie Zombies durchs Haus schleichen, machte sich breit, wenn man im Dunkeln Geräusche wahrnahm. Und obwohl JJ relativ angstfrei aufgewachsen war und nicht an diesen Horrorschnickschnack glaubte, wie er in den Büchern von Stephen King vorkam, die sie gerne verschlang, hatten sich manchmal solche Ängste in ihre Träume geschlichen und sie aufschrecken lassen. Ihre Gegenstrategie war immer, ein Verhältnis zu den leblosen Körpern aufzubauen. Sie sprach mit ihnen, sie berührte sie. Die meisten ihrer Freunde oder Mitschüler, die sie mal ins Institut mitgenommen hatte und die dann auch mal einen toten Menschen sehen wollten, hatten sich das nicht getraut. Dabei war es vollkommen ungefährlich. Das hatte ihr Vater JJ auch früh beigebracht. Von Simon hatte sie sich sogar einmal in eine der Kühlkammern sperren lassen. Davor hatten sie eine genaue Zeit ausgemacht, und sie hatte eine Uhr mit Leuchtdisplay am Arm getragen. Sie wusste, er würde nach genau einer Minute die Tür wieder öffnen. JJ hatte wissen wollen, wie es war, in dieser dunklen und engen Kammer zu liegen. Von der kleinen Taschenlampe, die sie zur Sicherheit mitgenommen hatte, wusste Simon allerdings bis heute nichts. Als sie von der Metallliege gestiegen war, hatte sie gefragt, ob er auch wolle. Aber Simon hatte verneint. »Schisser«, hatte sie ihn dann provoziert, was jedoch an seiner Beharrlichkeit nichts geändert hatte.

Doch das hier war kein Spiel, keine Spinnerei von jugendlichem Übermut und keine Zombieinvasion oder Auferstehung von den Toten. Sie hatte etwas gehört, und das war real gewesen.

Als sie die Finger nach dem Lichtschalter ausstreckte, um Licht zu machen, legte sich eine warme Hand auf ihren Arm.

JJ erschrak, zuckte zusammen und ein spitzer Schrei stahl sich über ihre Lippen, als sie herumfuhr. Ihr Schrei ging unter in dem schallenden Gelächter, während das Licht die Dunkelheit vertrieb. Sie erkannte die Stimme sofort, wand sich aber aus den Armen, die sich inzwischen kräftig um ihren Oberkörper schlossen.

Sie trat und schlug um sich, wollte die Umklammerung lösen. Ihre Füße und Arme wirbelten durch die Luft, auf der Suche nach unsichtbaren Zielen, ohne genau zu wissen, was sie trafen. Als sie hinter sich einen Schmerzensschrei vernahm, trat sie mit größerer Wucht ein weiteres Mal zu. Der erste Schrei verschaffte ihr Genugtuung, der zweite so was wie Befriedigung. Volltreffer. Gleich zweimal. Strike, dachte sie.

Der Griff wurde schwächer und sie drehte sich und hieb mit der Faust ins Nichts, in Richtung des Angreifers.

»Du Arschloch«, brüllte sie und schlug ein weiteres Mal zu. Das höhnische Lachen erstarb. »Hast du sie noch alle?«

Vinzent sah aus, als sei ihm in diesem Moment der Leibhaftige höchstpersönlich begegnet. »JJ, sorry, das wollte ich nicht.«

»Hau jetzt besser ab, du Idiot. Du hast mir eine Heidenangst eingejagt. Ich dachte, es sind Einbrecher im Haus.« Sie spürte, wie ihr rasendes Herz wieder etwas zur Ruhe kam, doch ihre funkelnden Augen durchbohrten ihren Freund wie Van Helsing die Brust von Graf Dracula.

Vinzent setzte eine entschuldigende Miene auf, die sie aber im Moment nicht besänftigen konnte, so tief saß ihr der Schreck in den Knochen. Dafür würde er büßen müssen, dachte sich JJ und bohrte ihre kleine Faust ein weiteres Mal so fest in seine Seite, dass er vor Schmerzen zusammenzuckte. Als sie den Kopf von ihm wegdrehte, konnte sie sich ein Grinsen nicht verkneifen.

Dann lehnte sie sich an die Wand und warf Vinzent einen durchdringenden Blick zu. »Ernsthaft, du Arsch! Was sollte das? Das ist nicht lustig. Und was machst du überhaupt hier mitten in der Nacht? Du hast mir nicht mal auf meine Nachricht geantwortet.«

»Ich wollte dich überraschen. Ich dachte, du freust dich, wenn du aufwachst und ich neben dir liege. Aber dann bin ich über irgendwas gestolpert und hab dich im Dunkeln nach unten kommen sehen und dachte, na, dann erschrecke ich dich halt.« Er machte ein betretenes Gesicht. »Das ging wohl mächtig in die Hose.«

»Kannste laut sagen.« Trotzdem machte sie einen Schritt auf ihn zu und legte ihren Kopf auf seine Brust. Als sich seine Arme diesmal sanft und vorsichtig um ihren Oberkörper schlossen, fiel der letzte Hauch von Ärger ab. »Aber ja, ich hätte mich gefreut. Natürlich.«

Sie standen einige Minuten so da. Sie an ihn gelehnt und er sie vorsichtig tastend liebkosend. Sie spürte, wie sehr er sich bemühte, jetzt keinen Fehler mehr zu machen. Es tat ihm leid. Und sie verzieh ihm wortlos. Sie spürte seinen warmen Atem auf ihren Haaren.

»Und eigentlich wollte ich dir beim Frühstück noch etwas erzählen.«

Zaghaft löste sie sich aus seinen Armen, trat einen Schritt zurück und sah ihn mit einer Mischung aus Neugier und Verwunderung an. »Was? Jetzt sind wir doch ohnehin wach. Dann hat es wenigstens einen Vorteil und du brauchst nicht mehr zu warten.« Sie warf ihm einen erwartungsvollen Blick zu. »Ich mache uns einen Kaffee.« Er nickte, und sie warf frische Kaffeebohnen in die Mühle und befüllte den Vollautomaten mit Wasser.

Als sie mit zwei dampfenden Bechern auf der Terrasse saßen und die Sonne am wolkenlosen Himmel die Nacht zu verdrängen begann, fütterte er sie mit seinen Neuigkeiten.

KAPITEL 32

Sabine Aichner war stolz auf sich. Sie hatte etwas geschafft, was ihr niemand zugetraut hatte. Sie hatte sich ihren Platz in einer von Männern dominierten Branche gesichert. Und das, obwohl sie erst vor fünf Jahren bei null angefangen hatte.

Sie stand allein in ihrem angenehm kühlen Gewölbekeller zwischen etlichen Reihen Holzfässern und füllte mit einem Weinheber etwas strohgelbe Flüssigkeit aus einem der Fässer in ein Glas. Sie schwenkte und sah, wie sich der vergorene Rebensaft ölig und in dickflüssigen Tropfen an den Rändern absetzte. Dann schob sie ihre Nase über die Öffnung, schwenkte das Glas noch einmal und hielt es sich erneut unter die Nase. Ein Hauch von Stachelbeere gemischt mit Maracuja entlockte ihr ein versonnenes, zufriedenes Lächeln. Vorsichtig schlürfte sie einen kleinen Schluck. Zwar war sie allein im Keller, aber sie würde auch schlürfen, wenn jemand anwesend wäre. Dadurch wurde dem Wein im Mund Luft zugeführt, wodurch sich die Aromen öffneten und die einzelnen Komponenten erlebbar wurden. Das würde ein traumhafter Jahrgang werden, lobte sich Sabine. Die liebevolle Arbeit der letzten Monate im Keller würde sich schon bald auszahlen. Ihr Gaumen war erfüllt vom Geschmack lebhafter Frische und knackiger Säure, bei einem sehr angenehmen Alkoholgehalt und markanten Aromen. Der Wein würde ihren Gestaltungsanspruch in der Remstaler Weinwelt weiter unterstreichen. Die Männer würden sich warm anziehen müssen. Längst vergessen war die anfängliche Skepsis gegenüber der Newcomerin.

Sabine war sich bewusst gewesen, dass es ein hartes Stück Arbeit und eine gewaltige Investition bedeuten würde, sich ihren Stand zu erobern. Weinbau hatte sie bei ihrer Familie in Südtirol gelernt. An Hängen rund um Bozen war sie aufgewachsen und hatte Jahr für Jahr ihr Wissen vergrößert. Als ihr Vater sie als Teenager aufgefordert hatte, einen eigenen Wein in einem kleinen Fass zu kreieren, war sie vor Stolz beinahe geplatzt. Natürlich musste sie in den kommenden Monaten viel Lehrgeld zahlen, und die ersten Gehversuche gingen auch öfter mal schief. Einige Jahre später hatte ihr Vater anerkennend die Augenbrauen in die Höhe gezogen und sie vor Begeisterung in die Luft gehoben. »Das ist der Wein, den ich immer machen wollte«, hatte er voller Stolz verkündet. »Und du? Du hast ihn einfach gemacht. Was ich in über dreißig Jahren nicht geschafft habe, ist dir gelungen. Was für ein Talent.«

Ob er das wirklich ernst gemeint hatte, wusste sie nicht. Aber ihr war dieses Lob unendlich viel wert. Insbesondere, weil ihr Vater wenige Wochen später im Weinberg tödlich verunglückte. Sein Traktor war umgekippt und hatte ihn unter sich begraben. Spätestens da war in ihr der Plan gereift, ihr Hobby, ihre Leidenschaft zum Beruf zu machen.

Trotzdem hatte man ihr nur geringste Erfolgsaussichten eingeräumt, als sie sich vor fünf Jahren im Remstal niedergelassen hatte. Aber sie war hartnäckig und glaubte an ihren Erfolg.

Sie hörte Schritte die Steintreppe herunterkommen und ein breites Strahlen ließ ihr Gesicht erblühen, als sie sah, wer den Keller betrat.

KAPITEL 33

»Was weißt du denn über die Winzer und den Weinbau in unserer Region?«, fragte Vinzent, während er sich in einen der Sessel lümmelte und die Beine über die Armlehne baumeln ließ.

JJ nippte am Kaffee und hockte mit übereinandergeschlagenen Beinen auf einem Stuhl mit dickem Polster. Licht hatten sie keines angemacht, um den Sonnenaufgang genießen zu können.

»Na ja, was man eben so weiß, wenn man hier aufgewachsen ist. Es gibt viel Wein, die Welt verschmäht uns für unseren Trollinger – übrigens zu Recht, wie ich meine – und früher dominierten die Genossenschaften, denen die Selbstvermarkter ein Dorn im Auge waren. Ach ja, und Quantität steht über Qualität. Aber soweit ich das beurteilen kann, hat sich das Bild ordentlich gedreht. Ansonsten habe ich vom Weinbau eigentlich keine Ahnung. Ich konsumiere nach Geschmack, nicht nach Preis und Auszeichnung.«

Er nickte, und auch wenn sie sein Gesicht nicht wirklich sehen konnte, hörte sie, wie er schmunzelte. Wahrscheinlich, weil er es ähnlich handhabte.

»Der Weinbau hat hier eine lange Tradition«, begann er und es hörte sich an, als könnte daraus ein etwas längerer, ausschweifender Vortrag werden. »Damit meine ich nicht zwei, drei Generationen, wir sprechen über Jahrhunderte. Und wir leben hier in der viertgrößten Weinbauregion Deutschlands. Wusstest du das?«

JJ schüttelte den Kopf.

»Über elftausendfünfhundert Hektar werden hier von unseren Winzern bewirtschaftet. Der Wein wurde meist an den Weinherren und an Adlige oder wohlhabende Kaufleute geliefert. Irgendwann wurden Mauern in die Weinberge eingezogen, um sie besser bewirtschaften zu können. Dann zog die Reblaus durch die Hügel und irgendwann wurde auf resistentere Unterlagen umgestockt. Und es stimmt, was du gesagt hast. In der Vergangenheit wurden wir bestenfalls belächelt, denn das Aushängeschild der Region, die regionale Traditionssorte, der Trollinger, hat es nie in den Fokus von Weininteressierten geschafft. Sie galt mit ihrer hellroten Farbe und ihrer Leichtigkeit als schlicht und ausdruckslos. Dazu kam, dass über Jahrzehnte hinweg die Genossenschaften das Bild und die Marschrichtung des Weins geprägt haben. Es waren Zeiten, als die Ertragsreduzierung im Weinberg noch als Vergehen an der Natur angesehen wurde. Die einsetzende Qualitätsentwicklung vieler Einzelbetriebe blieb anfangs nahezu unbemerkt. Erst als das Engagement und das Selbstbewusstsein einzelner Wengerter durch überraschende Auszeichnungen und Preise belohnt wurden, bemerkte die Weinwelt, dass im Ländle Spitzenbetriebe Weine mit höchster Qualität erzeugten. Das war eine Entwicklung, die schon eingesetzt hatte, bevor Markus Weber in dem ganzen Konzert mitspielte. Aber er war einer davon, der sich diese Entwicklung zunutze gemacht hat. Markus hatte sicher einen wesentlichen Anteil an dieser anhaltend positiven Entwicklung unserer Weinbauregion. Aber es hatte auch schon früher Ausbruchsversuche gegeben. Schon in den 1950er-Jahren gab es Winzer, die der Vormacht der Genossenschaften den Rücken kehrten und statt des massenhaft dropsigen Trollingers auch im Remstal eben Qualität produzieren wollten. Mit den Jahren kamen also neue Sorten und der Ausbau in Barriquefässern statt nur in Stahltanks dazu. Aber du darfst nicht vergessen: Es waren Zeiten, als die Ertragsreduzierung im Weinberg noch als Vergehen an der Natur angesehen wurde.«

JJ staunte. »Ich wusste gar nicht, dass du ein Weinbauexperte bist.«

»Bin ich auch nicht. Aber ein guter Rechercheur, wie es aussieht. Du hattest deinen Adjutanten doch beauftragt, sich schlauzumachen. Und dein Wort ist mir Befehl. Ich hatte zwar nie über Weinbau an sich berichtet, aber es war mir eine Freude, mich einzulesen und mit ein paar Leuten zu sprechen.«

Sie wollte ihn mit etwas abwerfen, hatte aber leider nichts zur Hand. Also lehnten sie sich beide zurück und Vinzent dozierte mit ersichtlichem Stolz weiter und kramte einen Fetzen Papier aus seiner Hosentasche. »Ich zitiere aus einem Artikel: Mit maßgeblicher Unterstützung von Professor Rainer Zierock von der Weinbauschule San Michele in Trient entstand im Oktober 1986 die HADES-Gruppe, Untertitel: Studiengruppe neues Eichenholzfass, benannt nach den Anfangsbuchstaben ihrer Mitglieder, den Weingütern Hohenlohe-Oehringen, Adelmann, Drautz-Able, Ellwanger und Sonnenhof. Die so als Herrscher über die Unterwelt des Weins geouteten schwäbischen Winzer förderten die Vergärung im kleinen Eichenfass, dem Barrique, wozu die Weinsberger Versuchsanstalt die gehörige wissenschaftliche Begleitung lieferte. Dabei lernten die Winzer der HADES-Gruppe gemeinsam, das richtige Holz zu wählen, das richtige Toasting zu finden, die nötige Lagerzeit des Weins abzuschätzen und welche Rebsorte zum Barriqueausbau geeignet war. Sie stießen anfangs auf massive Ablehnung des Holzeinsatzes, die darin gipfelte, dass man die Weine bei der Qualitätsweinprüfung durchfallen ließ und sie als Tafelwein deklariert werden mussten. Die Holz-Methodik sorgte aber schon bald nicht nur im Remstal für eine völlig neue Qualitätsausrichtung, sondern beeinflusste zunehmend den Rotweinausbau in allen deutschen Weinanbaugebieten. Die Gruppe ist bis heute unter dem Motto ›Große Weine aus kleinen Fässern‹ aktiv. Die HADES-Gruppe wurde zur Keimzelle des 1991 gegründeten Deutschen Barrique Forums, einer Winzervereinigung, die sich der Pflege, Entwicklung und Perfektionierung des Barriqueausbaus widmet. Auch die letzten Skeptiker waren schließlich beeindruckt, als 2006 beim Deutschen Rotweinpreis ein Weingut aus dem Remstal einen Doppelsieg errang. Es waren auch Remstäler Weinbauer, die als Erste überhaupt neue Rebsorten wie den Zweigelt systematisch angebaut haben, als die zwei Reihen Zweigelt im Versuchsweinberg der Remstalkellerei Ende der 1970er noch so vor sich hin standen. Übrigens, die ersten Setzlinge wurden aus Deutschkreutz im Burgenland gleichsam eingeschmuggelt und illegal im Weinberg versteckt. Erst später gab es die Zulassung zum Versuchsanbau. Anfangs waren die Ergebnisse enttäuschend. Zweigelt führt grundsätzlich eher zu flachen und einfachen Weinen, denen jede Komplexität fehlt und die insofern dem Trollinger ähnelten. Erst bei drastischer Ertragsreduzierung, besonderer Pflege und individuellem Ausbau gelangten die Weine zu der Kraft, dem Extrakt und der Dichte, die sie für den Ausbau in seinen Barriques qualifizierte, womit plötzlich Spitzenqualität mit Lagerpotenzial aus dem Remstal kam, worauf dann auch bald einige Sterneköche aufmerksam wurden, denen die französischen Bordeaux-Weine zu überteuert waren. Später folgten dann Merlot und Syrah. So haben ein paar Rebellen den Weinbau im Remstal, in Württemberg und vielleicht in ganz Deutschland revolutioniert. Ihre Methoden und Ideen haben zwar die traditionellen Wengerter und Genossenschaften immer wieder in Schockstarre versetzt, aber letztlich haben alle davon profitiert. Auch unser Markus Weber. Denn ohne den von der HADES-Gruppe bereiteten Boden wäre er womöglich nie nach oben gelangt.« Vinzent nahm einen großen Schluck des inzwischen abgekühlten Kaffees und sah sichtlich stolz und zufrieden aus.

Doch der Ausdruck auf seinem Gesicht fiel schnell in sich zusammen, als JJ ihn fragte, was denn nun dieser weinhistorische Vortrag mit ihrem Todesfall im Weinberg zu tun habe.

»Hey, ich dachte, du bist stolz auf mich.«

»Ach, das lässt sich wahrscheinlich alles schnell im Internet rausfinden«, verstärkte JJ noch seine Enttäuschung. Aber sie fand, etwas Strafe für seinen Auftritt von vorhin tue ihm gut. »Hast du auch etwas zum Weinhaus Weber herausgefunden? Denn das ist alles interessant zu wissen, aber bringt uns auch nicht wirklich weiter. Oder glaubst du, einer der HADES-Mitglieder hat Markus aus dem Weg geräumt?«

Vinzent, inzwischen etwas einsilbiger, holte mit einer großen Geste aus. »Na ja, die Webers haben nach dem Krieg mit dem Weinbau angefangen. Sie haben ihre Weinberge bewirtschaftet, aber eigene Weine eigentlich nur für den Hausgebrauch und den eigenen Ausschank hergestellt. Den Rest haben sie brav in der Genossenschaft abgeliefert. Auch als die HADES-Truppe längst mit ihrer kleinen Revolution begonnen hatte. Erst Markus ist hier ausgebrochen. Er hat seither Stück für Stück die Anbaufläche auf inzwischen über zwanzig Hektar ausgebaut. Aber er hat gleichzeitig die Erträge teilweise radikal reduziert. Wo andere aus der Fläche zweihunderttausend oder mehr Flaschen rausholen, hat Weber weniger als hundertfünfzigtausend abgefüllt. Davon fast die Hälfte inzwischen sogar Weißweinsorten. Den geringeren Ertrag hat er sich allerdings dann auch immer ordentlich bezahlen lassen. Was aber die jungen Winzer auszeichnet, ist nicht nur ihr klar kalkulierter Geschäftssinn, sondern auch ihre Kooperation. Natürlich stehen sie alle in einer gesunden Konkurrenz zueinander und auch zu den Genossenschaften. Aber man liegt nicht über Kreuz. Im Gegenteil, man kooperiert und hilft sich gegenseitig aus. Leben und leben lassen, scheint das Motto zu sein. Weber hat von jeher auf naturnahe Methoden gesetzt und immer in Anlehnung an die Biodynamik gearbeitet. Er kümmert sich um jeden Rebstock, dessen Wasserversorgung und Gesundheit, begrünt seine Rebflächen, um sie natürlich zu düngen. Das ist schließlich sein Kapital. Gelesen wird per Hand. Das ist auch heute noch harte Arbeit. Im Keller treffen dann traditionelle Verfahren auf modernste Technik und innovative Ideen, die mit viel Zeit und Geduld umgesetzt werden.«

Vinzent atmete laut aus, so als habe er als untrainierter einen Zehn-Kilometer-Lauf hinter sich gebracht und war erleichtert im Ziel angekommen.

»Das heißt also, unser Toter hatte alles richtig gemacht, jede Menge Geld mit seinem Rebensaft verdient und keine Feinde aus der Konkurrenz heraus. Ist es das, was du mir in der letzten halben Stunde so wortreich mitteilen wolltest?«

»Ja. Das stimmt. Wobei es hinter vorgehaltener Hand auch Stimmen gibt, die sagen, er habe überzogen. Mit seinem feudalen Neubau habe er sich übernommen und sei zu großkotzig geworden. Außerdem ist es vielen ein Dorn im Auge, dass sein Bruder hier auch noch Bürgermeister ist und der – zumindest verdeckt – wahrscheinlich seinen Bruder so gut es geht protegiert.«

»Warum, verdient er noch mit? Er müsste doch eigentlich raus sein aus dem Geschäft.«

»Ja und ja. Er ist offiziell raus, aber es gibt das Gerücht, dass er über Umwege noch immer an den Erträgen des Betriebs beteiligt ist. Und ich bin sicher, jetzt, wo sein Bruder tot ist, wird er einen Anteil erben. Und so wie ich ihn einschätze, wird er Vera womöglich ihren Anteil streitig machen.«

»Obwohl er sie vögelt?«

»Oder gerade deshalb. Peter Weber legt Wert auf seinen Auftritt, betont immer seine blütenreine Weste. Und er hat eine Frau, die wahrscheinlich auch dahinter her sein wird, dass er seinen Teil bekommt. Ebenso wie die Witwe. Und er selbst ist zwar auch erfolgreich, aber letztlich stand er auch immer etwas im Schatten seines Bruders. Der hat nämlich auch die Wahlkämpfe von Peter mit ordentlichen Summen gesponsort.«

»Woher weißt du das?«

»Beziehungen. Aber das unterliegt dem Informantenschutz. Was wäre ich für ein Journalist oder Geheimagent, wenn ich immer gleich alle meine Quellen offenlegen würde?«, lautete seine knappe und kryptische Antwort.

»Geheimagent? Bestenfalls Inspektor Clouseau oder der tollpatschige OSS 117, würde ich meinen.« Sie bohrte nicht weiter, sondern fragte nur: »Und da, wo du das herhast, gibt es da noch mehr? Also mehr Informationen?«

Vinzent grinste vielsagend. »Mal sehen. Ich bin heute mit meinem Informanten verabredet.«

JJ hatte den Eindruck, er gefiel sich in der Rolle des investigativen Journalisten, wusste aber genau, er würde ihr sagen, was sie wissen wollte. Wenn sie ihn nicht bedrängte.

Inzwischen strahlte die Sonne über der Stadt, tauchte den Morgen in diese angenehme Atmosphäre zwischen Schlaf und Erwachen, in ein diffuses Licht. Die beiden saßen noch einen Moment zusammen, leerten ihre Kaffeebecher, ehe Vinzent verschwand und JJ ihr Leben einmal mehr den Toten widmete.

KAPITEL 34

Mit dem Pinsel zog er einen schmalen blauen Strich, trat einen Schritt zurück und begutachtete zufrieden sein Werk. Die quadratische Leinwand stand auf einer mannshohen Staffelei. Die feuchte Ölfarbe schimmerte leicht und hob sich in ihrer Struktur deutlich sichtbar vom glatten Papier der Fotografie ab. Es würde Tage dauern, bis das Bild durch alle Schichten getrocknet war. Das Motiv war nicht seine Idee gewesen, sondern die eines Kunden und zeigte ein Café, vor dem einige Menschen in der Sonne saßen. Eigentlich war es Paris, aber die farbenfrohe Situation konnte genauso in Wien, Rom, London oder Barcelona sein. Ihm war das egal. Er wurde dafür bezahlt und konnte es heute seinem Kunden zeigen.

Es war seine erste künstlerische Arbeit, die Fotografie mit Malerei vereinte. Ein Experiment. Ein Versuch, den er noch niemandem gezeigt hatte, nicht einmal JJ. Er war sich nicht sicher, ob es gut genug war. Doch das war es.

Vinzent wusste, dass Jerome Leblanc zufrieden sein würde. Der Franzose hatte vor über zwanzig Jahre seine Zelte vor den Toren Stuttgarts aufgeschlagen und inzwischen seine große Liebe, Thomas Hartmann, geheiratet. Die beiden waren ein glückliches Paar. Hartmann war mit Vinzent zur Schule gegangen, war zunächst mit einer Frau verheiratet gewesen und hatte inzwischen einen erwachsenen Sohn.

Das Motiv war eine Erinnerung an ihre erste Reise in die Stadt der Liebe, im Jahr, in dem sie sich kennengelernt hatten. Beide arbeiteten als Steuerberater in Waiblingen und hatten inzwischen eine eigene Kanzlei eröffnet. »Es hat gleich gefunkt«, erzählten sie immer. Und Vinzent glaubte, dass es so gewesen sein musste, denn Thomas hatte kurz darauf seine Familie verlassen. Eine Trennung, die durchaus Aufsehen erregt hatte. Aber das war lange her. Inzwischen hatte er ein gutes Verhältnis zu seiner Ex-Frau, die allerdings einige Zeit gebraucht hatte, um den Schock über die plötzliche sexuelle Neuorientierung ihres Mannes zu überwinden. Sein Sohn war nur anfangs etwas reserviert, hatte sich dann aber rasch mit der neuen Situation arrangiert.

All das hatten sie Vinzent bei zahlreichen weinseligen Atelierabenden erzählt, und so war zwischen den dreien eine innige Freundschaft entstanden. Daher plagte Vinzent ein schlechtes Gewissen, dass er sie nun unter dem Vorwand, ihnen das fertige Bild zeigen zu wollen, eingeladen hatte. Im Kern ging es ihm aber um etwas anderes. Denn von den weinseligen Abenden wusste Vinzent, dass die Webers zu den Mandanten des Büros gehörten. Daher hoffte er, mit ein paar Gläsern feinstem Merlot vom Weinhaus Weber die Zungen etwas zu lösen.

Er hörte zuerst den getunten Mercedes der beiden, und kurz darauf vernahm er Schritte auf der alten, engen und gewundenen Holztreppe, die in sein Atelier im ersten Stock führte. Vinzent hatte das alte und winzige Haus von einem Kunstliebhaber gepachtet, der es ihm für wenig Geld zur Verfügung stellte. Hier konnte er in Ruhe seine Bilder an den beiden großformatigen Bildschirmen bearbeiten. Er hatte sogar in einem kleinen Raum noch eine Dunkelkammer eingerichtet, obwohl er sie eigentlich kaum noch nutzte. Zu bequem war die Digitalfotografie und zu groß waren die Möglichkeiten, die sich in den virtuellen Räumen boten. Und doch war er eigentlich ein Purist. Er wollte starke Motive, die für sich sprachen. Und die versuchte er zu fotografieren, nicht erst, sie am Computer herauszuarbeiten. Und mit der Kombination aus Fotografie und Malerei hatte Vinzent Neuland beschritten. Zumindest für sich. Zum Glück war er mit einem bekannten Maler aus Waiblingen befreundet, der ihm wichtige Tipps gegeben hatte. Dennoch waren die ersten Versuche katastrophal gewesen. Aber Vinzent hatte sich herangepirscht und irgendwann hatten die Pinselstriche so gesessen, wie er es sich vorgestellt hatte.

Direkt an das alte Bauernhaus grenzte eine ehemalige Scheune, wo er sein Motorrad und seine großformatigen und auf verschiedenen Untergründen aufgezogenen Bilder seiner vergangenen Fotoausstellungen lagern konnte. Hinter dem Haus erstreckte sich ein kleiner Garten, den er im

Sommer zum Arbeiten nutzte. Oder eben für weinselige Abende. Er steckte viel Zeit in das alte Gemäuer und hatte es peu à peu zu einem Ort gemacht, an dem er sich wohlfühlte, an dem er leben und arbeiten konnte. Sein Pächter ließ ihm hier freie Hand. Er wusste das Haus bei Vinzent offenbar in guten Händen. Und als Gegenleistung erwartete er neben der Pacht jedes Jahr ein neues großformatiges Foto für sein Wohnzimmer. Tja, und dann war JJ in sein Leben getreten. Aus diesem Grund würde es ihm auch sehr schwerfallen, mit ihr zusammenzuziehen, sollte das Thema überhaupt jemals zwischen ihnen auftauchen. Er hatte da so seine Zweifel, denn nichts liebte JJ so sehr wie ihre Unabhängigkeit.

Keine Stunde später entkorkte er die zweite Flasche Wein. Thomas und Jerome waren begeistert von dem Bild und hatten begonnen, über einige ihrer Mandanten zu lästern. Der Abend schickte sich an, ein voller Erfolg zu werden, und Vinzent lenkte das Gespräch gezielt auf die Themen, die ihn eigentlich interessierten, selbst wenn er sich dabei unsagbar schlecht und schäbig fühlte.

KAPITEL 35

Peter Weber stand mit dem unvermeidlichen Weinglas auf der Bühne und prostete dem Publikum zu. Seine Rede zur Eröffnung des diesjährigen Kultursommers der Stadt war für JJ die übliche peinliche Ansammlung an Plattitüden, wie sie üblicherweise von Politikern auf allen Ebenen abgesondert wurden. Viele Worte, wenig Inhalt.

Einmal mehr fragte sie sich, wie er an dieses Amt gekommen war. Waren die Bürgerinnen und Bürger wirklich so verzweifelt? Oder hatte es keinen Gegenkandidaten mit einem ordentlichen Profil gegeben? Sie wusste es nicht mehr, es war zu lange her. Auf JJ wirkte er weder charismatisch, noch war er ein guter Redner. Aber um sie herum hörte sie nur lobende und anerkennende Worte und staunte. In die Gespräche mischte sich auch immer ein Hauch von Mitleid für den armen Mann, der seinen Bruder auf so tragische Weise verloren hatte.

JJ schüttelte innerlich den Kopf. Wie sie diesen Dorftratsch hasste. Jeder hatte zu allem eine Meinung, aber meist keine Ahnung.

Zielsicher steuerte sie auf Peter Weber zu, als dieser über die Seitentreppe von der Bühne trat und sich von einem Techniker das Headset und die Verkabelung abnehmen ließ. Ohne ein Wort an den jungen Mann zu richten, ohne ihn überhaupt eines Blickes zu würdigen oder sich gar zu bedanken, wandte sich das Stadtoberhaupt ab. Innerlich konnte JJ nicht anders, als ablehnend den Kopf zu schütteln.

JJ hatte von einem Bekannten, der in der Stadtverwaltung arbeitete, gehört, dass Weber auf dem Weg ins Büro keinen grüße. Das sei bei den Vorgängern anders gewesen. Die hätten nahezu alle Rathausbediensteten mit Namen gekannt, gegrüßt und angesprochen. Für JJ passte das zu Weber, der zwar viel Wert auf eine schicke Fassade legte, aber mit unendlich vielen Charakterdefiziten zu kämpfen hatte. Aber das war nicht ihre Baustelle.

Sie pirschte sich von hinten an Weber ran.

»Hey Peter, gute Rede«, rief sie ihm hinterher und log dabei, dass sich die Balken bogen. Weber fuhr freudig lächelnd herum, doch das Lächeln erstarb, als er sah, dass es kein Groupie war, sondern nur die Bestatterin.

»Ein Lob? Von dir? Für einen lebenden Menschen? Was ist los, mit dem falschen Fuß aufgestanden?«

»Lebende Menschen? Wo? Ich sehe nur Zombies«, gab sie zurück und registrierte erfreut, dass Peter genervt das Gesicht verzog. Als er sich abwenden wollte, nahm sie seinen Arm.

»Peter, warte kurz. Ich wollte dir nur sagen, dass mir das mit Markus wirklich leidtut. Er war viel zu jung. Schrecklich.« Sie gab sich Mühe, ein betretenes Gesicht zu machen.

Peter starrte sie nur weiter an, ohne ein Wort zu erwidern.

Und da kam ihr ein Detail in den Sinn, das ihr bisher nicht aufgefallen war. »Schade, dass wir neulich bei Vera nicht länger miteinander reden konnten. Ihr scheint euch ja sehr nahezustehen. Es ist schön, dass sie jemanden hat, an den sie sich zurzeit anlehnen kann.«

Die Situation wurde ihm sichtlich unangenehm, und JJ konnte in seinem Gesicht lesen, wie er nach einer passenden Antwort suchte. Dann streifte er ihre Hand ab, die noch immer auf seinem Arm lag, und zog JJ mit sich. Sie stan-

den im reich bevölkerten Park der Schwabenlandhalle. Vor
der großen Treppe, die zum Anbau führte, war die Bühne
für das Festival aufgebaut. Eine veritable regionale Band
mühte sich gerade ab und schaffte es sogar, die Fellbacher
Bevölkerung aus der Reserve zu locken. Peter zog sie in die
andere Richtung, hinüber zu den Eingängen des Kongress-
zentrums und weiter unter den Treppenaufgang zur blu-
menbepflanzten Arkade. An einer Ecke, wo sie zumindest
für den Moment unbeobachtet waren, hielt er an.

»Judith, was zum Teufel willst du von mir?«

Wollte der Arsch sie provozieren? Oder warum nannte
er sie bei ihrem zweiten Vornamen? Anscheinend wollte er
sie aus der Reserve locken, denn alle, die sie kannten, wussten, dass sie es hasste, Judith genannt zu werden. JJ überging die Provokation.

»Was meinst du? Dass ich Mitgefühl für einen verstorbenen Menschen zeige, den ich gekannt habe und der dein
Bruder war? Oder dass du die Schwester deines Bruders
vögelst? Ja, um ehrlich zu sein, finde ich beides interessant
und bin gespannt auf deine Erklärung.«

Er ließ sie los und stand unruhig vor ihr. Sie sah zu ihrem
Schrecken, dass der sonst nie um Worte verlegene Koloss
nach einer Erklärung suchte. Oder zumindest nach der passenden Formulierung. Was für ein Schauspieler, schoss es
ihr durch den Kopf. Aber wahrscheinlich musste man das
sein, um Berufspolitiker zu werden.

»Bist du eigentlich wirklich so kalt und gefühllos? Hast
du eine Ahnung, wie es sich anfühlt, wenn man eines von
drei Geschwistern ist und zwei davon beerdigen muss? Am
Tod meiner Schwester sind unsere Eltern kaputtgegangen.
Du hast keine Kinder, du weißt nicht, wie es sich anfühlt,
wenn man als Eltern seine Kinder zu Grabe tragen muss.

Erst Tina, dann unsere Eltern und jetzt noch Markus. Das hat mich total fertiggemacht.«

Aha, und zur Ablenkung hast du dann die Frau deines Bruders gepoppt, dachte JJ in diesem Moment.

Und als ob er ihre Gedanken lesen konnte, meinte er: »Ich weiß, was du denkst, was dir in deinem Kopf rumgeht, welche schmutzigen Gedanken sich dort ein Wettrennen liefern. Du hast uns neulich gesehen. Beobachtet, wie eine kleine Spannerin. Und jetzt ziehst du deine Schlüsse, die aber vollkommen falsch sind.«

»So, welche Schlüsse ziehe ich denn? Und was wäre denn richtig?«

Seine Gesichtszüge veränderten sich, seine Augen, zu schmalen Schlitzen verengt, sprühten vor Hass. Unter Einsatz seines massigen Körpers baute er sich drohend vor ihr auf. »Du fragst dich, was ich mit Vera am Laufen habe? Und warum ich meinen Bruder hintergangen habe? Und ich frage mich, was dich das überhaupt angeht und warum du dich da einmischst. Steck deine Nase nicht in Dinge, die dich nichts angehen, und kümmere dich um deine Angelegenheiten.« Er hielt einen Moment inne und fragte dann mit einem diabolischen Grinsen im Gesicht: »Sag mal, wann war denn die letzte Hygieneprüfung bei dir im Haus? Und soweit ich mitbekommen habe, ist auch das Finanzamt gerade unterwegs und führt verstärkt Buchprüfungen durch.«

»Willst du mir drohen?«

»Drohen? Nein. Ich gebe einer alten Bekannten meines Bruders einen freundlichen Hinweis, mehr nicht.« Damit wandte er sich ab und schlenderte davon.

KAPITEL 36

Harald Lanz saß in der Scheiße. Er wusste das und konnte doch nichts dagegen tun.

Er hängte den obligatorischen weißen Kittel an den Garderobenständer neben der Tür, streifte seine Croqs ab, die er bei der Arbeit meistens trug, und schlüpfte in seine Sneakers. Hier unten war es angenehm kühl, aber als er durch die sich automatisch öffnende Schiebetüre aus dem Krankenhaus ins Freie trat, war es, als würde er gegen eine Wand laufen. Die Hitze und die hohe Luftfeuchtigkeit ließen ihm bereits Sekunden später Schweiß den Rücken hinabbrennen.

Wie er aus der Nummer wieder herauskommen sollte, war ihm schleierhaft. Noch war alles ruhig. Aber Lanz war sich bewusst, dass der Sturm jederzeit losbrechen konnte. Und dann würde es nicht lange dauern, bis er auf dem Radar erscheinen würde. Immerhin stand sein Name unter dem Totenschein.

Er hatte längst davon Wind bekommen, dass die Bestatterin aus Fellbach ohne ersichtlichen Grund angefangen hatte, im Schlamm zu wühlen. Und wer wühlte, der brachte bisweilen Vorkommnisse nach oben, die verborgen bleiben sollten. Noch hatte sie nichts in der Hand, würde es vielleicht auch nie haben. Letzten Endes war alles gut geplant. Über lange Zeit. Das kleinste Detail hatten sie berücksichtigt. Und bislang hatte alles reibungslos funktioniert. Nur hatte niemand eine junge Frau auf dem Schirm gehabt, die offensichtlich der Meinung war, an ihr sei eine gute Polizistin verloren gegangen. Eine Bestatterin, die sich für einen weiblichen Sherlock Holmes hielt.

Was für eine Scheiße!

Wenn sie dahinterkam, würde er seine Zulassung verlieren. Man würde ihn anklagen wie einen Schwerverbrecher und ihn womöglich finanziell bluten lassen. Dabei hatte er ja mit der Sache an sich gar nichts zu tun. Das Ganze war ein Freundschaftsdienst. Aber für jemanden, dem er zu helfen verpflichtet war. Jemand, dem ein unglaubliches, ungeheures Unrecht widerfahren war.

Logischerweise hatte er lange und vielfach hin und her überlegt. Sie hatten zusammen sämtliche mögliche Varianten durchgespielt, was passieren mochte. Aber letztlich war es eine sichere und saubere Sache. Niemand hatte etwas bemerkt oder Verdacht geschöpft. Und keine Sterbensseele hätte jemals ein Verbrechen dahinter vermutet, wenn nicht diese dusselige Kuh angefangen hätte, unangenehme Fragen zu stellen.

Als er bei seinem Porsche Boxster angekommen war, klebte ihm das Poloshirt am Rücken. Hinter dem Steuer suchte er sich eine Playlist mit Songs von Sven Väth raus und drehte auf, solange sich das Dach öffnete.

Sie würden sie beobachten müssen. Und wenn sie ihnen zu nahe kommen würde, dann würden sie sich gezwungen sehen zu überlegen, wie sie zum Schweigen gebracht werden konnte. Zu viel stand auf dem Spiel. Für alle Beteiligten. Aber ganz besonders für ihn. Er war derjenige, der alles verlieren würde, obwohl er am wenigsten mit der Sache zu schaffen hatte. So weit würde er es nicht kommen lassen.

KAPITEL 37

JJ kochte vor Wut. Sie wusste genau, dass ihr Peter Weber große Schwierigkeiten machen konnte. Er hatte Einfluss und die richtigen Kontakte. Es ärgerte sie, dass er sie so hatte auflaufen lassen und damit vorerst den Kopf aus der Schlinge gezogen hatte. Aber es machte ihn auch verdächtig.

Offensichtlich war sie zu unvorsichtig gewesen und er hatte sie bemerkt, wie sie sein Stelldichein mit Vera beobachtet hatte. Oder hatte er nur gepokert und nicht gewusst, dass sie es war? Beides war möglich. Beides war nicht gut.

Andererseits hatte sie ihn aufgeschreckt. Eine überraschende Handlung war nun nicht ausgeschlossen.

Sie war noch einige Zeit dort gestanden, nachdem Peter in der Menschenmenge verschwunden und Richtung Musikschule abgedreht war. JJ fluchte leise vor sich hin und machte sich dann ebenfalls auf vom Guntram-Palm-Platz, am kleinen See vorbei, um sich unter die Menschen zu mischen. Als Ersten sah sie Simon. An der Hand hatte er seine Frau Mirijam. Zum Glück waren sie in ein Gespräch vertieft. Mit wem, das war für JJ nicht zu erkennen, da die Person ihr den Rücken zuwandte. Ein Mann mittleren Alters in einem Poloshirt. Mehr vermochte sie nicht zu erkennen. Sie drehte sich um und steuerte in die andere Richtung. Dann erkannte sie Anja Hummel, ihre alte Schulfreundin, und ihr kamen die erschütternden Nachrichten in den Sinn, die sie vor einigen Tagen ausgetauscht hatten. JJ bekam ein schlechtes Gewissen. Was war sie für eine Freundin, wenn sie von der Beinahe-Vergewaltigung einer Freundin erfuhr und sich dann nicht mehr um sie kümmerte? Sie hätte sich melden sollen. Wenn Anja jetzt sauer wäre, sie würde es ihr kaum übel nehmen.

JJ schob sich durch die laut herumstehende Masse. Vorbei an zahlreichen Ständen nahm sie verschiedenste Düfte wahr und bemerkte, dass sie Hunger hatte. Der letzte Happen lag schon einige Zeit zurück.

»Hey Anja«, sagte sie, als sie neben der schlanken und hoch aufgeschossenen Frau mit den brünetten Haaren stand.

Anja schloss sie in die Arme und drückte sie fest an sich. JJ plumpste ein Stein vom Herzen. Ihre Freundin war zum Glück nicht sauer auf sie.

»Es tut mir so leid. Ich bin eine schlechte Freundin. Nie da, wenn man mich braucht«, flüsterte sie in Anjas Ohr. Dann lösten sie sich voneinander.

»Alles gut, meine Liebe, so kennen wir dich.« Und nach einer Pause fügte sie mit einem warmen Lächeln hinzu: »Und so mögen wir dich. Also die wenigen, die dich mögen. Also eigentlich niemand.« Dann prusteten beide los.

»Den freien Samstag neulich konnte ich gut gebrauchen und habe Marcel zu mir eingeladen, damit er mir ein neues Ikea-Regal aufbaut.« Anja drehte sich zur Seite und gab den Blick auf einen Mann frei, der etwa in ihrem Alter sein dürfte, modische Frisur, grau melierter Bart und eine Figur wie ein Langstreckenläufer. Er winkte zurückhaltend, während JJ ihn musterte. Dann warf sie Anja einen fragenden Blick zu und diese nickte. Okay, sie waren seit dem Samstag zusammen, als JJ mal wieder eine ihrer wenigen Freundinnen versetzt hatte.

»Wie geht es dir?«, wollte sie von Anja wissen.

»Ach weißt du, viel zu tun, aber an sich gut.« Anja arbeitete als Grafikerin in einer kleinen, aber hippen Werbeagentur. »Und dir?«

»Was soll ich sagen? Viel zu tun, aber an sich gut.« Dann prusteten beide wieder los. Marcel beobachtete die Frauen mit leicht irritiertem Gesichtsausdruck.

Als sie sich beruhigt hatten, meinte JJ: »Du warst nicht auf der Trauerfeier? Oder habe ich dich übersehen?«

»Nein, du hast mich nicht übersehen. Ich war nicht dort. Markus war ein Schwein. Zumindest für mich. Warum soll ich ihm also die berühmte letzte Ehre erweisen? Vielleicht hat er einfach nur bekommen, was er verdient hat. Vielleicht ist das der Preis für seine Sünden. Ich weiß, dass sich das hart anhört. Aber geschieht ihm recht.«

JJ wusste, dass Anja noch immer mit einer gewissen Regelmäßigkeit in die Kirche ging und auch religiös erzogen worden war. Sie selbst hatte als Atheistin nie etwas mit den Begriffen »Glauben« und »Gott« anfangen können. Sie glaubte nicht und hielt die Kirche für eine verachtenswerte Institution alter Männer. Aber sie akzeptierte, wenn andere dies anders sahen. Dennoch war sie über die harsche Reaktion erstaunt und irritiert, als Anja auf die Sünden abhob. Andererseits sprachen sie über jemanden, der ihr mal gegen ihren Willen an die Wäsche wollte. War das Grund dafür, Anja zum Kreis der möglichen Verdächtigen zu zählen? Sie konnte es sich nicht vorstellen.

JJ versuchte nachzufassen. »Wie meinst du das?«

»Ach lass, ich will nicht darüber reden. Es ist lange her, und Markus ist jetzt unter der Erde. Er hat eine Frau und zwei Kinder hinterlassen. Um die muss man sich kümmern. Wobei sie zumindest keine Geldsorgen haben dürften.«

Noch immer etwas verwundert über Anjas deutliche

Worte standen sich die beiden Freundinnen einige Sekunden schweigend gegenüber. Marcel war verschwunden, um Getränkenachschub zu besorgen. Und JJ spürte, wie ihr Magen grummelte. Sie musste dringend etwas essen.

Sie verabredeten sich ein weiteres Mal und JJ versicherte, dass diesmal höchstens der Weltuntergang sie an dem Treffen hindern könne. Dann trennten sich ihre Wege.

Als JJ sich gerade an einem Dinede-Stand in die Schlange einreihen wollte, tauchte aus heiterem Himmel Simon vor ihr auf. Er sah sie ernst, nahezu wütend an und sagte kein Wort.

Was hatte sie jetzt schon wieder ausgefressen?

KAPITEL 38

»Was tust du nur?«, wollte Simon nach langen Sekunden wissen. Sein Ton triefte vor Missbilligung.

»Was meinst du denn jetzt schon wieder?«, fragte sie zurück. »Was ich hier mache? Ich bin auf einem Festival. So wie du übrigens auch, falls dir das entgangen sein sollte. Oder habe ich irgendwo das Verbotsschild *Bestatterinnen müssen draußen bleiben* übersehen?«

Schon wieder wurde sie am Arm gepackt und durch die Menge in eine ruhige Ecke gezerrt. Wurde das jetzt zur Gewohnheit? Diesmal allerdings auf die andere Seite, Richtung Wichernschule. Vor der Mauer zum alten Friedhof der Stadt blieben sie stehen. JJ lehnte sich an die Mauer, während sich Simon mit dem ausgestreckten Arm an den Steinen abstützte und sich zu ihr hinunterbeugte.

»Du bringst mich in eine ganz beschissene Situation, JJ. Du tust alles, damit es so aussieht, als würden wir unseren Job nicht machen.«

»Von was redest du?«

»Das weißt du doch ganz genau. Markus' Tod im Weinberg. Verstehst du? Wein. Berg. Tod! Eigentlich eine einfache Sache. Nur nicht für dich. Ich weiß nicht, was du gerade für ein Gras rauchst, aber es scheint dir ja leider komplett die Sinne zu verwirren. Oder wie kommst du darauf, dass Polizei, Ärzte und andere einfach mal so rein gar nichts von ihrem Job verstehen und einen Mord übersehen? Denn darauf läuft es doch hinaus. Du stellst überall unangebrachte Fragen, die letztlich alle um die unausgesprochene Kernfrage kreisen: Ist Markus Weber wirklich eines natürlichen Todes gestorben? Und deiner Meinung nach sind wir alle zu doof und haben nichts bemerkt. Oder noch besser: Wir vertuschen vielleicht etwas, einen Mord sogar. Mann, JJ, dann kannst du dir auch gleich einen Aluhut aufsetzen und zu den verrückten Querdenkern gehen.«

Seine Stimme triefte vor Zynismus. JJ spürte, wie erneut Wut in ihr aufwallte und sie sich nur schwer zügeln konnte. Passenderweise stimmte die Band auf der Bühne jetzt »Born to Be Wild« an.

Aber Simon war mit seiner Tirade noch nicht fertig. »Du hast keinen, absolut überhaupt keinen Beweis für deine steile These. Nichts. Oder hast du etwa irgendwelche Unregelmäßigkeiten feststellen können? Und du hast keinen Schimmer, was du tust und in was für eine beschissene Situation du Unbeteiligte bringst.«

JJ sah zu Boden, dann kurz in seine Augen, ehe sie den Blick wieder abwandte. Es stimmte ja, sie hatte keinen Beweis, keinen noch so kleinen. Aber sie wusste trotzdem, dass da etwas nicht stimmte. Aus lauter Trotz ging sie zum Gegenangriff über.

»Bist du fertig?« Sie blitzte ihn abschätzig an. Wo war ihr Freund? Wo war der Simon, der sie so lange begleitet hatte? Das hier war er nicht. »Und du, du hast einen neuen Best Buddy, wie ich gesehen habe. Du tanzt jetzt nach der Pfeife des Bürgermeisters. Oder wie muss ich das interpretieren, dass du, nachdem ich euch gesehen habe, gleich am nächsten Morgen bei mir vor der Türe stehst und mir denselben Dreck an den Kopf wirfst wie jetzt?« Sie trat näher an ihn ran und stieß ihren Zeigefinger auf seine Brust. »Was habt ihr zu verbergen, Simon? Ihr steckt doch alle unter einer Decke. Irgendwas stimmt da nicht, und ich werde rausfinden, was es ist.« Sie trat wieder einen Schritt zurück. »Markus war ein selbstgefälliger Idiot, der für den eigenen Erfolg bereit gewesen wäre, über Leichen zu gehen. Einer dieser Typen, die ihre Frau betrügen und sich nicht um ihre Kinder scheren. Stimmt alles. Und das macht ihn nicht sympathisch. Aber er ist nicht, nie und nimmer, niemals an einem plötzlichen Herztod gestorben. Ich weiß das. Ich weiß es einfach. Und ich werde es beweisen.«

Simon zögerte einen Moment. Die letzten Sätze hatte JJ vollkommen ruhig gesprochen, was der Ernsthaftigkeit ihrer Aussage einen großen Nachdruck verlieh und Eindruck auf ihn machte.

»Aber wie kommst du denn zu dieser Annahme? Das ist doch Quatsch. Der Notfallmediziner vor Ort hat doch die Todesursache festgestellt. Im Krankenhaus wurde sie bestätigt.«

»Ja, wie geschickt. Keine Akten, keine Spurensicherung. Nur ein Toter.« Sie wusste, dass sie provozierte. Aber sie pokerte. »Außerdem hat er seine Frau geschlagen. Er hat Vera verprügelt.«

»Jetzt hör aber auf ...«, gab er zurück. Etwas ruhiger: »Es gab keine Anzeichen ... Sieh das endlich ein.«

»Vielleicht hat man ihn vergiftet? Eifersüchtige und verprügelte Ehefrau mischt über längeren Zeitraum heimlich etwas in sein Essen oder Trinken, das nicht sofort tötet, sondern langsam und schleichend und am Ende zum Herztod führt. Wäre doch nicht der erste Fall. Und schau doch mal, wer vom Tod Markus Webers profitiert. Vera und ihre Kinder wahrscheinlich.«

JJ beobachtete ihn genau. Sah seine Abneigung, seinen Widerwillen gegen diese These. Und doch spürte sie, wie es in ihm arbeitete. Ein kleiner Durchbruch? Das machte sie für den Moment zufrieden. Nachdem sie bisher die ganze Zeit nur gegen Mauern gerannt war und begonnen hatte, an sich selbst zu zweifeln.

Zögernd und spürbar widerwillig versprach er ihr, sich noch mal in der Klinik zu erkundigen. Einer polizeilichen Anfrage würde man sicher anders Auskunft geben als der einer Bestatterin. Dann rauschte er etwas zerknirscht ab und JJ stand allein an der alten Friedhofsmauer und sah ihm lange nach, selbst als er längst wieder in der wogenden Menge verschwunden war, die jetzt zu »Smoke on the Water« tanzte.

KAPITEL 39

JJ hatte noch eine Runde über den Platz gedreht, hier und da jemanden gegrüßt, jedoch niemanden getroffen, mit dem sie wirklich reden wollte. Also machte sie sich auf in Richtung Tainer Straße, bog aber kurz vorher ab, um durch den Alten Friedhof zu schlendern, der direkt an den Rathausneubau anschloss und zur Lutherkirche führte.

Der heutige Erholungsort im Stadtkern, eingebettet in die Parkanlage zwischen Schwabenlandhalle und Rathaus, lag in seinen Anfangsjahren um 1605 deutlich außerhalb des damaligen Ortes und schloss Fellbach nach Norden hin ab. Allerdings wurden seit 1933 kaum mehr neue Gräber angelegt.

Als JJ gemessenen Schrittes unter dem Dach des alten Baumbestandes und entlang der verbliebenen Grabsteine durch die Anlage wanderte, sah sie aus dem Augenwinkel eine Bewegung an der Mauer. Ein Betrunkener urinierte gegen die Steine. Sie ging ungeniert weiter, auch wenn sie das Verhalten für diesen Ort entwürdigend fand. Dort, wo sich die Wege durch den Friedhof kreuzten und einer zu der an der Ostmauer gelegenen Grabkapelle abging, sah JJ, wie abrupt drei Gestalten aus dem Schatten traten und neben den Wegen stehen blieben. Als sie auch hinter sich Schritte auf dem Kiesweg hörte, war sie sich sicher, dass der Wildpinkler sich hinter ihr befand.

Sie hatten sie eingekreist, umzingelt. Ein Hauch von Unbehagen breitete sich in ihr aus. Das musste nichts bedeuten, aber es war durchaus möglich, dass sie gleich ein Problem hatte.

Viel konnte sie nicht ausmachen, doch sie wusste, dass die Männer sie anstarrten. Nach Kleidung und Statur schätzte sie alle auf Anfang zwanzig, obwohl sie trotz der hochgeschlagenen und tief in die Gesichter gezogenen Kapuzen nichts erkennen konnte.

JJ nahm ihren nicht geringen Mut zusammen und wandte sich zum Gehen, machte wenige entschlossene Schritte in Richtung des Ausgangs an der Nordflanke des mächtigen Verwaltungsbaus der Stadt. Doch sofort bewegten sich die Männer in ihre Richtung und versperrten den Durchgang. Hinter ihr näherten sich Schritte und sie fuhr herum. Einer der Männer war herankommen, ließ aber ausreichend Abstand, um jede ihrer Bewegungen zu parieren.

Langsam wich das unbehagliche Gefühl einem Anflug von Angst. Vier Männer. Allein hier auf dem Alten Friedhof. Selbst wenn sie schrie, würde jemand ihre Schreie hören? Wegrennen war keine Option, denn die Unbekannten hatten die Wege versperrt. Angriff als Verteidigung? Wenn es einer oder zwei wären, eine ernsthafte Überlegung. Aber bei vier Gegnern war das ausweglos. Und weit und breit niemand, der ihr zu Hilfe eilen konnte.

Also versuchte sie die erste der aussichtslosen Varianten und setzte zu einem Spurt an, der jedoch nach wenigen Metern von etlichen kräftigen Armen mit einem schmerzhaften Ruck abgefangen wurde. Sie packten JJ und schleuderten sie mit Wucht auf den Boden. Sie schrie vor Schmerz. Aber auch vor Panik, als sich einer der Männer auf sie warf und ihr den Mund zuhielt, während sie gepackt und aus dem schummrigen Licht der Wegebeleuchtung ins Dunkel der Gräber gezerrt wurde.

KAPITEL 40

Simon Kalt ärgerte sich über JJ. Und noch mehr ärgerte er sich über sich selbst und dass er sich einmal mehr um den Finger hatte wickeln lassen. Aber er konnte ihr keinen Wunsch abschlagen. So war es natürlich auch diesmal. Dabei wusste er genau, dass er sich schlimmstenfalls selbst in Schwierigkeiten manövrierte. Doch er machte das nur, um endlich Ruhe zu haben vor ihren schrägen Theorien. Und weil er wusste, sie würde sonst keine Ruhe geben. Also würde er morgen gleich vor dem ersten Kaffee im Büro in Winnenden vorbeifahren und den zuständigen Gerichtsmediziner kurz befragen. Da er sicher war, dass dabei keine neuen Erkenntnisse zutage kommen würden, würde er nicht lange brauchen.

Sein Handy vibrierte. JJ. Simon überlegte einen Moment, ob er überhaupt rangehen sollte, wollte das Telefon gerade wieder in die Tasche stecken, entschied sich aber doch anders. Ein Fingertipp auf die grüne Taste brachte allerdings nicht JJs Stimme an sein Ohr. Er hörte nur gedämpfte Geräusche, die sich anhörten, als versuche jemand zu schreien, dem der Mund zugehalten wurde, unterbrochen von kurzen Sätzen unterschiedlicher Männerstimmen. Um besser hören zu können, schob er sich zwischen einigen fröhlich plappernden Menschen durch an den Rand des Geländes, weg von der lauten Musik, die jetzt bei »Stairway to Heaven« angekommen war.

Aus dem Lautsprecher drangen weiterhin beunruhigende Geräusche. Verdammt, dachte er sich. Das war nicht gut. Irgendetwas stimmte hier nicht. Rasch sah er nach, ob er JJs Standort herausfinden konnte. Zum Glück hatte sie ihn für diese Option nicht gesperrt. Dann spurtete er los, rempelte einige Leute aus dem Weg, die lautstark protestierten.

Er kannte den Alten Friedhof, konnte im ersten Moment allerdings nichts Ungewöhnliches erkennen. Er hörte auch niemanden. Hatte er sich getäuscht und hatte JJ ihn womöglich nur versehentlich angerufen und war überhaupt nicht in Gefahr, sondern mit etwas ganz anderem beschäftigt? Aber hier auf dem Friedhof um diese Zeit? Wobei, so absurd war der Gedanke eigentlich gar nicht. Schließlich handelte es sich um JJ.

Dann hörte er wieder einen erstickten Laut, der an einen unterdrückten Schrei erinnerte. Seine Augen suchten das Dunkel ab, gewöhnten sich langsam an die Umgebung. Dann sah er ein Knäuel an Menschen und Bewegungen. Es sah aus, als ob eine Person festgehalten wurde, während eine andere auf ihr hockte. Er bemerkte die Umrisse von fünf Menschen, von denen eine wild strampelnd auf dem Boden lag. Mit ausladenden Schritten jagte er über den Kiesboden und das Gras. Dabei blieb er nicht unentdeckt. Zwei schwarze Gestalten bauten sich vor ihm auf. Zwischen ihnen hindurch sah er, wie JJ versuchte, sich aus der Umklammerung der anderen beiden zu winden.

Simon war selbst kräftig und gut trainiert. Aber ob er gegen vier Angreifer eine Chance hatte, war trotz seiner Ausbildung fraglich. Doch es gab keinen anderen Ausweg.

»Verschwindet besser, sonst lass ich euch alle hopsnehmen«, sagte er in bewusst ruhigem Tonfall. Wichtig war in solchen Fällen, keine Schwäche zu zeigen, sondern Überlegenheit zu demonstrieren.

Ein überhebliches Gackern drang an Simons Ohr. »Oh, da haben wir aber Angst. Was bist du denn für einer? Und wie willst du das anstellen? Wir machen dich platt, bevor du weißt, was überhaupt geschieht. Alter.«

Simon hatte inzwischen seinen Dienstausweis in der Hand und hielt ihn den Jungs vor die Nase. »Ich wäre vorsichtig, denn ehe ihr wisst, was genau passiert, wimmelt es hier gleich von meinen Kollegen und ihr dürft die Nacht im Knast verbringen.«

Einer der Typen machte eine gelangweilte Geste, als wolle er seinen Kumpanen damit zeigen, dass eine Polizeimarke sie überhaupt nicht beeindruckte. »Ey, der Typ ist ein Scheißbulle und will uns Vorschriften machen ...«

»Beamtenbeleidigung macht es für euch nicht besser. Lasst jetzt die Frau los, das ist versuchte Vergewaltigung.« Simon drückte auf die Schnellwahltaste auf seinem Handy, die ihn direkt mit dem Revier verband.

»Vergewaltigung? Wo is hier 'ne Vergewaltigung?«, brachte sich ein anderer Kapuzenträger ein, der wegen einer großen Zahnlücke zwischen den Schneidezähnen lispelte. Offenkundig war ihm bei einer Schlägerei ein Zahn ausgeschlagen worden. Zumindest sah er aus, als wären Prügeleien eines seiner Hobbys. »Die Lady kam hier durch und hat uns gefragt, ob wir Bock hätten, mit ihr abzuhängen. Was is da Vergewaltigung, Alder? Du willst uns doch nur was anhängen, weil de selber Bock auf die Tussi hast. Aber nich mit uns.«

Während er sprach, war er mit kleinen Schritten immer näher auf Simon zugekommen und hatte sich jetzt bedrohlich vor ihm aufgebaut.

»Verpiss dich, Drecksbulle«, sagte er und stieß seinen Zeigefinger gegen Simons Brust, als wäre sein Finger eine stumpfe Klinge, die er durch die Rippen bohren konnte.

Simon reichte es jetzt. Er schnappte in einer blitzschnellen Bewegung nach dem Finger und der dazugehörigen Hand und drehte diese mit einem kräftigen Ruck auf den Rücken des Mannes, dessen Oberkörper automatisch nach vorn klappte. Ein gedämpfter Schmerzensschrei und seine drei Kumpels rückten vor, um zu helfen. Doch Simon verstärkte den Druck, indem er den Arm etwas weiter nach oben drückte und so einen neuen Schmerzensschrei provozierte. Aus dem Augenwinkel sah er, wie JJ auf die Beine kam, nachdem sie nicht mehr festgehalten wurde.

»Glaubt mir, Jungs, lasst es gut sein. Ist besser für euch und eure Gesundheit. Da hilft auch kein Testosteron. Seht zu, dass ihr Land gewinnt, dann vergesse ich vielleicht, was und wen ich hier gesehen habe.«

In dem Moment traten vier uniformierte Beamte aus dem Dunkeln und packten die vier Kapuzenträger und legten ihnen ohne Worte Kabelbinder um die Handgelenke.

»Ups. Tja, Freunde, jetzt habt ihr den Salat. Selbst wenn ich Gedächtnisschwund hätte, haben gleich mehrere Kollegen beobachtet, was hier los war. Ich würde sagen, ihr habt echt die Arschkarte gezogen.«

Die vier starrten Simon an. Der anfängliche Hass und die Wut wechselten bald zu einem Ausdruck, in dem die Frage lag, wie sie aus dieser Nummer wieder rauskamen.

Da stellte sich JJ neben ihn und sah die vier nacheinander an. Sie war wütend, was Simon nicht überraschte, denn beide wussten sie nicht, wie die Sache ausgegangen wäre, wenn er ihr nicht geholfen hätte. Sie beugte sich zu ihm rüber, ganz nah an sein Ohr, sodass ihre Lippen beim Sprechen seine Haare kitzelten. »Frag sie doch, wer sie geschickt hat.«

Er warf ihr einen fragenden Blick zu. Sie antwortete mit einer auffordernden Kopfbewegung. Simon seufzte zwar innerlich, tat ihr aber den Gefallen.

Kaum war die Frage ausgesprochen, wechselte der Gesichtsausdruck der Jungs wieder und man konnte beinahe hören, wie sich die Rädchen in ihren Köpfen drehten. Sie zögerten, aber Simon hatte den Eindruck, als wollten sie etwas sagen. Also bohrte er noch mal nach.

»Leute, wir können jetzt hier noch eine Weile stehen und euch dann in die Zellen verfrachten, oder ihr erleichtert euch und klärt uns mal auf, was die ganze Scheiße hier eigentlich soll. Ihr seht nicht aus, als ob ihr genügend Grips hättet, so was zu planen.«

»Was zu planen, Alder? Ich habe mehr Grips als ihr Bullen zusammen«, spielte sich der mit der Zahnlücke auf, gab aber gleich wieder auf, als sich der Druck auf seinen Nerv in der Schulter sanft erhöhte. Trotz des schlechten Lichts konnte Simon die Hand seines uniformierten Kollegen sehen und wusste gleich, warum sie dort lag.

»Ja, ist ja gut«, meinte der, der Simon vorhin den Finger in die Brust gerammt hatte. »Irgend so ein Typ hat jedem von uns einen Hunni in die Hand gedrückt und gesagt, es gibt noch mal so viel, wenn wir es schaffen, der Tussi da«, er machte eine Kopfbewegung Richtung JJ, »einen ordentlichen Schrecken einzujagen. Mehr wollten wir nicht. Ey Alder, sehen wir aus wie Vergewaltiger?«

Simon überging die Frage. JJ hatte sich leicht hinter ihn gestellt, und er ahnte, dass er ein Problem hatte. Womöglich hatte JJ doch recht, wenn es stimmte, was die Jungs behaupteten. Warum sonst sollte jemand eine Menge Bargeld zahlen, um ihr einen Schrecken einzujagen? Er konnte ihre Angst in diesem Moment regelrecht spüren. Sie hielt seinen Unterarm umschlossen, und er nahm ein leichtes Zittern wahr. Kein Wunder.

»Und warum sollten wir euch das glauben? Wie sah der Mann aus?« Nun war es Simon, der sich vor den Jungs aufbaute. Er wollte eine Beschreibung, sonst konnte es auch eine Behauptung sein, die nur ein Ziel hatte, nämlich den eigenen Kopf aus der Schlinge zu ziehen.

»Ey, so genau haben wir den nicht gesehen. Irgendwie groß, Basecap, mit Jacke und so.«

»Das kann auch meine Großmutter sein. Also überlegt euch besser, was ihr uns für Storys auftischt.«

Er funkelte die Jungs an, die alle nacheinander den Blick senkten und irgendetwas auf dem Kiesboden suchten, was dort eher nicht zu finden war. Dann seufzte er vernehmlich. »Und wie wärt ihr überhaupt an die zweite Hälfte des Geldes gekommen? Oder wart ihr zu doof, dafür eine Übergabe zu vereinbaren?«

Blicke huschten hin und her. Offenbar hatte Simon ein Detail angesprochen, das den hellen Köpfchen bisher entgangen war.

»Ich glaub es ja nicht.« Simon schüttelte den Kopf und setzte dabei ein gehässiges Grinsen auf. Auch seine Kollegen schienen sich zu amüsieren. »Okay, aber nehmen wir mal an, ihr hättet eine Übergabe vereinbart. Hätte euch euer Auftraggeber einfach so geglaubt, dass ihr der jungen Frau Angst gemacht habt?« Er sah die vier der Reihe nach an. »Sonderlich furchteinflößend seht ihr Mickey Mäuse ja nicht aus.«

Als er sah, wie die Arme der Jungs zu zucken begannen, als sie realisierten, was Simon sagte, stellte er sich voller Genugtuung vor sie.

»Wir haben ein Handyvideo gemacht. Das wollte er dann sehen«, meinte einer.

»Zeig her!«

Der Polizist hinter ihm lockerte den Griff und der Junge kramte umständlich ein Handy aus seiner Jogginghose, entsperrte es und hielt es Simon entgegen.

Der zog sich einen Gummihandschuh über und nahm es kopfschüttelnd und grinsend zugleich entgegen. »Hervorragend. Ihr seid ja noch schlauer, als ich dachte. Damit hätten wir Beweisstück eins. Nehmt sie mit. Personalien und ab in die Zelle, morgen sehen wir weiter. Ihr kennt das ja«, raunte Simon seinen Kollegen zu. Dann stellte er rasch im Menü den Entsperrcode aus, sodass sie jederzeit auf die Daten zugreifen konnten, und packte es in eine kleine Plastiktüte.

Inzwischen waren ein paar Fußgänger zusammengekommen und beobachteten die Szene aus sicherer Entfernung. Vier Uniformierte, die vier Jugendliche verhaftet hatten, machten offensichtlich neugierig.

Da hielt JJ Simon ihr Handy hin. Auf dem Bildschirm erkannte er ein Foto.

»Ach komm jetzt. Das ist nicht dein Ernst«, sagte Simon und schüttelte ungläubig den Kopf.

»Ich bin mir sicher. Frag nicht, warum, ich bin es einfach«, flüsterte sie ihm zu, sodass die Kapuzenträger nichts hören konnten. Ihre Körpersprache strahlte Entschlossenheit aus.

Widerwillig nahm er das Handy und hielt es den Jungs unter die Nase. Die zuckten abwechselnd mit den Schultern und brummten gemeinsam eine Mischung aus Zustimmung und Ablehnung. Simon spürte, wie ihm der Geduldsfaden zu reißen begann.

»Was jetzt?«, blaffte er ungeduldig.

»Ey Alder, es war dunkel. Kann schon sein, dass das der Typ war«, meinte die Zahnlücke.

»Bin mir sicher, dass er das gewesen sein könnte«, ergänzte einer der beiden, die bisher den Mund nicht aufgemacht hatten.

»Ja, das isser«, meinte der andere, der plötzlich seine Sprache wiedergefunden hatte. »Echt, bin sicher. Das isser.«

Simon sah, wie die Zahnlücke seine beiden Kumpanen anfunkelte und der Blick sagen wollte: »Ihr Idioten«, während der Vierte weiter den Blick gesenkt hielt und nur leicht merklich den Kopf schüttelte.

JJ hatte recht. Zumindest belasteten die Jungs den Bürgermeister der Stadt, ihnen Geld dafür gegeben zu haben, sie anzugreifen. Wenn das stimmte, hatten sie ein noch größeres Problem.

KAPITEL 41

JJ stand unter Strom.

Simon hatte sie nach Hause begleitet, auch wenn es nicht mehr weit gewesen war, da sie ja praktisch gegenüber der anderen Seite des Rathauses ihr Domizil hatte. Er hatte zwar vorgegeben, in die ebenfalls nahe gelegene Wache zu wollen, aber JJ hatte ihm nicht geglaubt. Sie wusste, Simon hätte sie nach dem Überfall nie und nimmer ohne Begleitung gehen lassen. Sein Angebot, noch mit reinzukommen, hatte sie dennoch abgelehnt. Sie hatte den dringenden Wunsch, allein zu sein. Und obwohl sie sich über den Triumph freute, am Ende doch recht behalten zu haben, ärgerte sie sich noch immer darüber, dass Simon ihr bis zum Überfall nicht Ansatzweise zugehört oder getraut hatte.

Doch nachdem er weg war und sie geduscht hatte, fand sie noch immer keine Ruhe. Aufgewühlt wanderte sie durch die Wohnung, schaltete die Stereoanlage an und kurz darauf wieder aus, goss sich ein Glas Wein ein, um es dann in den Ausguss zu schütten, setzte sich auf die Terrasse, nur um gleich wieder aufzuspringen und weiter umherzuwandern.

Sie versuchte Vinzent zu erreichen, doch er ging nicht an sein Handy. War er schon im Bett und schlief? JJ tippte eine kurze Nachricht, er solle sie unbedingt anrufen, wenn er das las. Dann starrte sie einige Minuten auf das Display, hoffte, sein Foto würde auftauchen, wenn er ihre Nummer gewählt hatte. Aber nichts geschah.

Wenn stimmte, was die Jungs behaupteten, die sie vor etwas über zwei Stunden angegriffen hatten, dann wollte der Bruder des verstorbenen Vorzeigewinzers aus dem Remstal sie zum Schweigen bringen. Hatte er Angst, sie könnte seine Affäre mit Vera öffentlich machen? Oder stimmte gar ihr Bauchgefühl und Markus Weber war eben nicht einfach tot umgefallen, wie bislang alle annahmen?

Wenn Letzteres stimmen sollte, war sie dann in Gefahr?

Ja, war die einzige Antwort, die sie finden konnte. Wenn Peter Weber dahintersteckte, wollte er sie mundtot machen.

Sie wählte seine Nummer. Warum sie das machte, wusste sie selbst nicht genau, es war, als ob sich ihre Finger verselbstständigten.

»Weber«, grollte eine Stimme aus dem Hörer, sichtlich nicht erfreut über die späte Störung.

JJ erstarrte. Sie überlegte, was sie sagen sollte. Oder auflegen?

»Hallo«, schallte es genervt und ungehalten aus dem Hörer.

»Ich weiß, dass du es warst. Aber damit kommst du nicht durch. Ich finde schon noch raus, was dahintersteckt.« Dann unterbrach sie das Gespräch, ehe er etwas sagen konnte. In der nächsten Sekunde ärgerte sie sich, denn sie hatte vergessen, die Rufnummernanzeige zu unterdrücken. Er wusste, wer angerufen hatte. Das war nicht gut.

In dieser Sekunde leuchtete das Display auf und das Handy in ihrer Hand vibrierte. Sie hätte nicht hinsehen zu brauchen, um zu wissen, wer anrief. Peter Weber. Sie drückte auf »Anruf ablehnen«. Gleich darauf vibrierte es wieder. Diesmal wartete sie ab, bis der Anrufer aufgelegt hatte. Das wiederholte sich noch einige Male, und gerade als JJ das Handy einfach ausschalten wollte, kam ein neuer Anruf rein.

»Vinzent, endlich, wo steckst du?« Sie hörte laute Musik im Hintergrund.

»Ich bin im Eff-Club. Heute ist doch das Konzert der BB-Boys.«

Der Eff-Club war eine Szenelokalität, die Ende der Achtzigerjahre als eine Art Ableger der soziokulturellen Bewegung entstanden war. JJ selbst hatte einen Teil ihrer Jugend dort verbracht. Nach etlichen Besitzerwechseln und einer unglücklichen Wohnbebauung in direkter Nachbarschaft hatte man den Club so umgebaut, dass dort wieder Konzerte stattfinden konnten. Zwar konnte man jedes Mal sicher sein, dass sich ab einer bestimmten Uhrzeit die

Nachbarn beschwerten, aber der Inhaber und Betreiber hatte einen guten Draht zur Verwaltung und zur Polizei, sodass die im Normalfall zwar ihrer Pflicht nachkam und einen Streifenwagen schickte, jedoch rasch wieder abzog.

Jetzt war die Musik leiser und eine Tür fiel im Hintergrund scheppernd zu. »Ich bin rausgegangen«, lieferte Vinzent die Erklärung. »JJ, was ist los? Warum soll ich dich unbedingt anrufen? Willst du mir einen Heiratsantrag machen? Bist du schwanger? Oder hat sich einer deiner Toten zu dir in die Wohnung verirrt?«

Normalerweise mochte sie seinen Humor. Doch jetzt war ihr nicht nach Lachen zumute. »Ich wurde überfallen«, sagte sie knapp.

»Was?«, rief seine entsetzte Stimme in ihre Ohrmuschel.

»Vier Typen haben mich auf dem Heimweg vom Fest bei der Schwabenlandhalle überfallen. Auf dem Alten Friedhof. Wenn Simon nicht gekommen wäre, die hätten mich entweder zusammengeschlagen, vergewaltigt oder umgebracht. Oder alles zusammen und nacheinander. Ach, keine Ahnung.«

Und dann fiel die Anspannung von ihr ab und schluchzend bebte ihr Oberkörper, während ihre Stimme zitterte und die Tränen in breiten Strömen über die Wange rannten. »Es war schrecklich, Vinzent. Und Weber steckt wohl dahinter.«

»Was?« Diesmal mischte sich Abscheu in das Entsetzen. »Bist du zu Hause? Ich komme sofort.«

»Nein. Ich muss raus, ich bekomme hier Platzangst. Ich komme zu dir in den Eff-Club.«

»Bist du sicher? Hier ist es laut, heiß und voll.«

»Ja, aber das brauche ich jetzt. Einen kühlen Drink, laute Mucke.«

Vinzent antwortete nicht gleich. »Okay«, meinte er dann eine Spur zu zögerlich, wie sie fand. Doch sie beschloss, diese Kleinigkeit zu ignorieren.

Keine fünfzehn Minuten später stieg sie in der Christophstraße aus dem Taxi, das sie sich gerufen hatte. Vinzent wartete vor der Einfahrt, in deren Hinterhof der Eingang zum Eff-Club war. Sie fiel ihm praktisch in die Arme und vergrub ihr Gesicht tief an seinem Hals. Wenn Vinzent irritiert war, gab er sich alle Mühe, sich nichts anmerken zu lassen.

Im Inneren ging das Konzert in die letzte Runde und die Band startete den Block mit treibenden Beats, in die harte Gitarrenriffs einsetzten und so das Klanggemälde von Killing Jokes »Love Like Blood« entwarfen. Der Song war Teil ihrer Jugend, auch wenn er damals schon nicht mehr taufrisch war. Umso mehr freute sie sich, praktisch mit einem ihrer Lieblingstitel begrüßt zu werden.

Im Eff-Club war die Luft zum Schneiden dick. Schwitzende Leiber bewegten sich auf engstem Raum zur Musik. Hier und da flogen kleine Tropfen Schweiß durch die Luft. Sie drückte sich mit Vinzent zur Bar durch und bestellte zwei Gin Tonic. Sie spürte, dass Vinzent lieber draußen geblieben wäre, damit sie ihm erzählen konnte, was vorgefallen war. Das würde sie. Aber nicht jetzt. Spätestens als sie die Musik gehört hatte, war ihr bewusst, was sie brauchte. Die volle Dröhnung. Reden konnten sie später.

In den johlenden Applaus mischten sich dann die ersten Klänge von »Zombie«, dem Gassenhauer der Cranberries, und spätestens mit den einsetzenden Drums wurde der Eff-Club zu einer einzigen wogenden Masse. JJ begann mit geschlossenen Augen zu tanzen und den Text mitzugrölen. Natürlich hatte die Sängerin nicht die Stimme von Dolores

O'Riordan, der viel zu früh verstorbenen Sängerin der irischen Band, aber sie machte ihre Sache gut. Und letztendlich war das in diesem Moment völlig egal. JJ spürte, wie die Anspannung nachließ. Musik, vor allem die richtige Musik, war eben doch das beste Rezept. Hätte die Band Helene Fischer oder Andrea-Berg-Hits gespielt, wäre statt Leichtigkeit Brechreiz JJs Reaktion gewesen.

Nach gut fünf Minuten ging der markante Basslauf am Ende des Songs im Jubel unter, ehe die fünf Musiker noch einen draufsetzten, als sie mit »Every you every me« von Placebo loslegten und mit »Sex on Fire« der Kings of Leon, gefolgt von »Song 2« von Blur weiterschrammelten.

JJ schleuderte ihre Arme durch die Luft, der Kopf zuckte von rechts nach links, Beine, Hüften und Oberkörper folgten geschmeidig den Rhythmen der Musik. Jetzt war sie bei sich. In den folgenden Minuten verlor sie sich in den gecoverten Versionen von »Creep« von Radiohead, »Times Like These« von den Foo Fighters, »All the Rage Back Home« von Interpol sowie »Munich« und zum Abschluss der passende Titel »An End Has a Start« der Editors.

Danach war sie nass geschwitzt wie lange nicht mehr, aber zufrieden.

Als sie für sich und Vinzent, der ebenfalls aussah, als habe er ausgiebig getanzt, etwas zu trinken bestellen wollte, stand unerwartet Sabine Aichner neben ihr an der Bar.

»Oh, das ist ja eine Überraschung, mit Ihnen hätte ich hier nicht gerechnet«, meinte diese und musterte JJ dabei aufmerksam.

Wahrscheinlich sehe ich fürchterlich aus, dachte diese. Die Haare wirr und die Schminke verschmiert. Egal. Nach diesem Abend war ihr all das so was von scheißegal.

»Warum, dürfen Bestatterinnen kein Privatleben haben?«

Die Drinks kamen und sie prosteten sich zu. »Übrigens, gerne Julia.«

»Sabine.«

»Bist du öfter hier? Habe dich noch nie hier gesehen?«

»Ach, ab und zu. Wenn die Musik gut ist, also eine gute Band spielt. Und du?«

»Ach, der Eff-Club war früher mal fast so was wie unser Wohnzimmer. Die Heimat für uns heimatlose Jugendliche auf der Flucht vor dem stieren Elternhaus«, antwortete JJ versonnen.

»Und außerdem war es damals und heute eigentlich der einzige Platz, wo man hingehen und ohne Schaulaufen sein konnte, wie man wollte. Sonst machen doch immer alle einen auf cool«, mischte sich Vinzent ein. Er schaute über JJs Schulter und grinste.

»Das ist Vinzent.« JJ machte keine Anstalten, ihn näher vorzustellen.

»Ich bin Journalist beim Tagblatt«, sagte er deshalb.

»Ah, dann hatten wir vor ein paar Tagen schon mal das Vergnügen, ich erinnere mich, auch wenn der Anlass nicht gerade angenehm war. Sabine Aichner, ich mache in vergorenen Rebensäften.«

Für JJ war die zufällige Begegnung ein weiteres gutes Omen. Eine bessere Gelegenheit, um beiläufig mit Sabine Aichner zu sprechen, würde sie kaum erhalten. Und sie nutzte die Chance.

KAPITEL 42

Simon Kalt hatte noch lange wach gelegen. So viel war ihm durch den Kopf geschossen. Was gestern Abend geschehen war, hatte einen merkwürdig schalen Nachgeschmack bei ihm hinterlassen. Hatte ihn sein kriminalistisches Gespür so im Stich gelassen, dass es eine hartnäckige Bestatterin brauchte, um einen Fall überhaupt als solchen zu erkennen?

Trotz der kurzen Nacht war er schon früh auf den Beinen. Ein Anruf im Klinikum und er hatte die Info, dass Dr. Lanz heute ab sechs Uhr Dienst habe.

Die Uhr zeigte nur wenige Minuten vor sieben, als Simon Kalt mit schnellen Schritten durch die sich automatisch öffnenden Glasschiebetüren des Klinikums eilte. Am Empfang beschrieb ihm eine freundliche, korpulente Frau mittleren Alters mit grauen Haaren den Weg, nachdem er ihr seinen Ausweis gezeigt hatte. Sie kündigte Simon bei Dr. Lanz an, der wenig erfreut über den morgendlichen Besuch zu sein schien, wie Simon dem Tonfall aus dem Hörer unschwer entnehmen konnte.

Unten wurde er von einem Mann in weißem Kittel erwartet. Der Mann stellte sich kurz angebunden als Harald Lanz vor. »Ich habe wenig Zeit. Aber wenn es sein muss, kommen Sie.«

Er führte Simon in ein kleines Büro, dessen Fenster unter einer Überdachung lag, was erklärte, warum so wenig Licht durchkam.

»Was ist so wichtig und dringend, dass es nicht warten

oder über Telefon geklärt werden kann? Hier stapeln sich die Fälle.«

»Genau, das ist einer der Gründe, warum ich Sie persönlich sprechen muss. Ich werde Ihnen nicht viel Ihrer Zeit stehlen.«

Da Lanz keine Anstalten machte, ihm einen Platz anzubieten, lehnte er sich gegen den Schreibtisch.

»Die Massenkarambolage neulich am Teiler B 14 und B 29 mit einigen Toten und Verletzten, erinnern Sie sich noch an den Tag?«

Lanz sah ihn an, als hätte er ihm einen unsittlichen Antrag unterbreitet, und zuckte kurz darauf die Schultern.

»Ja, natürlich erinnere ich mich. Ist ja erst ein paar Tage her. Ist das ein Gedächtnistest mit versteckter Kamera, oder was? Ich dachte, Sie sind von der Mordkommission.«

Simon war erstaunt über den ruppigen Ton. Er hatte zwar noch nie mit Lanz zu tun gehabt, dieser war wohl noch recht neu hier am Klinikum, aber in der Regel hatten Polizei und zuständige Gerichtsmediziner ein gutes Verhältnis. Doch irgendetwas passte dem Doktor nicht. Aber Simon beschloss, es für den Moment zu ignorieren.

»An dem Tag wurde auch die Leiche eines gewissen Markus Weber zur Begutachtung eingeliefert. Laut Totenschein haben Sie die abschließende Untersuchung durchgeführt.«

»Ja, kann schon sein. Wenn es da so draufsteht, wird das wohl auch so gewesen sein. Aber sehen Sie es mir nach, ich kann mich nicht an jeden einzelnen Verstorbenen erinnern, der hier bei mir landet.«

Die Aussage verwunderte Simon, denn Lanz hörte sich an, als ob er in einem Hospital arbeitete, wo er jeden Tag Dutzende Leichen untersuchen musste. Das war mit Sicherheit nicht der Fall. Er versuchte nachzuhelfen.

»Als Todesursache wurde plötzliches Herzversagen angegeben.«

Widerwillig setzte sich Lanz auf seinen Stuhl und tippte etwas auf seiner Tastatur. »Ja, stimmt. Jetzt erinnere ich mich. Deswegen hat mich auch bereits eine Bestatterin angerufen, die es ganz genau wissen wollte. Was ist denn los?«

Simon rollte innerlich mit den Augen. JJ konnte es nicht lassen. Aber egal, wie die Sache hier weiterging, er musste ihr demnächst die Meinung geigen. Sie konnte sich nicht überall einmischen und selbst anfangen, Detektivin zu spielen.

»Nun, es gibt Zweifel an der angenommenen Todesursache. Es könnte eventuell ein Verbrechen vorliegen.«

»Aha.« Der Arzt starrte ihn verständnislos an und begann, dann leicht den Kopf zu schütteln. »Soso, dann behaupten Sie also, wir hätten unseren Job nicht ordentlich gemacht?«

Jetzt schwang ein eher angriffslustiger Ton in Lanz' Stimme mit. Er schien es nicht gewohnt zu sein, dass jemand an seinen Ergebnissen zu zweifeln begann.

Lanz beugte sich nach vorn, stellte die Ellenbogen auf die Tischplatte, faltete in aller Ruhe die Hände und legte gelangweilt sein Kinn darauf. Verflogen war die Eile und Hektik, mit der Simon begrüßt worden war. Nun traf es ihn persönlich und da nahm er sich eben alle Zeit der Welt. Die Augen durchbohrten Simon und die Stimme des Arztes nahm eine vor Überheblichkeit triefende Färbung an. »Ich will Ihnen mal was sagen. Wir Ärzte sind hier tagein, tagaus damit beschäftigt, Menschenleben zu retten. So wie Sie versuchen, Verbrechen aufzuklären oder zu verhindern. Bei uns ist kein Tag wie der vorherige. Wir stehen unter enormer Anspannung und müssen doch sehr genau und vor allem sehr gut arbeiten. Denn wenn wir Fehler machen, landet nicht nur irgendein Idiot eine Nacht im Knast, sondern dann sterben Menschen. Und wenn ich einen Toten auf dem Tisch habe, dann schaue ich ihn mir ganz genau an, da können Sie sicher sein. Wenn ich dabei nur das geringste Anzeichen finde, dass der Tod durch etwas anderes als eine natürliche Ursache eingetreten sein könnte, dann vermerke ich das und leite damit dann weitere Untersuchungen ein.«

Simon hatte der Lehrstunde stumm und mit reglosem Gesicht zugehört, die Hände locker in den Taschen.

Lanz warf einen schnellen Blick auf den Bildschirm. »Markus Weber hatte sehr wahrscheinlich mit den Folgen einer Myokarditis, also mit einem entzündeten Herzmuskel zu kämpfen. Meist erfolgt diese infolge einer verschleppten oder nicht richtig auskurierten Grippe. Und dann macht es ohne Vorankündigung wumms und aus die Maus.«

Simons Gesicht musste einen leicht verwunderten Ausdruck über die recht saloppe Formulierung des Arztes angenommen haben. Denn dieser hob sogleich wieder an.

»Ich will damit nur sagen, dass so ein Todesfall sich meist nicht vorher ankündigt. Es gab keine Anzeichen auf Gewalteinwirkung oder sonstiges Fremdverschulden. Sein Herz hat einfach aufgehört zu schlagen.«

»Wurde eine toxikologische Untersuchung vorgenommen?«, wollte Simon wissen.

Lanz bewegte die Finger über Tastatur und Maus. »Sehr wahrscheinlich nicht, da es keinerlei Anlass dafür gab.«

»Kann es aber dennoch sein, dass Ihnen vielleicht bei der Untersuchung eine klitzekleine Kleinigkeit entgangen ist, weil an dem Tag durch die zahlreichen Unfallopfer Hochbetrieb war?«

Lanz schüttelte den Kopf. »Nein.«

»Ganz sicher? Soweit ich gehört habe, sollen auch Ärzte nur Menschen sein. Und Menschen können Fehler machen.«

»Das kann schon sein. Aber meine Antwort auf Ihre Frage lautet noch immer eindeutig Nein. Und nun sollten Sie vielleicht die Toten ruhen und mich weitermachen lassen. Ich weiß nicht, wer Ihnen da einen Floh ins Ohr gesetzt hat, aber Sie können mir glauben, da ist nichts dran.«

»Ich wäre ehrlich gesagt sogar sehr froh, wenn dem so wäre«, antwortete Simon und verabschiedete sich. Als er beinahe zur Tür hinaus war, bat er Doktor Lanz noch, ihm den Bericht zukommen zu lassen, und gab ihm seine Mailadresse, die sich der Mediziner notierte.

»Ja, mach ich. Auf Wiedersehen.«

Es war ein Strohhalm und gleichzeitig eine Art Rechtfertigung gegenüber JJ, die sicher wissen wollen würde, was der Besuch in der Klinik ergeben hatte. Und auch wenn er ihr keine Rechenschaft schuldig war, verschaffte es ihm eine gewisse Befriedigung, die Bestätigung für die Richtigkeit seiner Aussagen zu haben.

KAPITEL 43

JJ verfluchte diesen Tag bereits vor dem Aufstehen. Den Wecker brachte sie mit einem kräftigen Schlag zum Schweigen, obwohl ein sanfter Fingertipp genügt hätte. Ihr Schädel brummte, die Augen brannten und ihr kam es vor, als wolle ihr Körper heute aus Rache den Dienst verweigern. Sie konnte es sich nicht leisten, im Bett zu bleiben. Also kämpfte sie sich heraus, nur um sich gleich noch mal auf die bequeme Matratze fallen zu lassen. Ein paar Minuten, sagte sie sich. Dämmerte im selben Moment weg, nur um gleich darauf hochzuschrecken. Sie durfte nicht wieder einschlafen. Verdammt.

Also stemmte sie sich endgültig aus ihrer Schlafstatt und stapfte schlurfend ins Bad, putzte die Zähne und stellte sich unter die Dusche, deren Regler sie absichtlich kalt drehte. JJ hasste es, sich so zu abzubrausen. Aber sie hoffte, so ihre Lebensgeister zu erwecken. Das geschah zwar nicht in dem Umfang, in dem sie es sich erhofft hatte, aber zumindest fühlte sie sich etwas lebendiger.

Doch mit der Klarheit kam die Erinnerung an die unschönen Ereignisse des gestrigen Abends, der dann zu einer langen Nacht geworden war. Einer sehr langen, aber auch sehr interessanten Nacht.

Für einen kurzen Moment tauchten die vier Jungs in ihren dunklen Jeans und großen Kapuzenpullis vor ihr auf. Wie Schatten huschten sie durch JJs Erinnerung. Keine Chance hätte sie gegen die vier Angreifer gehabt, wenn Simon nicht gekommen wäre, obwohl sie sich nach Kräften gewehrt hatte.

Das brachte sie in ihren Gedankengängen aber zu der Frage, was hinter dem Angriff steckte. Waren die vier Jungs tatsächlich von Peter Weber angestiftet worden, wie sie behauptet hatten? Wenn dem so war, dann mussten sie das Geld ja bei den Vieren gefunden haben.

Dass sie Simon in der Nacht ihr Handy mit dem Foto von Peter Weber entgegengehalten hatte, das war eine unüberlegte Aktion. Womöglich hätten sie den Jungs ein Foto von Donald Duck zeigen können und sie hätten ihn beschuldigt. Nein, klug war das nicht gewesen. Im Gegenteil. Was sie dadurch in Gang gesetzt hatte, konnte sie nicht einschätzen. Aber es bedeutete unter Umständen eine gewaltige Menge an echt fiesem Ärger.

Den Gedanken zur Seite schiebend, rief sie Simon an. Es war erst kurz nach sieben, aber sie war sich sicher, er war entweder schon auf dem Revier oder unterwegs dorthin. Simon war aus ihr unerfindlichen Gründen zu einem absoluten Frühaufsteher mutiert, der längst am Schreibtisch hockte, während sie über ihrem ersten Kaffee brütete. Trotzdem erreichte sie ihn nicht.

Dann wählte sie, während die zweite Tasse Kaffee aus dem Vollautomaten tröpfelte, die Nummer, die sie zuerst hätte anrufen sollen. Vinzent meldete sich sofort gut gelaunt. »Hey JJ, schon unter den Lebenden?«

»Ja, denn im Vergleich zu dir habe ich ein kleines Unternehmen zu führen und muss mich um Aufträge und meine Mitarbeiterinnen kümmern.«

»Keine Mitarbeiter mehr?«

»Arsch«, konterte sie seine Anspielung aufs Gendern. Ohne jede Frage stand sie als Frau dahinter. Doch die Debatte nahm allmählich Auswüchse an, über die sie nur mit dem Kopf schütteln konnte. »Wenn die Jungs nur halb so zuverlässig wären wie meine Mädels, dann wäre die Welt eine andere.« Sie stieß einen Seufzer aus, der ihre Aussage unterstreichen sollte, aber Vinzent nur zum Lachen brachte.

»Danke dir für den schönen Abend gestern«, sagte sie dann leise, fast so, als hätte sie Angst, belauscht zu werden. »Ich weiß, du warst eigentlich nicht einverstanden. Ich hab das genau gespürt, aber ich hatte das Gefühl, rauszumüssen. Danke, dass du da warst.«

Er schwieg, aber JJ glaubte, sein Lächeln am anderen Ende beinahe hören zu können.

Obwohl der Abend ein gutes Ende gefunden hatte, waren sie getrennt nach Hause gegangen. Vinzent hatte von irgendeiner Recherche gesprochen, wegen der er heute früh eine Videokonferenz hatte, und sie, sie wollte dann trotz der Vorkommnisse allein schlafen. Allerdings hatte es sich Vinzent nicht nehmen lassen, mit dem Taxi bis zu ihrem Haus zu fahren und sie nach drinnen zu begleiten. Erst als er das Gefühl hatte, dass alles in Ordnung war, war er wieder in das Taxi gestiegen.

Da fiel ihr etwas ein. »Sag mal, hast du eigentlich über deine dubiosen und geheimen Quellen etwas über das Weinhaus Weber herausgefunden?«

»Was willst du denn wissen?«

»Wie schaut es denn bei denen finanziell so aus? Wer erbt die ganze Kohle und wer ist der Verlierer bei der Geschichte?«

»Weißt du was, erzähl ich dir heute Abend. Ich hol dich um neunzehn Uhr ab. Wir fahren nach Weinstadt auf die Luitenbacher Höhe. Dort legt heute ein DJ auf.«

»Okay«, sagte JJ lang gezogen und überrascht. Aber sie mochte die Aussichtsplattform im Remstal, unterhalb des Korber Kopfes. Von dort hatte man einen spektakulären und kilometerweiten Blick nach beiden Seiten des Tales. Die Sommer in dieser Weingegend waren echt der Hammer. Aber anstrengend. Denn irgendwo war immer ein Fest, auf das es sich lohnte zu gehen. Und das jeden Tag in der Woche. Sonntags in die Vinothek Klopfer, montags zum After Work und Wochenstart zur Fellbacher Weinmanufaktur, dienstags zum Weinabend nach Winterbach, mittwochs zum Weintreff beim Rathaus in Strümpfelbach, donnerstags zu »Waiblingen erfrischt«, freitags zu Wine & Walk und am Samstag, da fand sich in der Regel auch noch was.

»Dann hoffe ich mal, dass deine Information das lange Warten auch wert ist, sonst haben wir beide nämlich ein Problem«, meinte JJ in übertrieben gespieltem Ernst.

»Oh, JJ, warte mal. Ich scrolle mich gerade durch das aktuelle Tagblatt. Da ist ein Artikel, der dich wahrscheinlich brennend interessieren dürfte. Ich schick ihn dir rüber, da du dich ja nicht herablässt, unsere exquisite Zeitung regelmäßig zu lesen.«

JJ verkniff sich eine Erwiderung.

Eine Sekunde später machte es pling und die PDF war angekommen. Sie öffnete sie im selben Moment und begann zu lesen. Der Artikel behandelte die Überlastung des Pflegepersonals in Kliniken und Altenheimen, enthielt zahlreiche Fakten und Zahlen über das Gesundheitswesen und untermauerte die Aussagen mit einem konkreten Beispiel. Es wurden gleich mehrere Beschäftigte aus Klinikstandorten in Ludwigsburg, Esslingen und dem Rems-Murr-Kreis zitiert. Darunter ein Arzt, der zwar seinen Namen nicht nennen wollte, aber schon vor der inzwischen bewältigten Pandemie die herrschenden Zustände, die Arbeitsbedingungen, die Bezahlung und vor allem den aus all diesen Ursachen resultierenden Mangel an qualifizierten Fachkräften beklagt hatte. Dieser Arzt zeichnete ein düsteres Bild und behauptete, die ohnehin am Rande der Kapazität arbeitende Klinik sei durch die Notfallsituation der letzten Wochen gleich mehrfach an ihre Grenzen gestoßen. Insbesondere die Bereiche der Notfall- und Intensivmedizin seien betroffen, aber auch andere Fachbereiche hätten in den zurückliegenden Wochen enorme Schwierigkeiten, die notwendige Versorgung sicherzustellen. Eine Aussage erregte dann JJs Aufmerksamkeit: »Eine Sonderlage wie neulich die Massenkarambolage auf den Bundesstraßen 14 und 27 sollte normalerweise für unser Klinikum kein Problem sein. Doch heute bringen sie uns sofort aus dem Tritt und ins Schleudern, weil wir zu wenig Personal und Zeit haben, teilweise Vierundzwanzigstundenschichten schieben müssen, um überhaupt über die Runden zu kommen. Glauben Sie, dass da keine Fehler passieren oder wirklich alle Aufgaben gut erledigt werden?«

Irgendetwas daran elektrisierte sie für einen Moment. Was, wenn genau das an dem Tag geschehen war, als Markus Weber im Klinikum eingeliefert worden war? Hatte man ihn nur einem schnellen Blick unterzogen, weil den ganzen Tag über so viel los gewesen war, dass gar keine Zeit für eine ordentliche Untersuchung war?

Sie rief Vinzent zurück, doch der nahm nicht ab.

Dann kippte JJ den restlichen Kaffee mit einem großen Schluck hinunter, sah kurz nach ihren Mitarbeitern, machte sich ein paar Notizen zu Dingen, die sie heute unbedingt erledigen sollte, führte eine Handvoll Telefonate und schrieb zwei Rechnungen, ehe sie gute zwei Stunden später das Institut verließ. All das gehörte leider dazu, selbstständig zu sein, aber wenn sie ehrlich war, genoss sie die Zeit mehr, die sie allein mit den leblosen Körpern verbringen konnte.

Ihr Ziel lag einen Steinwurf entfernt auf derselben Seite. Sie musste am ehemaligen Wienerwald und an einer Galerie vorbei und die Pfarrstraße überqueren und schon war sie da. Sie meldete sich an der Pforte bei einem älteren Mann in blauer Polizeiuniform an, der mit einem Druck auf einen Knopf hinter der schussichern Scheibe dafür sorgte, dass die Tür zum Treppenhaus mit einem lauten Summen aufsprang. Sie bedankte sich mit einem Lächeln und ging nach oben. Sie war schon öfter hier gewesen und wusste, wo Simons Büro lag. Die Tür stand offen, und sie sah ihn am Schreibtisch sitzen. JJ klopfte zweimal an den Türrahmen, Simon drehte den Kopf, sah zuerst überrascht aus, als er sie erblickte, dann huschte ein kleines Lächeln über sein Gesicht.

»JJ, was führt dich zu uns?«

Sie wedelte mit einem Ausdruck des Artikels, den Vinzent ihr geschickt hatte. »Den hier wollte ich dir zeigen. Ist vielleicht interessant. Warst du schon in der Klinik?«

Simon stand auf, ging zu ihr hinüber, nahm das Blatt in die Hand und begann, wortlos den Artikel zu überfliegen. Als er fertig war, brummte er kurz. JJ hatte das Gefühl, als wisse er genau, worauf sie mit dem Lektürevorschlag hinauswollte.

Er sah sie lange an. Sie setzte ein feines Lächeln auf und wusste genau, dass sie ihn damit weichklopfte.

Schwer ließ er sich in seinen Stuhl fallen. Er bat sie, sich ihm gegenüberzusetzen, stand noch mal auf, um die Türe zu schließen, und erzählte JJ dann von seinem Gespräch mit Lanz. Danach saßen sie beide einige Zeit schweigend zusammen. JJ sah, wie es in ihm arbeitete.

Dann meinte Simon mit einem Mal voller Entschlossenheit: »Also gut. Du hast es geschafft. Ich spreche mit meinem Chef, und wenn ich von ihm Rückendeckung bekomme, will ich sehen, ob wir eine Exhumierung durchbekommen. Ich kann dir aber nichts versprechen. Wenn die Verantwortlichen nicht mitziehen, kann ich nichts machen. Denn was wir haben, ist ziemlich dünn. Aber …« Er läutete die folgenden Äußerungen mit einer nachdenklichen Denkpause ein, und JJ hatte das Gefühl, Simon müsse erst überlegen, was er ihr überhaupt erzählen wollte und durfte.

Dann fuhr er nach einigem Zögern fort. »Ich habe mir auch die Finanzen der Familie Walther und des Weinhauses angeschaut. War nicht leicht, an die Daten zu kommen, und die sind auch noch längst nicht vollständig. Aber was ich gesehen habe, ist, dass die Erfolgsstory durchaus von einigen Schatten begleitet wird.«

»Was meinst du?«, fragte JJ interessiert.

»Na ja, da ist erst mal die Tatsache, dass Markus Weber der Alleininhaber des Betriebes wurde, nachdem die Schwester für tot erklärt worden war. Das heißt also, er hat den Reibach allein gemacht.«

»Und sein Bruder?«

»Den hat er damals anscheinend großzügig ausbezahlt. Hat ihn eine ganze Stange Geld gekostet, und er musste sich und das aufsteigende Weingut erst mal ordentlich verschulden.«

»Und seine Frau?«

»Auch das ist eine merkwürdige Geschichte. Aus den Unterlagen geht hervor, dass mit der Heirat einige Weinbergflächen, die Veras Eltern gehört hatten und deren Ertrag bisher in den Trögen der Genossenschaft in Weinstadt gelandet war, an das Weinhaus Weber übergingen. Soweit ich das beurteilen kann, waren das aber entscheidende Flächen für den künftigen Ertrag und damit den Erfolg, den Markus Weber mit seinem Weingut in der Folge hatte.«

»Warum entscheidende Flächen?«

»Weil sich die dortigen Böden ganz besonders anboten für die Rebsorten, die Webers Erfolg ausmachten.«

»Gut, aber davon hat Vera doch sicher auch profitiert?«

»Ja und nein. Nach allem, was auf die Schnelle zu finden war, hat sie natürlich als Ehefrau davon profitiert. Aber sie hat keine Beteiligung am Weingut. Es herrscht strenge Gütertrennung.«

»Und die Kinder?«

»Sind, soweit ich das sehe, bis auf den gesetzlichen Pflichtteil am Erbe auch außen vor.«

»Wurde das Testament bereits eröffnet?«

»Soweit ich in Erfahrung bringen konnte, nicht.«

»Hmm«, machte JJ.

»Meinst du, es könnte eine Mischung aus Eifersucht, Gier und Rache gewesen sein?«

Simon zuckte die Schultern. »Ich meine erst mal überhaupt nichts. Mir gefällt die ganze Sache nur nicht. Hättest du nicht so ein merkwürdiges Bauchgefühl entwickelt, würde Markus unter der Erde schlummern, das Erbe unter seiner Frau und den Kindern aufgeteilt und alle wären glücklich. So wirft es durchaus einige Fragen auf, deren Antworten womöglich nur in der Vergangenheit zu finden sind. Und die mir und uns vielleicht überhaupt nicht gefallen.«

»Und wie steht das Weinhaus Weber aktuell da?«

»Na ja, die alten Schulden wurden abgetragen. Das Geld sprudelte ja, offensichtlich nicht zuletzt wegen der zusätzlichen Rebflächen, die Webers Frau Vera mit in die Ehe gebracht hat. Aber durch die Neubauten und das Wachstum stiegen zwar die Erträge, aber eben auch wieder die

Schulden. Und dann bin ich noch auf etwas ganz Verrücktes gestoßen.«

JJ sah Simon erwartungsvoll an.

»Es gibt ja die Weinstadt Kellerei. Durch Misswirtschaft ist sie praktisch pleite. Und wenn ich das, was ich gesehen habe, richtig interpretiert habe, wollte Markus Weber den maroden Laden kaufen.«

»Er wollte was?«

»Ja, er wollte sich die ganze kaputte Genossenschaft schnappen. Entsprechende Verhandlungen sind zwar geheim, aber insofern dokumentiert, dass es Anfragen bei den Banken und bei den Steuerberatern gab.«

»Aber das wäre doch viel zu viel, mehr als eine Nummer zu groß. Wie damals, als Porsche VW kaufen wollte und dann vom größeren Konzern geschluckt wurde. Oder? Erinnerst du dich?«

»Ja klar, der David greift nach dem Goliath. Nur war VW nicht bankrott, der Weinstadt Kellerei scheinen dagegen die finanziellen Mittel zu fehlen, um dauerhaft überleben zu können.«

»Und was waren seine Pläne? Damit hätte er doch seine exklusive Strategie verwässert.«

»Wer sagt, dass er die Kellerei in seinen Betrieb integriert hätte? Es gibt wohl Pläne, auch nur das Grundstück zu verkaufen. Ein Filetstück mitten in Weinstadt. Perfekt geeignet für eine teure Wohnbebauung. Mit guten Architekten könnte das eine Goldgrube sein.«

JJ starrte ihn ungläubig an. Das warf ein ganz neues Licht auf alle bisherigen Erkenntnisse. »Wie jetzt, und an der Kellerei hat er jetzt doch kein Interesse?«

»Ja, doch, natürlich. Aber der Plan war wohl, auch dort die Erträge zu reduzieren und die Qualität zu steigern, aber über diesen Weg eine breit aufgestellte Linie für den Massenmarkt zu etablieren. So wie Mercedes Smart auf den Weg gebracht hat, zum Beispiel.«

JJ war nachdenklich. »Ja, aber deine These würde das Schweigen von Markus Weber zu den Plänen aus Brüssel erklären. Wenn er groß in Immobilien investieren wollte, dann wäre der Wein vielleicht nicht mehr ganz so von Bedeutung.«

»Könnte sein.«

»Boah. Aber wäre das ein Mordmotiv? Und wenn ja, für wen?«

»Ich weiß es nicht. Wie gesagt, wir haben höchstens Indizien, die auf ein Verbrechen hindeuten können, aber bisher nicht einen einzigen Beweis. Aber es sind auch schon Menschen für weit weniger gestorben.«

KAPITEL 44

Nachdem Simon die Freigabe für die Exhumierung beantragt hatte, ging alles recht schnell. Sie verfolgten eine Doppelstrategie, die riskant war und eine gewisse Brisanz entfaltete, wenn die Knochen fleischlos blieben.

Da der Rems-Murr-Kreis über keine eigene Staatsanwaltschaft verfügte, musste er sich an die in Stuttgart, ansässig in der Neckarstraße, wenden.

Es war schon seltsam, obwohl der Kreis sowohl die Einwohnerzahl betreffend und auch flächenmäßig alles andere als klein und unbedeutend war, gab es auch keine eigene Polizei, sondern das Polizeirevier umfasste die Region bis nach Aalen auf der Schwäbischen Alb.

Aber letztlich hatten überraschend sowohl seine Vorgesetzten wie auch der zuständige Staatsanwalt eingewilligt. Lag ein Verbrechen vor, war es gut für die Reputation und förderlich für die Karriere. Im anderen Fall konnte man die Verantwortung ja dem zuständigen Beamten zuschieben – in diesem Fall ihm –, der eben übers Ziel hinausgeschossen war. Dieser Tatsache war sich Simon Kalt durchaus bewusst. Sie behagte ihm nicht sonderlich, doch er erinnerte sich daran, warum er Polizist geworden war. Er wollte Verbrechen aufklären. Und wenn hier ein kleiner Hinweis auf ein Verbrechen vorlag, dann sah er sich gezwungen, dem auf den Grund zu gehen. Er hatte zunächst die Ahnung von JJ als Spinnerei abgetan. Aber so langsam wuchsen in ihm Zweifel, ob sie nicht recht hatte. Irgendetwas war faul an der Geschichte.

Daher sah die Doppelstrategie vor, dass parallel zur erneuten Untersuchung des Leichnams Markus Webers Frau und sein Bruder und später die Kinder befragt werden sollten.

Simon informierte die Familie pflichtgemäß vorab über die Exhumierung des Leichnams. Die Reaktionen waren erwartungsgemäß ungehalten.

»Warum sollte jemand Markus töten wollen?«, fragte seine Frau, als er ihr die Nachricht überbrachte.

»Dazu kann ich im Moment noch nichts sagen, nur dass es einen möglichen Anfangsverdacht gibt, dem wir nachgehen müssen.«

Simon erkannte am Gesichtsausdruck, dass Vera Weber mit der Erklärung keinesfalls zufrieden war. Doch er wusste, die Gründe konnten unterschiedlich sein. Denn selbstredend adressierte er mit der Aktion die unausgesprochene Frage, ob sie womöglich selbst etwas mit dem Tod ihres Mannes zu tun hatte. Wenn ja, trieb sie das in die Enge und rückte sie sogar in den Kreis möglicher Verdächtiger.

»Wo waren Sie denn zum Zeitpunkt des Todes Ihres Mannes?«, fragte Simon und schob zugleich hinterher, dass er diese Frage aufgrund der veränderten Situation routinemäßig stellen müsse.

Vera rannen Tränen hinab, aber sie nickte. »Ich war hier«, antwortete sie mit erstickter Stimme. »Wir hatten uns gestritten. Mal wieder. Dann ist er joggen gegangen, als die Kinder gerade heimgekommen sind.«

»Worüber haben Sie gestritten?«

»Eine Freundin von mir hat ihn mit einer anderen Frau aus einem Hotel in Rommelshausen kommen sehen. Ich habe ihn zur Rede gestellt und er ist total ausgeflippt. Er hat mir sogar eine gescheuert.«

Simon erinnerte sich an die Informationen, die JJ ihm weitergegeben hatte. Das konnte sich schnell zu einem handfesten Motiv auswachsen. Die Frage, wie Markus Weber in einem solchen Fall zu Tode gekommen wäre, bliebe allerdings vorerst unbeantwortet.

»Die Kinder haben das mitbekommen?«

»Ja. Ähm, nein, die sind gekommen, als er gerade gegangen ist. Ich lag in der Garderobe ...« Sie schluchzte so heftig, dass sie nicht mehr weitersprechen konnte.

»Hat er Sie öfter geschlagen?«

Sie zögerte einen Moment. »Nein«, kam es dann fast zu bestimmt. Simon vermutete daher, dass es nicht das erste Mal gewesen war, beschloss aber, nicht nachzubohren.

»Wissen Sie auch, mit wem Ihre Freundin Ihren Mann gesehen hat?«

Vera Weber nickte und nannte ihm den Namen. Simon notierte ihn sich und würde später auf die Notizen zurückgreifen, wollte allerdings erst das Ergebnis der Exhumierung abwarten.

»Kam das öfter vor?«

»Frauengeschichten? Ja. Markus war kein Kostverächter. Er war beliebt und hat jede Chance genutzt. Wir haben uns arrangiert, auch wenn es immer wehgetan hat. Wir leben in einer Stadt, die groß und zugleich doch sehr klein sein kann. Hier bleibt nichts wirklich verborgen.«

Je konkreter die Witwe wurde, desto klarer kristallisierte sich ein mögliches Motiv heraus.

»Es gab also noch andere?«

Wieder bebte ihr Körper, ehe sie antwortete, als würde es ihr körperlichen Schmerz zufügen. »Die Aichner, ich glaube, er hatte auch was mit ihr.«

Simon sah sie verblüfft an. Mit dieser Antwort hatte er nicht gerechnet. »Wie kommen Sie darauf?«

»Er hat sich in letzter Zeit öfter mit ihr getroffen. Es sei nur geschäftlich, da sie zusammen ein paar Projekte und Aktionen hätten. Aber ich habe davor schon öfter erleben dürfen, was das meist zu bedeuten hatte.« Sie brach wieder hemmungslos in Tränen aus.

Simon wartete einige Sekunden, ehe er die nächste Frage stellte. »Hat Sie das nie gestört?«

»Natürlich stört es eine Frau, wenn ihr Mann ein notorischer Fremdgänger ist. Aber ich wusste, wen ich heirate. Und wir hatten eine gute Ehe. Also sagen wir, ich habe mich damit arrangiert, auch wenn es mich immer verletzt hat, wenn Markus nach Hause kam und nach anderen Frauen gerochen hat.«

»Aber was war diesmal anders? Warum ist er gewalttätig geworden?«

»Ich habe meist stumm gelitten, ihn nicht damit konfrontiert, was ich wusste oder mitbekommen habe. Es gab also für ihn keinen Grund. Aber er war auch anders. Wirkte angespannter.«

»Gab es Probleme mit dem Weingut?«

»Nein, nicht, dass ich wüsste. Aber Markus hat mich meist aus dem Geschäft rausgehalten. Ich habe im Laden mitgearbeitet, aber das war es dann auch schon. Ich war eher dazu da, ihm den Rücken freizuhalten. Das habe ich gemacht.«

»Wie würden Sie Ihre Ehe beschreiben?«

»Wir hatten eine gute Ehe, haben zwei tolle Kinder und ein gut laufendes Geschäft. Und wenn Sie mich nun als Nächstes fragen wollen, ob ich meinen Mann getötet habe, dann verneine ich das vehement.« Mit einem Mal schwang etwas Abweisendes in ihrem Tonfall mit, durch das sie ihre Aussagen unterstrich. »Warum sollte ich das aufs Spiel setzen, was ich habe? Ich stamme aus einer einfacher Bauernfamilie. Zu uns gehörten auch einige wenige Hektar Reben, die meine Eltern immer versuchten zu bewirtschaften. Sie hatten nie große Ansprüche an den Ertrag aus diesem Land. Ihr Augenmerk lag auf den anderen Teilen der Landwirtschaft. Die Trauben haben sie Jahr für Jahr bei der Weinstadt Kellerei abgegeben. Als Markus und ich geheiratet haben, haben sie uns die Weinberge als Hochzeitsgeschenk mit auf den Weg gegeben. Meine Eltern waren froh, sie los zu sein, und Markus hat etwas daraus gemacht. Einige seiner besten Weine stammen aus den Weinbergen meiner Familie.«

»Und das hat Sie nie gestört?«

»Warum sollte es? Markus hat mir immer ein gutes Leben beschert. Und auch nach seinem Tod muss ich mir wahrscheinlich wenig Sorgen machen.«

»Wie geht es mit dem Weingut weiter?«

Wieder ein Zögern. Diesmal auffällig lange und gepaart mit einem nervösen Händereiben. Ihre Augen suchten einen Fixpunkt. Es war, als müsse sie mit sich selbst um eine Antwort ringen.

»Ich weiß es nicht«, begann sie nach einigem Warten. »Mit einem guten Kellermeister könnte ich es vielleicht weiterführen. Obwohl bisher keines unserer Kinder Interesse am Weinbau hat, wäre es vielleicht das, was ich gerne tun würde, um sein Erbe zu erhalten. Ich könnte aber auch verkaufen. Für ein Weingut mit dieser Reputation würde ich jederzeit einen Käufer finden.«

»Was würde die Familie dazu sagen?«

Ein versonnener Anflug huschte für den Bruchteil einer Sekunde über ihr Gesicht.

»Es gibt ja nur Peter, und der hat wohl kaum Zeit, sich um den Weinbau zu kümmern. Außerdem wurde er von Markus ausbezahlt.«

»Er könnte ja wieder einsteigen, sich einkaufen oder versuchen, Ihnen das Erbe streitig zu machen. Die Schwester kann ja ihren Teil am Erbe der Eltern nicht mehr einfordern«, stellte Simon trocken fest, in erster Linie, um ihre Reaktion zu beobachten. Sie wandte ihm ihren Blick zu.

»Nein, das kann sie wohl nicht. Sie ist tot. So wie er.«

»Und jetzt gehört alles Ihnen.«

»Was wollen Sie damit sagen? Dass ich Markus getötet habe? Aus Habgier?«

»Ich möchte überhaupt nichts sagen. Ich stelle nur fest und fasse die Fakten zusammen, um mir ein Bild zu machen.« Simon beschloss, es für den Moment gut sein zu lassen und je nach dem Ergebnis der Exhumierung später noch einmal mit der Befragung fortzufahren.

»Die Exhumierung wird heute vorgenommen. Wir melden uns bei Ihnen«, meinte er dann knapp und verabschiedete sich.

Als er einen Schritt auf den Hof trat, an dessen Vinothek noch immer das Schild »Wegen Todesfall vorübergehend geschlossen« hing, ahnte Vera Weber die unausgesprochene Frage, als sie seinem Blick folgte.

»Ich konnte mich bisher nicht durchringen. Aber nächste Woche muss der Betrieb weitergehen. Ich kann es mir nicht leisten, die Vinothek und den Shop weiter geschlossen zu halten. Die Kosten laufen ja weiter. Die Weinbar in Stuttgart hat bereits wieder geöffnet.«

Blitzte da nicht die Geschäftsfrau auf, die sie vorhin vermieden hatte darzustellen? Gab es da etwas, was sie ihm verheimlichte? Doch was war es?

KAPITEL 45

Julia Judith Schwarz war nervös. Sie wusste mit einem Mal selbst nicht mehr, was sie sich von der stattfindenden Exhumierung erhoffte. Einerseits beanspruchte sie recht zu behalten und hoffte darauf, dass der Gerichtsmediziner bei eingehender Untersuchung einen Anhaltspunkt für eine nicht natürliche Todesursache finden würde. Eine winzige Einstichstelle, den Nachweis für eine Vergiftung, irgendetwas.

Doch andererseits wollte sie genau das nicht. Denn wenn sie recht hatte, bedeutete dies, dass es einen Täter geben musste. Oder gar mehrere. Und das herauszufinden wäre dann Aufgabe der Polizei.

Plötzlich kam ihr ein Gedanke, den sie bisher noch nicht hatte. Vielleicht war sie durch ihre Fragen dem Täter schon nahe gekommen und deshalb überfallen worden. Die vier jungen Männer waren bei ihrer Aussage geblieben, wodurch Peter Weber zunächst belastet wurde. Wenn die Exhumierung einen möglichen Täter weiter in die Ecke trieb …

Sie zwang sich, nicht darüber nachzudenken, und zog die achtzigjährige Frau, die vor ihr lag, langsam an.

Heute Abend würde sie Sabine Aichner besuchen. Sie hatten sich neulich im Eff-Club lange unterhalten, und Aichner hatte sie eingeladen, einmal auf ihrem Weingut vorbeizuschauen. Die Hausherrin würde ihr eine kleine Führung geben, und anschließend wollten sie zusammen eine Flasche Wein trinken und dort anknüpfen, wo sie im Eff-Club aufgehört hatten.

Die Aichner war ihr sympathisch. Sie wirkte pragmatisch, zupackend und hatte eine umgängliche, angenehme Art an sich. Und sie hatte angedeutet, dass sie Markus Weber besser kenne, als alle glauben würden. Was genau sie damit gemeint hatte, hatte sie nicht erklärt. Daher wollte JJ nicht lange warten und hatte gleich für heute ein Treffen ausgemacht.

Bis dahin würde ihr Simon vielleicht schon von der Exhumierung berichten. Sie wusste zwar, dass er nicht mit ihr darüber sprechen durfte, aber sie wusste auch, dass Simon ihr zumindest sagen würde, ob sie mit ihrer Vermutung recht hatte. Falls nicht, hätte sie ihm womöglich jede Menge Ärger eingehandelt und er wäre sauer auf sie. Dann musste sie überlegen, wie sie das wiedergutmachen konnte.

Und Vinzent? Ach herrje, stach es plötzlich hinter der Brust. Mit Vinzent war sie ja auch für heute Abend verabredet. Das würde sie dann schweren Herzens absagen müssen. Er hatte JJ zwar einige Neuigkeiten versprochen, aber über die finanzielle Situation beim Weinhaus Weber hatte sie ja von Simon bereits einiges erfahren. Also würde Vinzent mit der Absage leben müssen, denn vielleicht war das Gespräch mit der jungen Winzerin das erfolgversprechendere.

JJ hatte der alten Dame eine weiße Bluse angezogen und darüber eine rote Jacke. Es sei ihre Lieblingsjacke gewesen, hatte die Enkelin gesagt, die sich um alles kümmerte. Ihre Oma sei eine sehr liebe Frau gewesen, die allerdings nie viel im Leben gehabt hatte. Für JJ war das nicht wichtig. Sie sorgte dafür, dass sie ein schönes Begräbnis haben würde.

Dann schrieb sie eine kurze Nachricht an Vinzent und versuchte, sich weiter mit Arbeit abzulenken.

KAPITEL 46

Die Reaktion von Peter Weber fiel anders aus als die von Vera Weber. Natürlich hatte der Bürgermeister längst Wind von der Aktion bekommen und reagierte auf Simon extrem ungehalten. Dieser ließ die anfänglichen Schimpftiraden stumm über sich ergehen und versuchte sich an einer sachlichen Begründung. Doch Peter Weber sah sich, anders als Vera Weber, durch das Vorgehen der Behörden sofort in eine Ecke gedrängt, obwohl Simon sich hütete, irgendwelche Verdächtigungen ihm gegenüber auszusprechen. Das wäre viel zu früh, dafür fehlte ihm noch jeglicher Hebel.

Weber drohte ihm mit allerlei Konsequenzen, doch das beeindruckte den Kommissar nicht ernsthaft. Er war solche Reaktionen gewohnt.

Simon Kalt kam es so vor, als würde sich der Bruder des Verstorbenen mehr um die eigene Reputation sorgen als darum, ein mögliches Verbrechen an seiner Familie aufzuklären.

»Was haben Sie denn am Tag des Ablebens Ihres Bruders getan?«, fragte Simon ungerührt.

»Was soll das? Wollen Sie mich jetzt auch noch verdächtigen?«

»Wir machen nur unsere Arbeit. Und Sie wollen doch sicher auch wissen, ob Ihr Bruder Opfer einer Straftat wurde, oder?« Simon musste innerlich grinsen, als er die Reaktion beobachtete. Dagegen konnte Peter Weber nichts sagen. Also beschloss Simon, gleich nachzusetzen. »Es gibt aber noch ein zweites Thema, wegen dem ich hier bin.«

Peter Weber hob seinen großen Kopf und starrte ihn herausfordernd an.

»Frau Schwarz, Julia Schwarz, wurde neulich Nacht überfallen.«

»Ja, das ist schlimm. Ich habe natürlich davon gehört. Aber was hat das mit mir zu tun?«

»Genau diese Frage stellen wir uns ehrlich gesagt auch.« Simon legte in aller Ruhe die Fingerspitzen aneinander und schaute darüber hinweg in das Gesicht des Stadtoberhauptes, der immer ungehaltener dreinschaute, je mehr Zeit verstrich. »Nun, um es kurz zu machen: Sie werden von den Tätern, die wir nach dem Angriff festgesetzt haben, beschuldigt, Geld für diesen Angriff auf Frau Schwarz gezahlt zu haben. Möchten Sie mir dazu etwas sagen?«

Peter Weber starrte ihn an. »Was soll das? Glauben Sie den Mist etwa, den ein paar Jungs absondern?«

»Ah, Sie wissen also davon. Ich habe keine näheren Angaben gemacht.«

Weber wirkte einen Moment irritiert, so als bisse er sich innerlich auf die Zunge, weil ihm dieser Fauxpas unterlaufen war.

»Wenn eine Frau angegriffen wird und Beschuldigungen im Raum stehen, gehe ich automatisch von Männern aus. Außerdem sagte ich ja, dass ich bereits davon gehört hatte.«

Das klang mehr vorgeschoben als nach einer echten Begründung.

»Aber meine Frage ist nicht beantwortet. Haben Sie etwas mit der Geschichte zu tun?«

Weber fuhr aus seinem Sitz empor und funkelte den Kommissar mit unverhohlener Wut an. Simon zwang sich, ruhig zu bleiben.

»Vielleicht war es Ihnen unangenehm, dass Frau Schwarz Dinge gesehen hat, die sie Ihrer Meinung nach nicht hätte sehen sollen?«

»Und was sollte das sein? Was läuft hier eigentlich? Wissen Sie überhaupt, mit wem Sie hier reden?«

»Ja, weiß ich. Und Sie sollten Ruhe bewahren. Bisher stelle ich nur Fragen. Wenn wir Sie verdächtigen würden, würde das Gespräch sehr wahrscheinlich gute hundert Meter Luftlinie auf dem Revier stattfinden.«

Und mit einem Mal schien sich Peter Weber über seinen Auftritt bewusst zu werden und darüber, dass er sich damit selbst in den Kreis der Menschen katapultierte, die mehr Aufmerksamkeit bekommen sollten, falls eine Straftat vorlag.

Er setzte sich langsam wieder und Simon beobachtete ihn genau. Je länger er sich mit den Todesumständen von Peter Weber befasste, desto merkwürdiger erschien ihm das Verhalten einiger Bewohner.

KAPITEL 47

JJ hasste die Warterei. Keine Nachricht von Simon. Und auch Vinzent hüllte sich in Schweigen. Womöglich war er beleidigt, weil sie ihm für den heutigen Abend absagen musste. Wenn sie allerdings nach draußen zum Himmel schaute, würde Vinzents Vorhaben ohnehin ins Wasser fallen. Zum ersten Mal seit Wochen zogen dunkle Wolken auf und schoben sich vor die Sonne. Auch der Wetterbericht sagte schwere Unwetter voraus. Kein Wunder nach einer solch extremen und langen Hitzephase.

Am Mittag hatte sie alle Beschäftigten des Instituts Schwarz zusammengetrommelt, um die Aufgaben für die kommenden Tage zu besprechen und zu verteilen. Dann war sie im kühlen Arbeitsraum verschwunden, hatte den Joint ausnahmsweise weggelassen, aber dafür eine Playlist mit den ersten beiden Alben der Band Slut eingelegt, die abgelöst wurden von Readymade mit »The Feeling Modified«.

Als alle anderen bereits Feierabend hatten, zog sie sich um und machte sich auf zu Sabine Aichner. Doch auf halbem Weg zu dem Weingut, das zwischen Hintere Straße und Wilhelmstraße lag, bekam sie einen Tiefschlag. Simon meldete sich telefonisch und berichtete ihr ohne Umschweife davon, dass die Exhumierung keine Ergebnisse gebracht habe. Zum Ärger von Dr. Lanz sei ein neuer, unabhängiger Arzt damit beauftragt worden, den Leichnam zu begutachten und entsprechende Proben zu entnehmen. Beides habe allerdings keinerlei Hinweise auf ein Fremdverschulden ergeben.

Sie fluchte so laut, dass andere Passanten erschrocken zu ihr schauten.

»Aber eines kann und wollte auch keiner der Mediziner plötzlich ausschließen: Es gibt viele, insbesondere auch pflanzliche Giftstoffe, die zum Tod eines Menschen führen und nicht oder zumindest nicht lange im Körper und Blut nachgewiesen werden können oder auch zu keinen körperlich sichtbaren Veränderungen führen. Aber ich fürchte, dass wir damit die Akte schließen müssen, wenn sie denn je wirklich offen war.«

»Das hört sich ja fast an, als würdest du meinem seltsamen Gefühl inzwischen glauben.«

»Na ja, jetzt wollen wir nicht übertreiben. Aber was ich aufgrund deiner Hartnäckigkeit mitbekommen habe, lässt einen Rest an Zweifeln zurück. Doch wenn es ein Verbrechen war, dann sieht es so aus, als hätten wir weder einen Beweis für die Tat noch einen Täter.«

»Oder eine Täterin.«

Beide schwiegen nachdenklich. Dann sagte JJ: »Ich bin gerade auf dem Weg zu Sabine Aichner.«

»Der Konkurrentin von Markus Weber?«

»Vielleicht. Vielleicht war sie aber auch mehr.«

»Wie meinst du das?«

Sie erzählte Simon vom Aufeinandertreffen im Eff-Club und der daraus resultierenden Einladung.

»Interessant.«

»Was?«

»Du weißt ja, ich darf nicht über aktuelle Ermittlungen sprechen. Deshalb kann ich dir natürlich auch nicht erzählen, wenn Vera Weber glauben würde, ihr Mann hatte vielleicht ein Verhältnis mit Sabine Aichner.«

JJ verstand sofort. »Nein, natürlich dürftest du mir auf

keinen Fall davon erzählen. Das wäre ein klarer Verstoß gegen deine Dienstvorschriften. Dann werde ich mal sehen, was Sabine mir zu erzählen hat.« Sie versprach, sich bei ihm zu melden, wenn sie wieder zu Hause war.

Dann versuchte sie, noch mal Vinzent zu erreichen. Wieder erfolglos. Auch auf ihre Textnachrichten reagierte er nicht. Das war mehr als untypisch für ihn – es sei denn, er wollte sie überraschen wie in der Nacht, als er sie so fürchterlich erschreckt hatte.

Aichners Weingut war ein u-förmig angeordneter ehemaliger Bauernhof. Das Holztor war frisch gestrichen und stand offen. Im Innenhof gab es viel Grün, den Zugang zu einem Hofladen und einen Wegweiser, der in den Weinhof führte, einen kleinen Garten, in dem ein paar Bänke und Tische standen und wo an mehreren Tagen in der Woche Wein mit einem kleinen Vesper verkostet werden konnte. Alles wirkte auf den ersten Blick wie der völlige Gegenentwurf zu dem, was Markus Weber nach außen zur Schau stellte. Dabei war Sabine Aichner eine der erfolgreichsten Newcomerinnen in der Weinwelt.

Gerade als JJ auf die Klingel drücken wollte, öffnete sich die Tür und die Hausherrin stand strahlend vor ihr.

»Schön, dass das klappt. Komm herein.« Sabine Aichner trat zur Seite, damit JJ eintreten konnte. Ihr erster Eindruck setzte sich auch hier fort. Alles war einfach, aber freundlich und vor allem stilvoll gehalten. Viele alte Möbelstücke, helle Farben und warme Hölzer dominierten, dazwischen überall bunte Blumen und Pflanzen. Alles in allem und durch und durch ein Ort, der einem einen freundlichen und warmen Empfang bereitete.

Sabine hatte ein paar selbst gemachte Brotaufstriche und Käse vorbereitet, mit denen sie sich in den Garten setzten.

Nachdem sie gut gegessen, die erste Flasche Wein ausgetrunken und dabei über dies und das geplaudert hatten, fragte JJ, wie gut Sabine mit Markus Weber bekannt sei.

»Markus? Ach, lass uns später darüber reden. Jetzt zeig ich dir erst mal mein bescheidenes Hofgut.«

JJ spürte, wie der Wein seine Wirkung entfaltete. Aber natürlich wollte sie etwas sehen. Sabine führte sie durch das Haus, vorbei an der Traubenpresse.

»Das ist eigentlich der wichtigste Teil. Nachdem die Trauben gelesen wurden, was bei meinen Weinbergen aufgrund der Lage auch heute noch meist per Hand erfolgen muss, werden sie entrappt, also die Beeren von den Stielen getrennt. Das muss man tun, damit sich am Ende auch wirklich nur das Aroma der Trauben im Wein findet und nicht irgendwelche ungewollten Bitterstoffe.«

Sie zeigte zu der großen Presse.

»Dort geht es den Trauben an den Kragen, hier gewinnen wir den Saft, also die Grundsubstanz für den späteren Wein. Das nennt man Keltern. Der Begriff kommt ursprünglich aus dem Lateinischen und bedeutet so viel wie ›mit Füßen treten‹. So hat man das früher gemacht. So wird aus der Maische der Most. Für hundert Liter Saft brauchen wir etwa hundertfünfzehn Kilogramm Trauben. Von hier kommt der Most in die Tanks zur Gärung. Dort werden die organischen Stoffe im Saft in Säure, Gase und Alkohol gewandelt. Für den Alkohol werden Hefebakterien zugegeben, die mit dem Zucker im Traubensaft reagieren. Das dauert zwei bis drei Wochen. Dann kommt die Klärung.«

JJ folgte Sabine entlang einer Reihe von großen Stahltanks.

»Dazu wird der Saft in neue Tanks umgefüllt, wo er sich

setzen und stabilisieren kann. Am Ende wird alles auf die unterschiedlichen Fässer verteilt.«

Sabine Aichner öffnete eine Tür, die hinunter in einen riesigen Gewölbekeller führte, wo viele Holzfässer aufgereiht nebeneinander und teilweise übereinander standen, größere Fässer säumten die Wände zusammen mit weiteren Stahltanks.

»Und hier wird er dann ausgebaut, bekommt die nötige Ruhe, um zu reifen und sich zu entwickeln.«

Sie ging voraus in den mit Fließen bedeckten Keller und zwischen den Fassreihen hindurch, wobei sie einige der kleineren Fässer, Barriquefässer, wie sie erwähnte, im Vorbeigehen leicht mit ihren schlanken Fingern liebkoste. »Und wenn er seinen Charakter und sein Aroma hat, wird er in die Flaschen abgefüllt. Wann dies geschieht, ist ebenfalls so unterschiedlich wie die Traubensorten und die Weine selbst, aber in den meisten Fällen geschieht dies nach vier bis neun Monaten.«

JJ hatte Probleme, alle Informationen aufzunehmen. Sie fühlte sich leicht benebelt, war aber zugleich angetan von ihrer Gastgeberin und den Ausführungen. Sie lebte zwar in einer Weinbauregion, trank gern Wein, doch so exklusiv war sie in die Herstellung nie eingeweiht worden.

Indessen befiel sie jetzt ein leichter Schwindel.

Sabine Aichner eilte mit besorgtem Gesicht herbei und nahm ihren Arm, um JJ zu stützen.

»Ist dir nicht gut?«, fragte sie mit sorgenvoller Miene. »Brauchst du frische Luft?«

JJ schüttelte den Kopf. »Ich muss mich nur kurz setzen. Der letzte Schluck und zu wenig gegessen … Du kennst das ja.« JJ versuchte sich an einem Lächeln, spürte die enorme Anstrengung, die es sie kostete, die Worte zu formulieren.

War das nur der Wein? Wohl kaum, dämmerte ihr eine grausame Vorahnung.

Sabine nickte und lächelte verständnisvoll. Sie bugsierte JJ zu einem Stuhl am Ende der Holzfassreihe, auf den sie sich setzte.

»Es ist oft auch die Luft hier unten. Für den Wein ist das wunderbar, aber sie bekommt nicht jedem. Sicher geht es dir gleich besser. Ich gehe kurz und hole dir ein Glas Wasser.«

Sabine Aichner streichelte JJ zärtlich über die Wange, schob sich über die Knie in die Senkrechte und ging davon. JJ konnte nur ihre verschwommenen Umrisse wahrnehmen. Dann dämmerte sie weg.

KAPITEL 48

Peter Weber war außer sich. Und fühlte sich gleichzeitig dreckig. Warum und seit wann, das wusste er nicht einmal genau. Aber vielleicht war heute einfach nicht sein Tag. Erst der Polizist, dieser Simon Kalt, der sich wohl für die Reinkarnation von Kommissar Maigret hielt und dumme Fragen stellte. Dann war Vera auch noch plötzlich vor seinem Büro gestanden. Sie war ganz aufgelöst. Auch sie hatte

Besuch von Kommissar Kalt erhalten. Sie hatte irgendwas von Liebe gefaselt und davon, wie sie gemeinsam das Weinhaus Weber erfolgreicher machen könnten. Seither wurde er das Gefühl nicht los, sie meine das ernst.

So ein Blödsinn konnte sich nur eine minderbemittelte Dorfkurtisane ausdenken, denn mehr war sie in seinen Augen nicht. Und wenn er hatte, was er wollte, spätestens dann würde sie erkennen, dass sie nur Mittel zum Zweck war und nie irgendwelche Karten in der Hand gehalten hatte. Er dagegen hatte alle Trümpfe und würde sie nutzen. Das war sein Spiel, das war seine Stadt, und es standen seine Zukunft und viel Geld auf dem Spiel.

Sein Magen krampfte sich zusammen. Weber überlegte, ob er etwas gegessen hatte, was ihm nicht bekommen war. Vera hatte ihm ein Stück Quiche Lorraine mitgebracht. Kochen konnte sie, das musste man ihr lassen. Auch sonst hatte sie ihre Qualitäten. Ein kurzes Lachen wurde von einem neuen Krampfanfall unterbrochen.

Er hatte ihr gesagt, alles würde gut werden, sie müsse nur ruhig Blut und einen kühlen Kopf bewahren.

Das war natürlich von vorn bis hinten gelogen. Nichts davon würde eintreffen. Aber das juckte ihn nicht. Er war Politiker. Und wenn er etwas gelernt hatte in all den Jahren, dann war es, dass die Menschen belogen werden wollten. Niemand hatte Interesse an der Wahrheit. Wer als Politiker dem Volk die Wahrheit sagte, wurde abgewählt. Also wurde gelogen, bis sich die Balken bogen. Und mit den Frauen war es ähnlich. Ob er seine nahm oder Vera, die lebten alle in ihren selbst gebauten Luftschlössern und bettelten doch letztlich danach, angelogen zu werden.

Wieder eine Kolik, diesmal heftiger als die vorherigen. Sollte seine Sekretärin einen Arzt rufen? Quatsch, das würde gleich vorübergehen. »Stell dich nicht so an«, schalt er sich.

Kaum war die eine weg gewesen, war unerwartet Sabine Aichner von seiner Sekretärin ins Büro geführt worden.

»Ist heute etwa Tag der offenen Tür und jeder kann hier einfach so reinkommen?«, hatte er seine junge Mitarbeiterin angefaucht, die daraufhin blasser und kleiner geworden war als ohnehin schon.

»Was willst du denn jetzt?«, hatte er genervt in Richtung Aichner gesagt, nachdem die verängstigte Sekretärin lautlos die Tür hinter sich geschlossen hatte.

»Tu nicht so. Das weißt du«, hatte sie seelenruhig geantwortet, unbeeindruckt von dem vor ihr sitzenden Vulkan. Erst jetzt sah er, dass sie ein Tablett in der Hand trug.

»Was ist das? Hier ist doch keine Kantine.«

»Ich weiß«, flötete sie ihm entgegen. »Ist ja auch dein Mittagessen. Hat mir dein Sekretariat in die Hand gedrückt, weil du ja dazu neigst, alle Menschen um dich herum zu beschäftigen.«

Sie machte ein paar Schritte durch den Raum und stellte das graue Tablett mit einem Teller voll wohlduftendem Chili con Carne auf den Schreibtisch.

Sein Blick blieb auf Sabine Aichner geheftet. »Und jetzt hau ab, lass mich in Ruhe, sonst lass ich dich und den ganzen Dreck einfach auffliegen.«

»Das wirst du nicht«, hatte sie geantwortet. »Ich weiß das und du weißt das. Dafür hast du nicht genügend Mumm in den Knochen.« Sie hatte kurz zu der roten Masse aus Bohnen, Hackfleisch und Tomaten geschaut und dann gemeint: »Dir fehlen einfach die Cojones.« Dann hatte sie gelacht, über ihn gelacht. Es war ein dreckiges, ein gemeines und überhebliches Lachen. Direkt darauf war sie verschwunden.

Wut löste bei Peter Weber meist ein unbändiges Hungergefühl aus. Das war diesmal nicht anders. Also hatte er erst das leidlich gute Chili in sich reingestopft und dann die halbe Quiche. Dabei hatte er einen braunen DIN-A5-Briefumschlag aus seiner Tasche gekramt. Er trug ihn seit etwa einer Woche mit sich herum, hatte ihn nur kurz geöffnet und den Inhalt überflogen. Jetzt nahm er die Blätter wieder heraus. Las sie erneut. Und spürte, wie sich eine unsichtbare Last schwer wie Blei auf seine Schultern legte.

Trotzdem hatte er weitergegessen. Eine Gabel nach der anderen. Bis alles leer war.

Und jetzt ging es ihm dreckig.

Eine weitere schmerzhafte Kolik kündigte sich an. In der Hoffnung, dass dies helfen würde, stand er auf. Jedoch nur, um fast in derselben Sekunde der Länge nach auf den weichen Teppich aufzuschlagen.

KAPITEL 49

Als JJ wieder zu sich kam, hatte sie keine Ahnung, wie viel Zeit verstrichen war. Ihr Kopf fühlte sich schwer an, das Blut pochte in den Adern. Sie saß im schummrigen Dämmerlicht auf einem Stuhl. Arme und Beine waren mit Seilen festgebunden. Sie befand sich noch immer in dem Gewölbekeller und konnte Sabine Aichner hören. Sie redete mit gedämpfter Lautstärke auf jemanden ein, dessen Stimme JJ nicht kannte. Ihr Blick war nicht klar und alles sah etwas verschwommen aus. Sosehr sie sich konzentrierte, sie schaffte es nicht, etwas von dem zu verstehen, was die beiden miteinander sprachen.

Was ging hier vor, was war passiert? Warum war sie gefesselt? JJ sah nur ein zerbrochenes Bild vor sich, dessen Einzelteile sie in ihren Gedanken nicht zusammensetzen in der Lage war.

Markus war tot auf ihrem Bestatterinnentisch gelandet. Das war gut zwei Wochen her. Bis heute war ihr unerklärlich, woher ihre Zweifel an der festgestellten natürlichen Todesursache erwachsen waren. Einer der angesehensten Winzer der Region, dessen Bruder zudem Bürgermeister der Stadt war. Doch Everybody's Darling hatte keine so weiße Weste, wie alle glaubten. Wie auch der Rest nicht, der nur irgendwie mit der Sache zu tun hatte. Markus Weber hat seine Frau geschlagen, seine Kollegen mit Blick auf die geplante EU-Gesetzgebung im Regen stehen lassen, sich mit dem politischen Gewicht seines Bruders ein Millionenanwesen geleistet. Dadurch einen ordentlichen Berg Schulden aufgehäuft und doch Pläne verfolgt, eine marode Genossenschaft aufzukaufen. All das ergab keinen Sinn. Dazu kamen seine Frauengeschichten und eine Ehe, die nur Fassade zu sein schien. Seine Frau hatte eine Affäre mit seinem Bruder, ihm wurde eine mit Sabine Aichner nachgesagt, was zumindest die Wut von Markus' Sohn auf der Beerdigung erklären würde.

Sie hatte versucht, Simon zu überzeugen, jedoch anfangs auf Granit gebissen. Sie hatte mit einem Journalisten über den Tod der Schwester gesprochen, war von vier Jugendlichen angegriffen worden, die standhaft behaupteten, Peter Weber habe sie angestiftet und bezahlt. Und zu allem Überfluss hatte die Exhumierung kein Ergebnis gebracht.

Hier passte nichts zusammen, und sie fragte sich, ob sie mit ihrem dämlichen Bauchgefühl nur eine riesige Katastrophe angerichtet hatte. Sie hatte Vinzent vergrault, der seit einiger Zeit nicht mehr zu erreichen war. Simon war ebenfalls sauer auf sie, weil er von seinen Vorgesetzten und vom Staatsanwalt sicher einen Einlauf bekommen würde. Ihre Freundin, die von Markus belästigt worden war, hatte sie versetzt, und sie hätte die Zeit besser in ihrem Betrieb investiert. Er florierte und da gab es einiges zu tun. Peter Weber hatte ihr gedroht, sie fertigzumachen, und er hatte durch seinen Einfluss genügend Möglichkeiten, um ihr einige Schwierigkeiten zu bereiten. Und wenn all das bekannt werden würde, wer wollte sich schon von einer geistersehenden Verrückten beerdigen lassen?

Sie war am Ende. Aber sie konnte kein Muster erkennen. Es gab keine Antworten auf ihre Fragen. Nur neue Fragen. Je länger sie darüber nachdachte, desto mehr musste sie sich eingestehen, dass sie sich wahrscheinlich einfach komplett verrannt hatte. Genau so, wie es Simon und auch Vinzent unabhängig voneinander vorhergesehen hatten. Doch was machte sie dann hier? Gefesselt im Weinkeller?

Ehe sie weiter nach Antworten suchen oder sich selbst bemitleiden konnte, kamen die beiden Gestalten auf sie zu. JJ wusste nicht, was sie tun sollte. Sich schlafend stellen oder nicht?

»Geht es dir besser, meine Liebe?«, fragte Sabine Aichner mit sorgenvoller Stimme, so als sei es völlig normal, Menschen an Stühle zu fesseln.

»Was … was soll das hier? Mach mich sofort los! Das ist Freiheitsberaubung. Was hast du mir gegeben?«

»Aber doch nur, wenn jemand davon erfährt. Erst dann ist es Freiheitsberaubung. Und das wird nicht der Fall sein, glaube mir. Du bist nur eine junge Frau, die hinter ihrer Fassade immer wieder durch Drogenkonsum und ihren ausschweifenden Lebensstil auffiel und am Ende einfach zu viel erwischt hat. Das passiert doch jedem Junkie mal. Und was ich dir gegeben habe? Ganz einfach: K.-o.-Tropfen. Wirken immer und zuverlässig. Und sind später nicht mehr nachweisbar.«

JJ fuhr es wie ein Stich durch den Körper, als sie Sabines Worte realisierte.

Sabine sprach unterdessen ungerührt weiter. »Gleich wirst du wieder frei sein, zusammen mit deinem Freund, diesem lästigen Journalisten.«

»Vinzent? Was hat Vinzent damit zu tun? Wo ist er? Was hast du mit ihm gemacht?« JJs Stimme steigerte sich mit jeder Silbe mehr zu einem hysterischen Schrei.

»Was ich gemacht habe? Nichts. Ich habe rein gar nichts gemacht. Ihr habt euch in Dinge eingemischt, die euch nichts angehen. Er hätte besser weiter über die Fellbacher Kleingärtner und Kaninchenzüchter berichtet, statt den Investigativjournalisten zu spielen. Und du, du hättest dich weiter um deine Toten kümmern sollen. Was jetzt passiert, habt ihr euch selbst zuzuschreiben, aber so kurz vor dem Ziel kann ich euch doch damit nicht durchkommen lassen. Ihr würdet alles zerstören, so wie andere immer alles in meinem Leben zerstört haben. Aber jetzt ist Schluss damit. Jetzt bin ich dran.«

JJ brach der kalte Schweiß aus. Vinzent war hier? War er noch am Leben? Und was hatte Sabine Aichner mit ihr vor?

KAPITEL 50

Der Anruf ging bei Simon Kalt um kurz vor einundzwanzig Uhr ein. Er solle sofort rüber ins Rathaus kommen. Eigentlich hatte er längst zu Hause bei seiner Familie sein wollen. Aber er hatte am Abend ein Gespräch mit dem Staatsanwalt führen müssen. Zum Glück hatte der Termin per Videokonferenz stattgefunden, denn so war der Sturm weniger verheerend über ihn hinweggefegt, als dies bei einem Termin vor Ort der Fall gewesen wäre. Der zuständige Staatsanwalt war stinksauer wegen der fehlenden Ergebnisse der Exhumierung. Und die Schuld für diesen Fehlschlag heftete er allein Simon Kalt ans Revers.

»Sie können froh sein, wenn sich das nur verlangsamend auf Ihre Karriere auswirkt. Und das auch nur, weil wir viel zu wenig Personal haben. In meinen Augen wären Sie durchaus ein Kandidat für die Revierleitung gewesen, aber um einen solchen Posten mit Leben füllen zu können, muss man umsichtig handeln und entscheiden und darf nicht jedem Unfug aufsitzen. Aus heutiger Sicht ist dann vielleicht doch Ihr Partner Sven Hartung der geeignetere Kandidat. Ein Jammer, dass er gerade jetzt krank geworden ist. Er hätte Sie rechtzeitig zur Vernunft gebracht, und wir hätten jetzt nicht diesen peinlichen Schlamassel. Wäre Hartung da gewesen, hätte er sich darum gekümmert, und Sie hätten weiter Einbrecher jagen können. Jetzt können Sie froh sein, wenn Sie nicht bald den Verkehr regeln. Ich hätte es wissen und Sie diesen Unsinn rechtzeitig stoppen müssen. Aber ich habe mich auf Ihren gesunden Menschenverstand verlassen. Das war mein Fehler«, hatte der Anklagevertreter getobt.

Simon hatte den Tadel über sich ergehen lassen und sich kleinlaut verabschiedet. Dann hatte er überlegt, ob er sich betrinken oder lieber JJ die Meinung geigen sollte. Sie hatte ihm den Floh ins Ohr gesetzt. Doch er war im Büro sitzen geblieben und hatte sich den Akten auf seinem Tisch gewidmet. Genau der richtige Downer, wie der Kommissar fand.

Bis das Telefon geklingelt hatte.

Obwohl es inzwischen kräftig regnete, war Simon ohne Jacke aus dem Gebäude gespurtet, quer über die Straße und in den Rathausinnenhof. Unten im Foyer neben dem Empfangstresen wartete schon eine blasse Frau auf ihn, die vor der weißen Wand kaum auszumachen war.

»Er ist oben. Ich glaube, er ist tot.«

»Wer? Tot? Was ist hier los?«

»Peter Weber. Der Bürgermeister. Ich glaube er wurde ermordet.«

Simon zuckte kurz zusammen, gab sich aber alle Mühe, sich nichts anmerken zu lassen. Sie gingen nach oben in das Büro, und mit einem Mal wurde Simon mulmig zumute, als er auf dem Boden den leblosen Körper in seinem eigenen Erbrochenen liegen sah.

»Scheiße«, entfuhr es ihm.

KAPITEL 51

»Hast du Markus ermordet?«, stellte JJ die ohnehin im Raum stehende Frage.

Sabine Aichner musterte sie in aller Ruhe mit vorwurfsvollem Blick. Ihre Gedanken brauchte sie nicht zu formulieren, JJ war die längst schuldig gesprochene Angeklagte in einem Prozess ohne Verteidiger.

Dann sagte Sabine ohne große Regung: »Niemand hätte davon erfahren. Niemand. Wirklich niemand. Markus war unter der Erde und alles hätte seinen Gang nehmen können. Wenn du nicht gewesen wärst, wie ich vorhin bereits sagte. Du und dein Schmierfink.« Sie lehnte sich an eines der neuen Fässer, die einen angenehmen Geruch absonderten.

»Aber was haben wir denn gemacht?«

»Eure Nasen in Dinge gesteckt, die euch absolut nichts angehen.« Sie kam mit ihrem Gesicht dicht an das von JJ. Inzwischen war jeglicher freundliche Zug daraus gewichen. »Markus, ja euer toller Vorzeige-Markus, er war ein Schwein.«

»Was meinst du?« JJ sah aus dem Augenwinkel, dass sich noch immer jemand anderes im Raum befand. Sie erinnerte sich, dass sie Sabine vorhin mit jemandem hatte reden gehört. Wer es war, konnte sie nicht erkennen, denn derjenige bewegte sich geschickt außerhalb ihres Sehfeldes.

»Ach, tu doch nicht so. Er wollte schon immer alles haben. Alles! Und wenn er es nicht bekommen hat, hat er es sich genommen. Und dafür war ihm jedes Mittel recht.«

JJ verstand immer noch nichts. Sabine Aichner war doch

von außerhalb zugezogen. Woher kannte sie Markus so gut? Und wie kam sie zu ihren Behauptungen?

JJ versuchte, sie zum Reden zu animieren. »Ja, er hatte Affären und tat viel für seinen Erfolg. Aber musste er deshalb sterben?«

»Du kapierst überhaupt nichts, oder? Vielleicht habe ich dich doch überschätzt. Oder besser euch? Habt ihr doch nur an der Oberfläche gekratzt? Egal, ihr müsst trotzdem sterben.«

Die letzten Worte trafen JJ mit der Wucht eines Vorschlaghammers. Nicht nur, dass Sabine ausgesprochen hatte, was sie vorhatte. Sie hatte außerdem im Plural gesprochen.

»Was ist mit Vinzent? Ist er auch hier? Sag doch endlich!« JJ spürte, wie sie Mühe hatte, ihre aufziehende Panik zu bekämpfen. Sie schwitzte stärker und rieb ihre Hände und Beine, versuchte, sich der Fesseln zu entledigen, scheuerte dabei jedoch nur schmerzhaft ihre Haut an den Handgelenken und Fußknöcheln auf.

Ein Lachen entfuhr Sabine Aichner. »Dein kleiner Freund? Ja, der ist hier. Er wird sich sicher freuen, dich gleich zu sehen. Keine Sorge, ihr dürft gemeinsam sterben.«

»Vinzent!«, schrie JJ. »Vinzent! Wo bist du?«

Je mehr sie sich bewegte, desto größer wurden die Schmerzen an den Stellen, wo die Fesseln auf der Haut scheuerten. Aber sie konnte nicht aufhören. Es war ein Reflex. Sie musste versuchen freizukommen.

»Ja, schrei ruhig. Lass es raus. Es wird dir und deinem Freund nicht helfen. Hier unten findet euch niemand. Und eure Leichen, die werden dann amtlich begutachtet, und siehe da, zwei tragische Todesfälle mehr. Aber wenn der richtige Stempel auf den Dokumenten ist, wird niemand Fragen stellen.«

Als die andere Person neben Sabine Aichner ins gedimmte Licht trat, wurde JJ schmerzhaft bewusst, wie prekär die Lage war. Harald Lanz, der Gerichtsmediziner, legte von hinten seine Arme um die Hüften von Sabine Aichner.

»Überrascht?«, fragte Sabine mit einem zynischen Unterton. »Das ändert auch nichts mehr. Und jetzt genug geredet. Es wird Zeit für euch, Lebewohl zu sagen.«

Da fing ein Telefon an zu piepen. Lanz zog seine Arme zurück und ein Handy aus der Tasche.

»Oh, welch Überraschung. Ich muss los. Im Rathaus hat es wohl einen Todesfall gegeben.«

Ein leichtes Lächeln zuckte über seine Lippen und doch hatte JJ den Eindruck, als ob sich der Arzt hinter seiner selbstsicheren Fassade nicht so ganz wohlfühlte. Doch in derselben Sekunde erschien eine Spritze in seiner Hand und er machte einen langen Schritt auf JJ zu und stach ihr die spitze Nadel in den Hals.

KAPITEL 52

Simon Kalt kniete neben dem toten Bürgermeister und betrachtete den leblosen Körper. Konnte das Zufall sein? Er glaubte nicht daran.

Aber was war es dann? Es sah so aus, als habe es jemand auf die Familie Weber abgesehen. Warum? Zunächst musste die Todesursache von Peter Weber festgestellt werden. Das Team der Spurensicherung und die Gerichtsmedizin hatte er angefordert, auch wenn es noch immer sein konnte, dass Weber einfach umgekippt war. Wie sein Bruder. Ungesunder Lebenswandel, zu viel Stress als Bürgermeister. Auszuschließen war es nicht, wenn auch bei den aktuellen Umständen wenig wahrscheinlich.

Da sah er etwas unter dem massigen Körper hervorblitzen. Er wartete, bis die Spusi eintraf, ihre Koffer abstellte und in die weißen Ganzkörperanzüge schlüpfte, mit denen die Beamten sicherstellten, dass eine Kontamination eines möglichen Tatortes ihrerseits vermieden wurde. Simon bat um zwei Plastikhandschuhe, die ihm von Selina Gromik, einer jungen Kollegin, die er von anderen Einsätzen her kannte, mit einem angedeuteten Lächeln gegeben wurden. Alle gingen an die Arbeit, untersuchten den Raum, nahmen Proben von den Speisen, die Weber zu sich genommen hatte, und vom Erbrochenen, pinselten hier und da etwas ein. Schweigend, effektiv, professionell.

Simon streifte die Handschuhe über und zog vorsichtig das blitzende Papier unter dem schweren Körper hervor. Es war ein Stapel Blätter mit einem Falz in der Mitte. Das

Logo weckte sofort sein Interesse, und er las Seite für Seite mit wachsendem Erstaunen.

Damit hatte er ganz und gar nicht gerechnet. Offensichtlich hatte JJ mit ihrem undefinierten Gefühl recht. Jedoch verlieh dies, was Simon hier in den Händen hielt, den Ereignissen rund um Markus Webers Tod eine weitaus größere Dimension.

Er packte die Seiten in eine Plastikhülle mit Zip-Verschluss, die er sich ebenfalls von den Spurensicherern geholt hatte, und nahm sein Handy raus, um den Staatsanwalt anzurufen.

In dem Moment betrat der angeforderte Gerichtsmediziner den Raum und nickte Simon kurz zu, ehe er seinen Arztkoffer abstellte und neben dem Verstorbenen auf den Boden sank, um mit der Leichenbeschau zu beginnen.

KAPITEL 53

JJ lag neben Vinzent. Sie konnte ihn zwar in der völligen Dunkelheit nicht erkennen, aber sie spürte ihn, wusste, dass er es war, denn sie hatte ihn an seinem Atem und seinem Körpergeruch erkannt. Er lag reglos neben ihr auf dem feuchten

Holz. Es roch intensiv nach Wein. Zuerst hatte sie befürchtet, Vinzent sei tot. Aber als sie ihren Kopf in der Dunkelheit und mit noch immer gefesselten Armen und Beinen ungeschickt über seinen Brustkorb und von dort vor sein Gesicht bugsiert hatte, wusste sie, dass er am Leben war. Sie hätte es sich nie verziehen, wenn er wegen ihr gestorben wäre. Doch im nächsten Moment wurde ihr bewusst, in welcher Lage sie steckten und wie gering die Wahrscheinlichkeit war, hier überhaupt lebend herauszukommen.

Wo waren sie überhaupt? Die Spritze hatte sie sofort ausgeknockt. JJ hatte keine Ahnung, wie viel Zeit seither vergangen war, ob es Tag oder Nacht war und wo sie sich genau befanden. Um sie herum herrschte völlige Dunkelheit. Sie spürte nur, dass sie von feuchtem Holz umgeben waren. Dann fiel es ihr wie Schuppen von den Augen. Die großen Holzfässer. Sie hatten alle eine kleine Öffnung, durch die man sie ins Innere geschoben und dann von außen verschlossen hatte.

Wie lange würde der Sauerstoff reichen, bis sie hier drin ersticken würden? Sie hatte schon von Gärgasunfällen gehört, da im Inneren dieser Fässer häufig eine extrem hohe Kohlendioxidkonzentration herrschte.

War das der perfide Plan von Sabine Aichner, sie beide im Weinfass jämmerlich ersticken zu lassen?

JJ rüttelte, so gut es ihre verschnürten Hände eben zuließen, am reglosen Körper von Vinzent. Sekunden später, die ihr wie Minuten vorkamen, schüttelte ein Hustenanfall den langsam zu sich kommenden Journalisten.

Er stieß einige irritierte Laute aus, die sich zwischen Grunzen und schmerzhaftem Jaulen bewegten. Sie gab ihm Zeit und versuchte, ihm mit ihrer Stimme in der undurchdringlichen Dunkelheit doch etwas Orientierung zu geben.

»Vinz, wie geht es dir?«

»Was?«, kam es zögerlich aus der Dunkelheit. »JJ? Wo sind wir, warum ist es so dunkel?«

»Ich glaube, wir wurden in ein großes Weinfass gesperrt.«

»Wie, von wem? Warum?«

Und dann konnte sie sein Zögern förmlich spüren, als Teile der Erinnerung wohl über ihn hereinbrachen. »Die Aichner, ja, sie war es.«

»Was?«, fragte JJ.

»Wir müssen hier raus«, meinte er. JJ hörte Geräusche im Dunkeln. Vinzent bewegte sich. Kleidung scheuerte über Holz und ein schmerzhaftes Stöhnen hallte durch das Innere des Holzfasses.

»Was hast du?«, fragte JJ voller Sorge. »Bist du verletzt?«

»Nein, alles gut. Mir brummt nur der Schädel. Irgendjemand hat mir eins über den Kopf gezogen. Aber wichtiger ist die Frage, wie wir hier rauskommen. Hier drin werden wir sonst jämmerlich verrecken.«

»Ich glaube, das ist der Plan«, antwortete sie resigniert und hieb mit der flachen Hand auf die unsichtbaren Holzwände. »Wir kommen hier nicht raus. Niemand wird uns hören, und finden werden sie höchstens unsere Leichen. Dafür wird die Aichner schon sorgen, da bin ich mir absolut sicher.«

Ihre gefesselten Hände strichen ungelenk über seinen Körper, bis sie sein Gesicht gefunden hatten. Sie zuckte kurz zurück, als sie über etwas Klebriges fuhr. Aber dann wurde ihr klar, dass es getrocknetes Blut aus einer Wunde sein musste, als ihn jemand niedergeschlagen hatte. Er stöhnte kurz auf, was ihre Vermutung bestätigte. Sie hoffte nur, dass die Verletzung nicht zu schwer war.

»Aber sag«, wechselte sie das Thema, während ihre

Gedanken dennoch fieberhaft darum kreisten, ob es einen Ausweg aus dieser Falle gab. »Was machst du hier, wie kommst du hierher?«

»Das ist ganz einfach. Ich bin der Spur der verschwundenen Schwester nachgegangen.«

Da wurde ihr bewusst, dass sie diesen Strang nach dem Telefonat mit Morawski nicht weiterverfolgt hatte. Aber sie hatte Vinzent davon erzählt und damit einen journalistischen Beißreflex bedient, der ihn gezwungen hatte, dem nachzugehen.

»Und was hast du herausgefunden?«, fragte JJ.

KAPITEL 54

Simon Kalt tippte wieder auf die Wahlwiederholung und wechselte zwischen den Nummern von JJ und von Vinzent hin und her. Keiner von beiden ging ans Telefon.

Simon wurde von Minute zu Minute beunruhigter.

Nachdem er die Papiere gelesen hatte, die unter Peter Webers Körper begraben waren, hatte sich für ihn eine Theorie herauskristallisiert, die beängstigend war. Doch es passten noch nicht alle Puzzleteile zusammen.

»So, ich wäre dann so weit«, kam Harald Lanz auf ihn zu. Er wirkte sachlich und professionell, so wie man es von einem Mediziner erwartete. Ein Zeichen des Wiedererkennens hatte es nicht gegeben. Weder Lanz noch Simon hatten das Gespräch von neulich erwähnt. Es war, als habe es nie stattgefunden.

»Und?«, fragte Simon knapp.

»Soweit ich es mit den Bordmittel hier feststellen kann«, er zeigte auf seinen am Boden stehenden Koffer, »deutet alles auf eine allergische Reaktion hin. Genaueres kann ich aber erst sagen, wenn ich ihn untersucht habe.«

»Allergische Reaktion? Kann die auch durch äußere Einflüsse hervorgerufen worden sein?«

»Theoretisch ja, aber ich würde eher auf eine Reaktion seines Körpers auf eine Zutat beim Essen tippen. Mehr können Sie von mir im Moment nicht erwarten.« Lanz nickte dem Kommissar zu, ging hinüber, klappte seine Tasche zu und schickte sich an zu gehen.

»Bis wann können wir mit einem belastbaren Ergebnis rechnen?«

»Morgen Mittag.«

Simon nickte, wandte sich wieder dem Handy zu und tippte auf die Wahlwiederholung.

Im Hintergrund wurde ein Zinksarg von zwei Männern in den Raum getragen, die Simon kannte. Es waren JJs Mitarbeiter. Sie packten den Leichnam hinein und trugen den verschlossenen Sarg dann aus dem Büro des Bürgermeisters.

Simon rief noch kurz hinterher und eilte zu ihnen. Es waren Holger Rose und Klaus Rauch. »Sagt mal, wo ist denn JJ?«

Wenn sie nicht die Tragestangen des Sargs umfassten hätten, hätten sie vermutlich die Schultern gezuckt. So meinte

Rose: »Keine Ahnung. Sagt sie es uns nicht immer. Hatte aber irgendwas vor heute Abend. War irgendwo eingeladen. Aber wo, das weiß ich nicht.« Auch Rauch schüttelte nur den Kopf, dann schleppten sie den Sarg weiter.

Schweres Training, dachte Simon und ohrfeigte sich innerlich dafür.

Aus dem Vorzimmer vernahm Simon ein kräftiges Schluchzen. Er hatte die Sekretärinnen eigentlich nach Hause geschickt, aber sie waren immer noch da. Das Ereignis hatte sie beträchtlich mitgenommen. Die erste Befragung hatte kaum Erkenntnisse zutage befördert. Doch allein die Tatsache, dass sowohl Vera Weber und Sabine Aichner kurz hintereinander bei Peter Weber gewesen waren, passten zu der sich in seinem Kopf zusammensetzenden Theorie.

Noch immer gingen weder JJ noch Vinzent an ihre Handys.

Simon sah sich um, sprach mit Selina von der Spurensicherung und verabschiedete sich vorübergehend, da er hier ohnehin außer Warten nichts tun konnte.

Unten sah er Lanz im Foyer stehen und telefonieren. Dieser warf ihm ein aufgesetztes Lächeln zu. Simon hörte, wie der Mediziner zu seinem Gesprächspartner »Bis gleich« sagte und wie er das Handy vom Ohr nahm.

Simon wollte an ihm vorbei nach draußen eilen. Am Portal wartete ein Polizist in Uniform, der Simon zunickte und den Weg freigab, als sich dieser näherte. Der Arzt folgte ihm nur wenige Schritte dahinter.

Der Regen hatte die Luft merklich abgekühlt, was Simon in diesem Moment als angenehm empfand. Er wandte sich nach rechts, um an der Markthalle vorbei zum Weingut von Sabine Aichner zu eilen. Bevor er mit weit ausholenden Schritten aufbrach, nickte er nochmals Harald Lanz zu, der hinter ihm aus der automatischen Flügeltür getreten war.

KAPITEL 55

»Du meinst, Sabine Aichner ist die Schwester von Markus und Peter Weber?«

»Ja. Ganz sicher.«

»Aber wie kann das sein? Und was bezweckt sie dann?«

»Ihre Leiche wurde nie gefunden, weil sie gar nicht gefunden werden konnte. Es gab nämlich keine. Sie hat schwer verletzt überlebt. Ein älterer Mann aus Südtirol hat sie gefunden. Dann hat sie behauptet, sich an nichts mehr erinnern zu können. Doch das konnte sie ganz genau. Sie ist mit nach Südtirol, wo sie in der Familie gelebt hat. Niemand hat groß Fragen gestellt. Und so wurde aus Martina oder Tina Weber Sabine Aichner. Das war die Tochter der Aichners, die ironischerweise wirklich bei einem Wanderunfall ums Leben kam und deren Leiche nie gefunden wurde. Daher war sie für die Familie, die sehr religiös ist, so was wie ein Geschenk Gottes. Die verlorene Tochter, die im Körper einer anderen Frau zu ihnen zurückgekehrt ist oder so ein Quatsch. Ist auch egal. Da die beiden im ähnlichen Alter waren und es auch zumindest eine gewisse Ähnlichkeit gab, ist der Schwindel niemandem aufgefallen. Und Tina – oder Sabine – hatte durch den Sturz zahlreiche Verletzungen erlitten. Auch im Gesicht. Es waren einige Operationen notwendig, die von den Aichners bezahlt wurden. So hat man es geschafft, die Ähnlichkeiten mit der echten Sabine zu vergrößern, und gleichzeitig ein Aussehen geschaffen, mit dem sich sogar die beiden Brüder eine gewisse Zeit haben täuschen lassen.«

»Du meinst, die Aichner ist zurückgekommen und ihre Brüder haben es nicht geschnallt?«

»Genau das meine ich«, sagte Vinzent mit fester Entschlossenheit in der Stimme. »Zumindest am Anfang.«

»Und wie kommst du darauf?«

»Einen Teil habe ich recherchiert, den Rest hat mir die Aichner selbst erzählt. Mit Todgeweihten kann man ja offen sprechen. Sie wollte Rache.«

»Aber für was? Für einen Unfall, dafür, dass sie in ein Unwetter geraten waren?«

Vinzent lachte kurz auf. »Nein, so einfach war es nicht. Sie hat erzählt, dass die Familie heillos zerstritten war. Insbesondere ihre Brüder, die ihr ihre Rolle in den Unternehmungen absprachen und streitig machten. Und es war Markus, der sie aus allem herausdrängen wollte. Das Wochenende war wohl eigentlich gedacht, damit man sich verständigte, eine gemeinsame Lösung fand. Doch es endete laut der Aichner damit, dass sie von Markus Weber absichtlich in die Klamm gestoßen wurde.«

Es folgte ein langer Moment der Stille.

»Und dann ist sie irgendwann gekommen, um sich zu rächen und sich zu holen, was ihr ihrer Meinung nach zustand?« Mit dieser Wendung hatte JJ nicht gerechnet. »Aber haben die Brüder wirklich nichts gewusst?«

»Am Anfang wohl nicht, sagte sie. Aber später habe sie sich Markus zu erkennen gegeben, habe ihn in die Enge getrieben und versucht zu erpressen. Sie wollte ihren Anteil haben. Am Weingut und am Erfolg. Und sie hatte aufgrund der Vergangenheit eine starke Position.«

»Und als er nicht darauf eingehen wollte, hat sie ihm bei ihren Treffen immer Gift in Getränke und ins Essen gemischt. Kleine Dosen, die nicht sofort tödlich waren, aber über eine gewisse Zeit zum Tode führen mussten.«

»Ja, so könnte es gewesen sein. Andererseits: Hatte sie wirklich die Möglichkeit, ihn auf diese Weise zu vergiften?«, meinte Vinzent.

Dann dämmerte es JJ. »Oh ja, die hatte sie. Als ich hier war und bevor man mich in das Fass verfrachtet hat, habe ich Harald Lanz gesehen. Er hat mir auch eine Spritze verpasst. Mit ihm zusammen hatte sie alle Möglichkeiten, an das Gift zu kommen und sich am Ende eine natürliche Todesursache bescheinigen zu lassen.«

»Aber hat sie etwas in der Hand? Offiziell ist sie ja für tot erklärt.«

In diesem Moment hörten sie von außen ein Geräusch und verstummten.

KAPITEL 56

Er wurde verfolgt. Er wusste auch, von wem. Der Arzt machte sich überhaupt keine Mühe, sich zu verbergen. Er lief hinter Simon Kalt her. Bis dieser stehen blieb.

»Was wollen Sie? Warum folgen Sie mir?«

»Wir haben dasselbe Ziel«, kam die knappe Antwort. »Gehen wir zusammen.«

Durchaus überrascht willigte Simon ein, und sie liefen weiter. Es hatte wieder angefangen zu regnen, und sie beschleunigten ihre Schritte.

Beim Weingut Aichner angekommen empfing sie eine unheimliche Stille. Das war um diese Tageszeit wenig verwunderlich, und doch hatte Simon mit etwas anderem gerechnet.

Lanz schien sich auszukennen. Er schritt zielstrebig durch eine Tür, vorbei an einer großen Presse und zahlreichen Edelstahltanks und dann durch eine weitere Tür in einen großräumigen Gewölbekeller. Doch was sie hier unten sahen, überraschte beide, denn auch Harald Lanz entfuhr ein entsetztes »Was …?«.

KAPITEL 57

Umständlich schob sich JJ durch die enge Öffnung aus dem Fass hinaus ins schummrige Kellerlicht. Dann half sie Vinzent. Jemand hatte die kleine Klappe geöffnet, sie aufgefordert, aus dem Fass zu klettern. Durch die gefesselten Hände hatte sich dies als schwierig erwiesen. Doch helfende Frauenhände hatten nach ihr gegriffen. Dann war Vinzent Zentimeter um Zentimeter durch die enge Öffnung aus dem Fass in den Keller gerobbt.

Als JJ sich auf dem Boden in aufrechter Haltung befand, war sie verwirrt. Denn vor ihr stand nicht Sabine Aichner, sondern Vera.

Und sie zielte mit einer Pistole auf sie.

Wo war Sabine?

Die Antwort auf die Frage sah sie nur wenige Meter entfernt zwischen den sauber aufgereihten Barriquefässern. Dort lag ihr seltsam verdrehter Körper in einer sich ausbreitenden Blutlache. Daneben ein etwa dreißig Zentimeter großer und einige Zentimeter starker Holzpflock, an dem klebriges Blut schimmerte.

»Was ist hier los?«, drang von irgendwoher eine bekannte Stimme an JJs Ohr. »Die Waffe runter, sofort.«

Das war Simon.

JJ freute sich, doch das Glücksgefühl erstarb, als sie sah, wer hinter Simon stand, einen Gegenstand in der Hand, der wie ein Stahlrohr aussah.

»Vorsicht, Simon«, brüllte JJ. Zum Glück reagierte ihr alter Freund instinktiv richtig, duckte sich weg und rollte sich seitlich ab, sodass das Metallrohr sirrend durch die Luft schwang, aber sein Ziel verfehlte und mit Wucht und einem satten metallischen Klang auf den Boden krachte.

Ein lauter Knall hallte durch den Keller und JJ sah, wie Lanz einknickte und zu Boden ging.

Doch es war nicht Vera, die geschossen hatte. Sie hielt die Waffe gesenkt und stand mit vor Schreck aufgerissenen Augen neben ihr. Der Schuss stammte vielmehr aus Simons Dienstwaffe. JJ sah, wie dieser auf die Beine sprang und sich über den am Boden liegenden Mediziner beugte.

Vera warf ihre Waffe ohne Aufforderung und mit angewidertem Gesichtsausdruck zu Boden und sah erst JJ und anschließend Vinzent an.

»Es tut mir leid«, stammelte sie und brach dann vor ihren Augen zusammen. »Ich wollte das alles nicht.«

JJ hörte, wie Simon dem Arzt unter Protest Handfesseln anlegte und danach Polizei und einen Notarzt anforderte.

Kurz darauf stand er neben ihr und befreite sie und Vinzent von den Fesseln, die sich tief in ihre Haut gerieben hatten.

»Danke«, sagten beide, nachdem sie sich wieder ohne Einschränkungen bewegen konnten.

Simon hob die Pistole auf, die Vera weggeworfen hatte, und betrachtete sie einen kurzen Moment. »Eine Schreckschusspistole. Und noch nicht mal geladen«, verkündete er, nachdem er sie untersucht hatte.

Neben ihnen kniete eine völlig aufgelöste Vera Weber auf dem Boden und heulte laut und hemmungslos.

»Ich wollte das alles nicht«, wiederholte sie immerfort.

JJ half ihr auf und setzte sie auf einen Stuhl, derweil Simon sich um Sabine Aichner kümmerte.

»Sie lebt«, sagte er zu JJ, die zufrieden nickte. Vinzent trat zu ihr und schloss sie fest in die Arme.

Nach einiger Zeit lösten sie sich. Von draußen drang der Klang von Sirenen in den Keller. Die Sanitäter und die Polizei. JJ wandte sich der noch immer Rotz und Wasser heulenden Vera Weber zu.

»Was genau tut dir leid? Was ist denn passiert?« JJ hoffte, die junge Witwe zum Reden zu bringen. Vera Weber hob an, während der Regen so laut niederprasselte, dass sie ihn sogar im Keller hören konnten.

KAPITEL 58

Sie saßen zu dritt auf der Terrasse. Die Sonne hatte den Regen längst wieder vertrieben. Vor ihnen standen drei Gläser feinen Grauburgunders von einem nur wenige Meter entfernten Weingut, das direkt gegenüber der Polizei in der Cannstatter Straße lag. Die Gläser waren beschlagen von der kühlen Flüssigkeit. Alle drei hoben ihre Nasen über die Öffnung des Glases, sogen den Duft des Weines ein, wiederholten diesen Vorgang ein oder zwei Mal, ehe sie einen kleinen Schluck nahmen.

»Herrlich«, entfuhr es ihnen allen gleichzeitig im Chor.

»Das haben wir uns auch verdient, nachdem wir den Fall erfolgreich gelöst haben.« JJ starrte stolz in die fragenden Gesichter von Vinzent und Simon.

»Wir?«, fragte Simon.

»Na klar, unsere Miss Marple hier, Kommissar Maigret und ich. Wenn es die drei Fragezeichen nicht schon geben würde, wir wären die erwachsene Version.«

Simon schüttelte den Kopf, aber alle drei lachten laut los.

Nach einer kurzen Pause meinte Simon: »In jedem Fall wäre ohne dein magisches Bauchgefühl mindestens ein Verbrechen unentdeckt geblieben.«

»Habt ihr die Ermittlungen abgeschlossen?« JJ nahm einen weiteren Schluck und vier Augen hefteten sich erwartungsvoll an den Polizisten.

»Ja. Vera und Sabine – oder Tina – sind beide geständig. Es ging natürlich im Kern um die alten und bekannten Motive wie Rache, Eifersucht, aber auch Gier. Markus hat Vera nur wegen der ertragreichen Weinberge ihrer Eltern geheiratet. Das hat nichts daran geändert, dass sie ihn liebt. Oder sagen wir, geliebt hat. Denn wenn man liebt, setzen einem die Affären des geliebten Partners natürlich zu. Und die letzte Affäre mit Claudia Etzold hat das Fass zum Überlaufen gebracht.«

»Du meinst, nicht Sabine oder Tina hat ihn umgebracht, sondern seine eigene Frau hat Markus vergiftet?« Das warf Vinzents bisherige Theorie durcheinander.

»Ja. Mit Gift aus den Samen des Zerberusbaums, der in einigen Teilen der Welt ja auch als sogenannter Selbstmordbaum bekannt ist. Aber der Name täuscht, denn allein in den letzten zehn Jahren gehen wahrscheinlich einige Tausend Morde auf das Konto der Giftpflanze. Vorwiegend von Ehefrauen.«

»In unserem Fall wurden also einfach die Vorzeichen umgedreht?«

»So sieht es aus.«

»Und wie ist sie an das Gift gekommen? Das ist wohl kaum frei verkäuflich im Drogeriemarkt oder der Apotheke zu bekommen.«

»Nein. Aber über das Internet leider gar kein Problem. Sie hat ihn quasi schleichend damit vergiftet, weshalb auch die üblichen Symptome bei einer Vergiftung mit den Samen des Zerberusbaums weitgehend ausgeblieben sind.«

»Aber man hätte doch Spuren davon finden müssen?«

»Ja und nein. Wenn man nicht genau danach sucht, kann das wohl durchaus übersehen werden. Zudem wurde hier amtlich eine natürliche Todesursache bescheinigt, weshalb definitiv niemand danach gesucht hat.«

»Aber wie kann das sein?«, fragte wieder Vinzent.

JJ sah aus, als würde sie die Antwort kennen. »Da kommt Harald Lanz ins Spiel. Er ist nicht nur der zuständige Mediziner in solchen Fällen, sondern auch seit vielen Jahren der Partner von Sabine Aichner. Die beiden sind schon lange ein Paar. Und als Sabine vor einigen Jahren hierhergezogen ist, hat er sich kurz darauf auf die Stelle beworben.«

»Aber welche Rolle hatte er in dem Spiel? Er ist der Partner von Sabine. Aber Vera hat doch Markus vergiftet.«

»Es ist kompliziert und doch wieder ganz simpel. Vera und Sabine hatten sich schon länger miteinander angefreundet. Und je größer bei Sabine das Bedürfnis nach Rache wurde, desto größer wurde auch Veras Hass auf ihren Mann. Also war es vielleicht eine Art Fügung oder das Kalkül von Sabine, und bald hat man zusammen Pläne geschmiedet.«

Endlich verstand JJ dieses Detail und warf Vinzent einen überraschten Blick zu. »Vera hat ihn vergiftet, Lanz eine natürliche Todesursache bestätigt, und alle wären glücklich und zufrieden gewesen, wenn …«

»Nein, nicht ganz«, wurde sie von Simon unterbrochen. »Zwar wollten beide Frauen ihre Rache an Markus. Aber es steckten doch unterschiedliche Motivationen dahinter. Denn Sabine Aichner wollte noch mehr. Sie wollte ihren Teil vom Kuchen des Weinhauses Weber. Dazu hat sie ihn und seinen Bruder unter Druck gesetzt. Und da kam es ihr sehr gelegen, dass ihn jemand anderes aus dem Weg räumte. Was sie jedoch nicht wusste: Vera hatte inzwischen ein Verhältnis mit Peter Weber und große Pläne mit ihm zusammen. Ob das auf Gegenseitigkeit beruhte, wissen wir nicht. Spielt auch keine Rolle. Aber Sabine hat Peter Weber wiederum vergiftet und sich damit den Zorn von Vera zugezogen. Das war Glück und Unglück zugleich. Glück für euch, denn Vera hat euch durch das Fass gehört und dann befreit, nachdem sie Sabine niedergeschlagen hatte. Sie war wütend über Sabines Tat. Und es war gleichzeitig das Unglück für Sabine, denn ihre Rachepläne sind nun gänzlich gescheitert. Beide Frauen werden im Knast landen, das ist ziemlich sicher. Sie sind zwar geständig, aber es war beides Mal Mord, und bei Vera kommt eben auch noch der versuchte Totschlag an Sabine mit dazu. Und Sabine muss dazu noch mit Anklagen wegen Freiheitsberaubung, Körperverletzung und weiterer Delikte rechnen. Da kommt also ganz schön was zusammen.«

JJ stierte in ihr Glas, schwenkte es, sah zu, wie die Flüssigkeit ölig am Glas hinabrann. Dann fragte sie Simon: »Habt ihr auch herausgefunden, wer hinter der Sache auf dem Alten Friedhof steckt? Nicht, dass das etwas ändert, aber es würde mich interessieren.«

»Es war jedenfalls nicht Peter Weber. Die Jungs haben zugegeben, dass sie auf dem gezeigten Foto niemanden erkannt haben. Aber die Schlaumeier dachten, wenn sie uns einen Verantwortlichen liefern, würde sich das positiv für sie auswirken. Wir haben ihnen gestern noch mal alle Fotos gezeigt, von allen, die in dem Fall im Kreis der Verdächtigen waren. Einig sind sie sich, dass es ein Mann war. Zwei haben bestätigt, dass es Harald Lanz war, der sie beauftragt hat, zwei sind sich nicht sicher. Aber das würde passen. Denn Lanz musste ja um seine Zulassung fürchten, wenn herausgekommen wäre, dass er Sterbeurkunden gefälscht und einen Mord wissentlich verschleiert hat. Es kann aber auch sein, dass ihn Sabine vorgeschickt hat. Von daher spricht viel dafür, dass er die Jungs beauftragt hat.«

Alle drei schwiegen längere Zeit und nippten gelegentlich an ihrem Wein.

»Tja«, durchbrach dann JJ irgendwann die Stille. »Ich finde trotzdem, an mir ist eine gute Ermittlerin verloren gegangen. Klar, das Handwerk beherrschst du natürlich besser«, sie warf Simon einen Blick zu. »Aber ich habe das Gespür. Das war ein guter Anfang. Komm, Vinz, vielleicht sollten wir uns zusammen mit Simon ein zweites Standbein aufbauen. Detektei Schwarz, Kalt & Elsässer … Das hört sich doch gut an.«

Simon verdrehte die Augen, Vinzent setzte eine angsterfüllte Miene auf und dann prusteten alle drei los, während sie die Gläser in die Höhe reckten und anstießen.

ENDE

NACHWORT + DANKSAGUNG

Liebe Leserinnen und Leser,

einen Roman in seiner alten Heimatstadt spielen zu lassen, ist natürlich immer eine heikle Sache. Es stehen viele Fallen bereit und es besteht immer die Gefahr, dass sich jemand auf den Schlips getreten fühlt, obwohl es sich um einen Roman handelt. Trotzdem kann dieses fiktive Gedankenkonstrukt Widerspruch hervorrufen. Vielleicht gefällt auch nicht allen die Perspektive, der Blickwinkel, aus dem heraus erzählt wird. Daher sei angemerkt, dass im Text enthaltende wertende Aussagen und Meinungen der Geschichte und ihrer Figuren als Charakterisierung und Motive dienen und nicht zwingend die Meinung des Autors darstellen. Außerdem habe ich mir natürlich ein paar kreative Freiheiten genommen und Örtlichkeiten oder Ereignisse so angepasst, dass sie im Kontext meiner Geschichte funktionieren. Ich bitte um Nachsicht.

Tja, und wenn der Handlungsort eine Stadt wie Fellbach ist, bietet sich natürlich eine Geschichte rund um den Weinbau an. Da es ein Krimi ist, gibt es natürlich nicht nur gute Menschen, sondern auch Böse. Daher sei ausdrücklich erwähnt: Die Winzer in Fellbach und im Remstal verstehen sich allesamt darauf – egal, ob Selbstvermarkter oder Genossenschaften –, hervorragenden Wein zu produzieren. Was aus den Kellern der Region kommt, ist längst national und international anerkannt und erntet völlig zu Recht viele Lorbeeren. Und gerade die junge Generation beweist jeden Tag, dass man natürlich miteinander konkurriert, aber doch geschlossen agiert und sich auch gegenseitig hilft, wenn es notwendig wird. Übrigens: Auch diese Zeilen entstehen mit einem schönen Glas Grauburgunder aus der Gegend.

Noch bevor das Buch in den Druck geht, ist übrigens aus Brüssel das Aus für die im Buch genannte Pestizidverordnung verkündet worden. Zur großen Freude der Wengerter im Remstal und anderen Weinbauregionen ist diese nun vom Tisch.

Und bei all der Schafferei im Weinberg und in den Kellern, da ist – zumindest so weit mir bekannt – kein Raum für kriminelle Energie. Alles fließt in den herrlichen Rebensaft, der in dieser wunderbaren Landschaft gewonnen wird. Es ist immer ein Genuss, die neuesten Jahrgänge zu kosten und die älteren zu genießen. Wer unsere Weine aus dem Remstal noch nicht kennt, sollte sie unbedingt entdecken. Es lohnt sich. Prost!

Mein Dank gilt natürlich wie immer meiner Familie. Ohne sie könnte ich dieses wunderbare Hobby nicht ausüben und neben dem eigentlichen Job auch noch die freien Abende, Tage und Urlaube damit verbringen, Bücher zu schreiben.

Danken möchte ich auch dem wunderbaren Team beim Gmeiner-Verlag, insbesondere meinem Lektor Sven Lang. Die gemeinsame Arbeit am Buch war extrem kurzweilig, absolut konstruktiv und hat dabei auch noch richtig Spaß gemacht.

Danken möchte ich auch der Buchhandlung Lack in Fellbach, die sofort bereit war, die Buchvorstellung und Premierenlesung zu begleiten. Ebenso dem Kunstverein Fellbach.

Und dann sind da noch die vielen kleinen Helferlein, die mit ihrem Wissen meine Lücken gefüllt und mir so überhaupt ermöglicht haben, dieses Buch zu schreiben. Da wären u. a. die Pressestellen des Rems-Murr-Klinikums und des Polizeirevier Aalens, die zahlreichen Weinexperten, mit denen ich mich unterhalten durfte, und auch diejenigen, die mir Einblick in das Bestatterwesen gewährt haben.

Wenn etwas nicht stimmen sollte, dann war es einzig und allein mein Fehler, weil ich nicht aufgepasst oder etwas falsch verstanden oder wiedergegeben habe.

Und natürlich danke ich Ihnen und Euch, liebe Leserinnen und Leser.

Liebe Grüße
Kai Bliesener

Linda Graze
Tief unter der Alb
Thriller
384 Seiten, 12,5 x 20,5 cm,
Paperback
ISBN 978-3-8392-0647-8

Drama unter der Alb: Ein Auftrag führt die junge
Fotografin Laura Morgenstern in die Höhlenwelt der
Schwäbischen Alb. Euphorisch macht sie sich mit
dem Wissenschaftler Lasse Keyes für ein Fotoprojekt
auf in ein unbekanntes System. Doch ihr Begleiter
hat andere Pläne. Als er sie in dem unterirdischen
Labyrinth zurücklässt, gerät sie an ihre Grenzen.
Und darüber hinaus, denn die Dunkelheit lebt. Und
sie singt …

GMEINER SPANNUNG